U0049998

Lady Sherlock

福爾摩斯小姐

03

The Hollow of Fear

堅決谷謀殺案

Sherry Thomas

雪麗・湯瑪斯——著 楊佳蓉——譯

福爾摩斯小姐■書評推薦

「湯瑪斯對於文字的運用、以逆轉性別來埋哏、複雜的情節設計，使得我每次重讀《貝克街的淑女偵探》，都會發現更多細節。」

——NPR（全國公共廣播電台）

「在福爾摩斯小姐系列的開頭中，精巧的歷史背景以及精采的推理情節將贏得讀者的喜愛。歷史懸疑小說書迷必讀。」

——《圖書館雜誌》（*The Library Journal*）星級書評

「將經典偵探做出嶄新、高明的重製……能與全盛期的柯南．道爾爵士比肩。」

——《書單》雜誌（*Booklist*）

「登場角色個個別有特色，劇情發展很精采。這是福爾摩斯小姐系列的第一本作品，相信夏洛特和她未來的冒險都將令人興奮不已。」

——《懸疑雜誌》（*Suspense Magazine*）

「我忍不住屏息……雪麗．湯瑪斯眞的是天才——把經典的福爾摩斯哏編織成繁複的繩結，再一點一點解開，呈現出一段點綴著浪漫氣息的冒險，有如毫無縫隙的美麗緞帶。」

——歷史羅曼史書評網站（*Romantic Historical Reviews*）

「本書是雪麗．湯瑪斯的超人之舉，她創造出令人雀躍的夏洛克．福爾摩斯嶄新版本。從仔細安排的轉折到優雅的文句，《福爾摩斯小姐》是福爾摩斯世界的閃耀新星。本書滿足了我所有期望，已經等不及看到下一場冒險了！」

——紐約時報暢銷作家狄安娜．雷本（Deanna Raybourn）

「雪麗．湯瑪斯是這一行的翹楚。」

——紐約時報暢銷作家、《僞造眞愛》作者塔莎．亞歷山大（Tasha Alexander）

「讀者將會屏息期待湯瑪斯以何種妙招，將福爾摩斯的經典架構帶入書中的各個層面，一頁接著一頁地探索謎團將如何解開。」

——暢銷作家安娜．李．修柏（Anna Lee Huber）

福爾摩斯小姐3 堅決谷謀殺案

目次

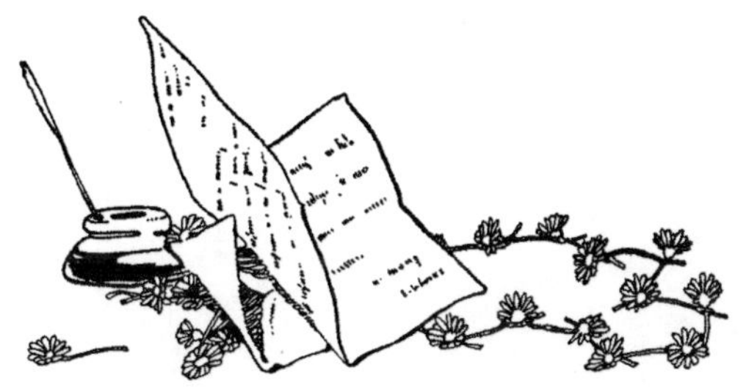

獻給我的經紀人Kristin Nelson，

她讓一切可能性延續至今。

序章

「哈囉，哥哥。」夏洛特對著扶她下車的男子輕聲道。

自稱莫特、擔任福爾摩斯家的男僕兼馬夫的男子微微一鞠躬。

兩人站在馬房裡，前方是他們父親——亨利爵士在社交季期間租用的宅子。夏洛特的姊姊莉薇亞才剛從宅子前門進屋。已經接近七月底，正是離開倫敦的好時機，除了夏洛特以外的一家人將在隔天早上返回鄉間住處。

「要喝點茶嗎？」她同父異母的哥哥馬隆·芬奇先生脫下駕車用的手套。

他似乎毫不在意夏洛特揭露他的祕密。稍早扶她上馬車時，他看了她塞進自己掌心的紙條，照著指示在莉薇亞下車後直接送她到馬房。或許他不知道她打算討論自己的眞實身分，但想必做足了心理準備。

「那我就不客氣了。」她說。

他示意她坐上一張凳子，旁邊的折疊桌看起來不太穩固。「抱歉，手邊沒有配茶的點心。明天一早送妳的家人到火車站後我就要淨空馬房了。」

她的家人。

「別擔心，我早有準備。」

她打開手提包，取出小小的包裹。初夏那陣子，她離家後每天都處在飢餓邊緣，因此只要踏出華生太太家一步，她一定會帶上補給品。

包裹裡有三片水果蛋糕。「芬奇先生，你要來一塊嗎？」

「當然。」他以同等的禮貌回應。「我來點個酒精爐。」

酒精爐是在外奔波的旅人良伴，據說能在三分鐘內煮出滾水。在沉默的等待中，夏洛特毫不感到局促，顯然她父親的非婚生兒子也是如此。

他外表平庸無奇，五官說不上俊朗，也沒有難看到足以引起旁人注目。然而就和其他看似普通的面容一樣，細細研究便能看出一些有意思的細節：光滑的皮膚、修長的睫毛、堅毅的下頷線條。

「你怎麼會想到要躲在這裡？」拿到泡好的熱茶，她開口問道。

馬房裡唯一的椅子被她占去，他靠著一根磚頭柱子，一手端著處處是凹痕的錫杯，另一手拿著水果蛋糕。

「那時我們察覺到自己惹上了很大的麻煩，詹金斯和我便說好彼此各尋出路。」

提到詹金斯的名字時，他微微一頓，首次展現出些微情緒。他與詹金斯在讀書時就認識了，兩人一同爲莫里亞提這個危險的男人效命。過了幾年，他們一同離開莫里亞提麾下。

可是背棄莫里亞提的人只有死路一條，詹金斯已經踏上那條路。芬奇先生目前還算平安，但他能撐上多久？

「這麼做非常合理，比起一同行動租房的兩個人，兩名獨行男子更難追蹤。」他繼續說明：「我屬意消失在倫敦的鬧區裡，可是什麼地方最安全，莫里亞提的爪牙最不可能到什麼地方找我呢？」

「莫里亞提偏好招募私生子，他常提起我們的生父，而我總說我絕對不會去找那個讓我降生於世的男人。就算我成了內政大臣，或是發了大財也一樣，我要他自己恭恭敬敬地來找我。」

「他們相信我的說詞，因爲我從以前到現在都不會隱瞞這方面的想法。我決定把握這個盲點，藏在他們最意想不到的角落。」

她曾思考過他究竟從福爾摩斯家族獲得了什麼——也很想知道他是否對他們的父親感到失望，即便打從一開始就沒什麼好指望的。對亨利爵士來說，馬隆．芬奇不過是個透過家族律師接觸的麻煩人物。當芬奇先生站在那個對自己的面容一無所知，也從未有過任何興趣的父親面前，他到底有什麼感受呢？「我們不是好相處的雇主。」

「妳和莉薇亞小姐很好。」

她們還有最起碼的禮儀和體貼，至於她們的父母……

夏洛特點點頭。「這招很巧妙。我猜你還有事沒說出來——人多半是如此。我還住在這裡的時候根本沒起過疑心。」

「妳是什麼時候發現的？怎麼會識破我的身分？」他看似隨意地提問。

如此淡然的態度，比起其他一同長大的姊妹，或許這位兄長與她更相似。「我這幾天才想通的。我去過你以前的學校，並見到你參加的板球隊合照。」

「是什麼原因讓妳往這個方向調查？」

「說來話長。」

她精簡地解釋來龍去脈——莫里亞提的手下要找他。那個手下知道夏洛特與馬隆．芬奇的關係，也知道她頂著夏洛克．福爾摩斯的身分接案，因此委託夏洛克．福爾摩斯尋找行蹤不明的芬奇先生。案件中的種種矛盾讓夏洛特揭開芬奇先生的僞裝，也暴露了莫里亞提手下的身分。

他沒有打岔。當她提到自己就是夏洛克．福爾摩斯時，本以爲他會瞪大雙眼，但他只是默默點頭，像是聽陌生人聊起自家院子裡的害蟲似地。

等她說完，他吐出顫抖的氣息——畢竟他尚未擺脫恐懼的陰影。「我知道要是被他們找到，我就死定了。可是我不知道背後有那麼多的暗潮洶湧。」

他當然不知道。她沒說莫里亞提的手下正是她的好友——英古蘭．艾許波頓爵爺貌合神離的妻子。她沒說那位夫人偷偷監視身爲政府探員的丈夫，將關鍵情報傳達給莫里亞提。找上夏洛克．福爾摩斯的下場就是她的祕密全數曝光，現在她成了逃犯，她的孩子失去母親。

然而英古蘭夫人的命運與芬奇先生無關，他要煩惱的事已經夠多了。

「我知道你從莫里亞提手邊帶走了極有價値的事物。」夏洛特說：「但我猜想無論你有沒有偷東西，他一定都會殺雞儆猴，讓大家見識背棄他的後果——否則他的爪牙會以爲他們可以隨意來去。」

「沒有太多人打算離開他，而有這個打算的人不會到處張揚。詹金斯和我是特例，在向莫里亞提效忠前就認識了彼此，其他人都是獨自加入他的勢力。」

「於是他的組織成爲他們唯一認定的家族。」

「正是如此。」

她納悶許久——究竟是什麼原因促使他離開這個「家族」。是累積數年、終於爆發的衝動嗎？還是說他就和她一樣，發現自己的處境急速惡化，在瞬間下定決心？

她沒有提出這個疑問。「如果你不介意的話，可否請教你之前替莫里亞提做過什麼事？」

「我是他的解碼員。」

又一個共通處。「最近我破解了一組維吉尼爾密碼，破解過程中差點喪失求生意志。」

他笑了笑，沒有答腔。

夏洛特喝了一小口茶，提神醒腦的特濃阿薩姆，沒加牛奶或糖。「現在你有什麼打算？」

「妳應該知道我打算再次消失，可是妳想問的不是這個吧？」

「沒錯。」夏洛特小口小口啃著蛋糕，在她擁擠的手提袋裡塞了整晚，味道還是沒變。「我更想知道你打算如何運用從莫里亞提手邊偷來的事物。」

「我沒有偷他的東西。」芬奇先生說。

夏洛特挑眉。

他微微一笑。「這是官方說法。莫里亞提死都不會承認有人從他那裡偷取東西。不知道妳的情報來源是誰，但絕非一般人員。他只會和他們說我們是叛徒——這點便足以構成追殺我們的理由。」

「我的情資來源是自稱馬伯頓的一家人。馬伯頓太太曾經嫁給莫里亞提，或許該說她仍舊是他的另一半——雖然大家認定她早已過世，但她還活著。」

「她是莫里亞提的哪一位亡妻？」

「什麼？」

「莫里亞提有過三位亡妻。」

「那麼多？」

「第一位難產而死，第二位在瑞士的阿爾卑斯山滑雪時喪命，第三位死於心臟栓塞。」

「那就是第二任莫里亞提太太了——她還活著。不過呢，要是第一任莫里亞提太太還在什麼地方活得好好的，說不定她從一開始就不是莫里亞提太太。那現在的莫里亞提太太是哪一位？」

「就我所知，沒有。莫里亞提好像特別寵愛一名情婦，但他下定決心不再婚，因爲他認爲自己會爲成爲莫里亞提太太的女性帶來不幸。」

「還眞是體貼。」夏洛特低喃。

「請繼續說吧。第二任莫里亞提太太還在人世。」

「從她那邊我得知你或許持有對莫里亞提極有價值的事物。」

「我要遵照官方說法，堅持沒有這樣東西。」

因爲她不知道比較好？「馬伯頓一家想和你見面。他們想給予你庇護，換取那個你沒有偷、不在你手上的事物，好削弱莫里亞提的勢力。」

「眞是樂觀的想法。」

「他們宣稱——至少其中一人是這麼說的——已經厭倦了逃跑與躲藏，想要轉身迎擊。只要能讓莫里亞提反過來恐懼他們，未來就能過上更舒服的日子。」

芬奇先生摸摸下巴。「我不相信這個馬伯頓家族的存在。一離開莫里亞提，就形同被判死刑。」

「根據其中一人的說法，他們能躲避莫里亞提這麼久，正是你應該與他們聯手的原因。他們可以幫你活得比詹金斯還要久。」

他陷入沉默。

「我只是幫忙傳話，選擇權在你手上。如果你決定接受，可以到查令十字街郵局領取寄給艾瑟文．艾莫里先生的信。信上將會有進一步指示。」

「我會放在心裡。」

「我要警告你，現在政府也對你的下落很感興趣。女王的密探或許無意奪走你的性命，但換作是我，我會避開他們。我不相信他們會重視你的安危。」

「以前聽說過班克羅夫特．艾許波頓爵爺的傳言，我已經在留意了。」芬奇先生歪歪腦袋。「妳最後有沒有接受他的求婚？」

英古蘭爵爺對滿屋子的人宣告她正在考慮班克羅夫特爵爺的求婚時，他正好躬逢其盛。

「沒有。」

「幸好。」

她一挑眉。「爲什麼？你認爲班克羅夫特夫人的生存率與莫里亞提太太一樣低？」

「這方面我就不清楚了。只是那時候亨利爵士問妳爲什麼不答應，妳親口說無意嫁給他。」

「就這樣？」

「這個理由還不夠嗎？」

聽到她這個名聲掃地的女人竟然照著自己的心意，回絕了完美無缺的婚約，大多數人都會火冒三丈——只要成為班克羅夫特爵爺的妻子，她能夠讓多少人開心啊。

芬奇先生的想法眞的這麼開明嗎？

她還來不及回應，他的身軀離開倚靠的柱子。「有人來了。」

他眉間的深溝表達出對不速之客的不滿。夏洛特也隨之起身，掛在牆上的提燈火光閃爍。一匹馬兒哼了聲，甩甩尾巴。她一手緊抓折疊桌桌緣，感受到凹凸不平的粗糙桌面。

敲門聲響起，急促的三次輕響，接著是間隔較久的兩次沉聲。

她想到會不會是莉薇亞，想在返鄉前的夜晚來找芬奇先生說說話，畢竟她一直仰賴、信任著他，儘管她不知道他是她們的兄長。但這回不是莉薇亞。

同樣的敲門聲又響了一陣。

摩斯密碼的Ｓ與Ｍ。

「我想我知道客人是誰了。」夏洛特抽出德林傑雙管手槍，打從她父親試圖綁架她的那一天起，她一直把它帶在身上。「你躲到馬車後面以防萬一。」

他照著她的指示躲起來。

夏洛特將馬房的門打開一縫，一名女子溜了進來。不對，不是女子，而是身穿連身裙、紫色夏季斗篷的史蒂芬‧馬伯頓。

她一個禮拜前才見過馬伯頓先生，當時他和受傷的姊姊在上貝克街十八號過夜，躲避莫里亞提黨羽的追捕。那時候他留著一臉鬍子，現在卻刮得乾乾淨淨；紫色條紋外出帽上誇張的紫白配色緞帶襯得他的五官更加秀氣。

「馬伯頓先生，你跟蹤我到這裡嗎？」

她瞬間就知道不是如此。上回見面時，她才剛揭穿他冒名頂替芬奇先生的詭計。當時雙方都對芬奇先生的身分或下落毫無頭緒。「你跟蹤了我姊姊。」

他臉紅了嗎？在昏暗的燈光下實在難以判斷。

「我沒有跟蹤妳，但我相信有其他人在跟蹤妳。如果妳是來和芬奇先生見面的話，他最好現在就離開。」

芬奇先生從馬車後現身。馬伯頓先生瞪大雙眼。又一個他跟蹤莉薇亞的證據：他認得載著她到處跑的車夫。

「跟蹤夏洛特小姐到這裡的人，他們現在守在哪裡？」芬奇先生問。

「一個人盯著她雙親家的前門，另兩個堵在馬車道兩端。」

芬奇先生要夏洛特收好手槍，手中拎著原本掛在馬廄牆上的背包。「這裡有一把裝填好的左輪手槍，應該還應付得來。」

「等等。」夏洛特轉向馬伯頓先生。「你剛才在哪裡？那些人有沒有看到你進來？」

「我躲在隔壁那棟屋子裡——租客已經離開了。守住馬車道的人可能有看到我，但這也無可奈何。」

「不，讓他們看到反而是好事。或許有辦法讓芬奇先生安然移動到安全的地方，馬伯頓先生，但我需要你的幫助。」

他咧嘴一笑。「妳會幫我向令姊美言幾句嗎？」

「當然不會。可是如果你想向芬奇先生證明馬伯頓一家的真誠與能耐，沒有比現在更好的機會了。」

馬伯頓先生瞄了芬奇先生一眼，視線又回到夏洛特身上。他再次咧嘴——這人的笑容著實挺有魅力。「好吧，我們還等什麼呢？」

「芬奇先生，若是這把左輪手槍派不上用場，你會不會失望呢？」

「怎麼會，我討厭鮮血和噪音。」

「那你一定會喜歡我的計畫。」夏洛特說：「我們先脫衣服吧。」

□

莉薇亞溜下樓，悄悄走向後門。

來到屋外，關上門後，她才想到——眞是太蠢了——莫特送夏洛特回華生太太家，還沒回來。她瞥了自己手中的小巧禮物包裹。她應該可以把這東西放在馬房門邊吧，但要是明天他沒有發現，就這樣載福爾摩斯一家到火車站，永遠離開他們呢？

馬房的燈亮著，他是不是趕車回來了？

在她舉棋不定時，馬房的燈熄了，門微微敞開。黑暗中視線不佳，可是那件夏季斗篷的衣角，不正是夏洛特稍早穿的那件嗎？

夏洛特還在這裡？

洶湧的希望灌入莉薇亞心中。

她們曾經聊過把莉薇亞和貝娜蒂帶離雙親身邊的計畫，不過莉薇亞很清楚要到遙遠的未來才有可能實現。她是不是想錯了？夏洛特是不是說服——甚至賄賂——莫特，打算今晚就執行所有計畫？

然而整個人踏出馬房的夏洛特看起來不太對勁。她什麼時候換上深色斗篷了？還有——不對，那人根本不是夏洛特，而是穿上女裝的莫特！

她緊盯著他，下巴幾乎要掉到地上了。他看到她，豎起食指要她安靜。莫特往左右張望一會，接著橫越空無一人的馬車道，進入隔壁那戶人家的狹小後院。

她衝向隔開兩家院子的矮柵欄。「怎麼了？」她悄聲問：「你穿這樣要去哪裡？」

他猶豫幾秒。「我惹上一些麻煩——受你們雇用前，我曾和一些壞傢伙廝混。現在他們想逮我回去，夏洛特小姐要幫我脫身。我要在空屋等到追兵離開。妳回屋裡，不要出來。要是妳有個閃失，夏洛特小姐一定會剝了我的皮。」

如果莉薇亞有個閃失？那夏洛特呢？

彷彿是聽見她的內心話，莫特說：「有位男士陪著她，是妳們都認識的人。拜託，莉薇亞小姐，快回屋子裡吧。」

她依舊下不了決心。

莫特的語氣變得更加急促。「快，時間不夠了。」

她膝蓋微微顫抖。她真恨自己這麼沒用，只能眼睜睜看著夏洛特衝向危機。可是莫特說得對，她什麼都不知道，什麼忙都幫不上。

莉薇亞又看了馬房一眼，乖乖鑽進後門。

□

「你扮成女孩子真是好看。」夏洛特對著套上她的無邊帽和亮黃色絲質斗篷的馬伯頓先生說道。

他厚著臉皮笑著回應：「謝謝。乍看還算個美女，我對此相當自豪。至於妳呢，扮成男人可沒有太大的吸引力。」

夏洛特低頭看著蓋過自己膝頭的風衣，下面套了一件粗糙的毛料長褲，這兩樣行頭都是向芬奇先生借來的。她自己的燈籠褲沒脫。「那她們可就錯過我的聰明才智了。要是她們靠得太近……我得要拿大英百科全書把她們敲昏啦。」

輕鬆的言詞無法驅散馬房裡的緊繃氣氛。

「準備好了嗎？」馬伯頓先生問。

她緊張地點點頭。

他扶她爬上馬車的車夫位置，打開馬房的門，然後鑽進馬車。她讓車子駛上車道，深深吸氣。

此時此刻，最有可能遭到攔阻的地點就是這條馬車道了。她抖了抖韁繩，催促馬兒跑起來，奔跑的速度離安全標準有一大段差距。

屋舍從她身旁掃過，她的駕車技術夠好，可是她更習慣在人煙稀少的鄉間道路上驅策用一匹馬拉的小車。儘管正值深夜，這裡依舊是社交季的倫敦，主要幹道想必是車水馬龍，她可沒在這樣的條件下駕過馬車。

要是她離不開馬車道，這些難關也不重要了。

一名男子站在車道盡頭，揮舞手臂要她慢下來。她加快車速，男子的手勢更加誇張了。隔著隆隆蹄聲——以及她的心跳聲——她勉強聽出他正在高聲喝令。

旁邊的景色一片模糊，他跳離車道，她拉扯韁繩，讓馬車狠狠往右轉了兩次彎，差點撞上另一輛馬車（幸好對方及時閃避）。

她繼續以最快速度駕車，穿梭在其他馬車之間，在間不容髮的距離內切到一輛豪華馬車前，換得車夫的一陣謾罵。

馬伯頓先生敲敲車頂，她往前看去，看到一輛停在路旁的大型公共馬車。她使出渾身解數，放慢車速，盡量接近那輛車。在會車的一瞬間，馬伯頓先生跳下車，還很周到地反手甩上車門。

等她再次回頭，他早已遁入夜色。

□

她幾乎要抵達目的地了，前方卻竄出執拗的不速之客將她攔下。

她毫不猶豫地聽話停車。

一名男子走向駕駛台。「芬奇先生，請隨我們走一趟。」

她認得這個人——昂德伍先生，班克羅夫特爵爺的左右手。「我不是芬奇先生。」

昂德伍先生雙眼一瞇。「原來是福爾摩斯小姐，妳扮成男人了。」

「在夜裡駕車，穿著男裝不是比較安全嗎？」她下到地面。「昂德伍先生，老實說我不太清楚你為何會認為家兄與此事有關。我只是想還個人情，幫我們家馬夫一個忙，畢竟家姊這整個夏天受到他不少關照。」

「是嗎？」

「是的，他名叫莫特。他告訴我有些麻煩人士找上他，得要盡快離開，希望我可以把租來的馬車還給原本的公司。我答應他的請求。」她歪歪腦袋，笑了笑。「昂德伍先生，介意我繼續趕路嗎？」

昂德伍先生上下打量她。「福爾摩斯小姐，已經很晚了，要不要讓我們代勞呢？我會送妳回家。」

顯然他不相信她的說詞。如此一來，他——以及班克羅夫特爵爺——得確認她與他們的緝捕行動毫無瓜葛。

「我很樂意把馬車交給你們歸還，昂德伍先生。不過我不想煩勞你多跑一趟，我已經做好萬全準備了。」

她讓他看了她的德林傑雙管手槍——並非刻意展現武力，但也絕非故弄玄虛。

「好吧。晚安，福爾摩斯小姐。」

□

太陽下山後的倫敦對獨行女性而言並不友善。即使她多半在體面的住宅區活動，路旁多是公園，還是能感受到路旁男性覺得她是輕佻女子，是好下手的目標，給予她低級的口哨聲，甚至是不必要的觸碰。

打扮成男人就不一樣了，儘管依舊得要提防貨眞價實的罪犯，她至少可以避開滿天飛的低級玩笑、冷嘲熱諷。

這就自在多了。

夏洛特腦中被方才的一連串事件占滿。她無法聯繫芬奇先生，只能盼望他到安全處後能送個訊息給她。仔細想想，她差點就以爲今晚還算安全——

一輛馬車駛近，與夏洛特同時抵達華生太太家門外。

她不特別在意遭到班克羅夫特的眼線跟蹤——他早就知道她的住處和工作——不過她回家路上還是格外留意。她很確定這輛馬車從未跟蹤過她。

那它究竟是打哪冒出來的？

霧氣般的細雨飄落。車夫和夏洛特一樣身穿寬大的風衣，看不見面容。車門開啓。

「福爾摩斯小姐？夏洛特·福爾摩斯小姐？」

她走向車廂，裡頭唯一的乘客幾乎身陷陰影之中。「你是……？」

「很高興終於能與妳見上面，福爾摩斯小姐。」男子的指尖輕輕敲打手杖頭。他的嗓音柔和又充滿自信，透出一絲興味。「我是莫里亞提。」

第一章

幾個月後

羅伯特・崔德斯探長擠出微笑，從妻子手中接過帽子、午餐、手杖。「親愛的，謝謝。」

愛麗絲回以笑容，親吻他的臉頰。「探長，祝你今天一切順利，勇往直前地捍衛司法正義。」

每天早上送他出門時，她都會說這段話，然而最近他對此隱約感到焦躁。或許不是文字背後蘊藏的意義，而是一早起床就感受到她等著他出門的氣氛。

今年夏末，她的兄長巴納比・考辛過世了。他沒有子女，根據兩人父親的遺囑，整個家族的財源——考辛營造公司就這樣落入愛麗絲手中。

她堅決地向崔德斯保證他們之間不會有任何改變。她說得對，但不是因爲她提出的理由——她說她依舊是滿懷愛意的妻子，從她身上得到的關懷絕對不會減少半點。

不對，一切都沒變的原因是那些事物早在她兄長過世前就變了。崔德斯得知她一直期盼能經營家族企業，卻遭到父親無比冷硬的拒絕，只得放棄一切。

他依舊難以釐清在心中亂竄的紛亂思緒，唯一的結論是過去他相信他們是一心同體的夫婦，而現在他們只是住在同一個屋簷下的兩個人。

她在門口笑著目送他。他朝倫敦警察廳邁進，不過每個禮拜裡總有個一兩次，他會在上班途中的街角回頭看，每次都會看到她的馬車在他出門後十五分鐘，準時停到家門前。

那個搭上馬車的女人光芒四射、充滿自信、聰穎又冷靜，是他不認識的陌生人。

這麼說並不完全正確。她一直都很清楚自己能把每一件事做到最好，他也總是對她深感自豪——他把她捧在掌心，引來同僚欣羨。儘管她出身良好、家境優渥，但這名女子在他身上找到了她需要的一切。

可惜眞相一直都不是如此，對吧。她想要更多，現在她終於如願以償了。

突如其來的不耐惹得他加快腳步，想必她也是如此，忙著拉開自己與家的距離。

抵達警察廳後，他的心情沒有改善多少。那個姓費爾的女人又來騷擾麥唐諾警長了。

「費爾太太，我能理解。」麥唐諾警長耐著性子回應。「可是啊，女士，我今天早上一進辦公室就確認過所有無人認領的屍體，還是找不到符合令妹特徵的死者。如果沒有屍體，我們就無法認定這是謀殺案件。警方沒有任何證據能證實令妹已經過世。」

「如果她還活著，她絕對不會錯過她外甥女的生日——至少不會音訊全無。」

費爾太太揚起頭，她瞎掉的那眼是混濁的藍色，另一眼則是較深的藍紫色。或許她曾是個美人，但現在多了皺紋與稜角，彷彿是宮殿的廢墟，隱約透出往昔的光彩。

她面無表情直盯著崔德斯，可是他察覺到一絲潛藏的輕蔑。這不像樣的女人憑什麼瞧他不起？

他大步離開辦公室，聽到麥唐諾警長低聲道：「費爾太太，我得走了。妳好好想一想我的建議，去找夏洛克・福爾摩斯。」

□

「我們不是說過了嗎？」福爾摩斯夫人得意洋洋地逼問：「我們不是說過了嗎？」

莉薇亞目瞪口呆，無法相信自己看到的景象。

她心裡已經做好最壞的打算。眞的是最壞的打算。她的雙親判斷力不佳、揮霍成性、瀕臨破產。他們在一趟神祕的旅行之後，告訴莉薇亞他們替自家次女找到了特別的去處，但他們口中的人間天堂聽在莉薇亞耳中根本是一派胡言。

貝娜蒂從不說話也不回話，她極少離開房間，成天在轉動懸掛起來的線軸。她根本無法自理，莉薇亞也不期盼她未來能改善多少。

老實說貝娜蒂帶給莉薇亞滿心絕望。要是她是全家最長壽的人，該怎麼辦？誰來照顧她？她會不會逃進森林裡變成野人？就像兄姊們說給弟妹聽的恐怖故事裡的詭異生物？

不過，得知貝娜蒂即將前往專門收容狀況類似的女性的機構時，莉薇亞氣炸了，特別是氣她爸媽爲了公道的費用喜出望外。

貝娜蒂不會咬女僕，也不會驚擾鄰居。她從沒吵著要新衣服，也很少討食物。是的，她是雙親的負荷，但莉薇亞、這一帶尚未出嫁的女孩子不也一樣嗎？以她需要照顧作爲送她進瘋人院的理由實在是太沒有說服力了。

假如瘋人院是這副模樣，莉薇亞只希望要永遠住在這裡的人是自己。爬滿常春藤的屋牆上開了大片觀景窗，一樓的幾處窗台上鋪了軟墊，最適合窩在上頭看書。院子不算太大，也不符合正式規格，不過修剪得整整齊齊，看起來和屋子裡一樣舒服，開滿繡球花和飛燕草。她最愛那條通往後院的狹窄走道，穿過拱頂長形亭子，盡頭隱沒在鑄鐵柵門後方。這條路的終點大概是某個平凡無奇的地方，比如說廚房的菜園或是看護居住的小屋，可是莉薇亞心中浮想連翩，把它當成充滿魔力的小徑，每回踏上都會通往不同的絢麗世界。

美觀舒適的裝潢正如她的期望，少了浮誇的家飾，氣氛讓人安心。院內居民看起來也不怎麼瘋癲。日光室角落有一名女子在緩緩轉圈；另一人坐在大塊的東方毛毯上，凝視自己光裸的腳趾；第三個女子在毛毯另一端堆疊書本，神情專注認真，猶如羅馬競技場的建築工人，只是她一堆好就會把書塔推倒，重新來過。

莉薇亞望向房裡的第四名女子，期盼她也會做出奇特行徑。她戴著上了漿的無邊帽，身穿黑色連身長裙，站在轉圈的女子身旁，背對訪客。莉薇亞愣了一會才領悟女子一定是此處雇用的看護，盯著病人不讓她跌倒受傷。

莉薇亞的雙親拖著情緒不佳的貝娜蒂往前走，莉薇亞快步跟上。隔壁是一間書齋兼小畫廊，兩名女子坐在相連的書桌前埋頭寫字。這幅情景再正常、寧靜不過了，但莉薇亞隨後發覺一人只是在紙上重複畫線，另一人則是畫了許多猙獰的骷髏。

在這些狀況各異的女子包圍下，貝娜蒂真的能平安無事嗎？

不過顯然貝娜蒂找到了她眞正的歸屬。房間的另一端豎著好幾根竿子，竿頂懸掛數十樣物品，不只是線軸，還有齒輪和迷你風車。

貝娜蒂一向行動遲緩拖拉，現在卻以流星般的速度橫越房間，在長椅上坐定，馬上開始旋轉最靠近她的物品。她並不孤單。隔壁有個纏著頭巾的女子在旋轉齒輪——她只碰齒輪——那股興致與專注和貝娜蒂不相上下。

「有幾位患者對這項設備樂此不疲。」瑞克海爾醫師讚許似地點點頭。

他也是個驚喜。莉薇亞以爲此處的負責人會是油腔滑調的庸醫，但瑞克海爾醫師氣質高尚、談吐合宜。

「哪一位患者是贊助者的女兒呢？」福爾摩斯夫人總是對有錢人及超級有錢人深感興趣。

莉薇亞前一回沒隨雙親來訪，因此瑞克海爾醫師向她說明莫頓克羅斯療養院的資金來源是一位極度成功資產家的遺孀。他們只有一個女兒，她期盼這孩子能踏入社交界，嫁入名列前茅的上流家庭。唉，可惜她的狀況讓所有企盼都泡了湯。

但是在莫頓克羅斯療養院，這個孩子將永遠受到好人家的女兒陪伴。

莉薇亞心想院方也未免太高估福爾摩斯家了，可是她的雙親顯然認爲這是理所當然的評價。亨利爵士得意洋洋；在夏洛特逃家後，福爾摩斯夫人第一次露出自命不凡的神情。在這裡，他們終於獲得應有的待遇，更棒的是，此處似乎沒有人知道他們家小女兒的醜聞。

他們沉浸在瑞克海爾醫師恭敬的關注之中，直到莉薇亞提醒他們該去趕車了。離開時，貝娜蒂與雙親的態度都相當冷淡，只有莉薇亞躊躇了片刻。她差點就要按上貝娜蒂的肩膀，不過貝娜蒂與學會忍受姊姊觸碰的夏洛特不同，一定會馬上甩開莉薇亞的手。

最後，她對著貝娜蒂的後腦杓說：「我有機會就會來看妳。」

像是什麼都沒有聽到似的，貝娜蒂轉動另外兩個齒輪。

瑞克海爾醫師送他們到門口。「亨利爵士、福爾摩斯夫人，相信兩位能夠理解本院並未向外界公開。附近村民仍舊以爲此處是家族別墅。當然，我們施行的一切治療都是基於最先進的科學研究結果，以及最人道的原則，但恐怕現在與未來都會有許多人無法理解，也不願與我們和平共處。」

現在他眼前就有兩個這種人——要是自家附近有這麼一間機構，莉薇亞的雙親保證會火冒三丈。

「當然了，我們完全能理解。」福爾摩斯夫人說。

「太好了，夫人。請期待我們的每週報告。」

「我們已經迫不及待了。」亨利爵士說。

騙子。

他才不稀罕那種東西，福爾摩斯夫人也一樣。他們終於一償宿願，以差強人意的方式擺脫貝娜蒂，再也不用想起她。

不過莉薇亞會盯緊那些報告，逮到機會就來探望。她不會任由貝娜蒂遭到遺忘。

不然她要如何向夏洛特交待？

□

奈維爾太太是亨利爵士的表親，福爾摩斯家的女孩能進入社交界，靠的多半是她的名氣，而非她們雙親自以爲是的地位、血統、人脈。莉薇亞每年都很期待拜訪她家。

最近這幾年，奈維爾太太厭倦了大城市，但她依舊喜歡網羅現下的情報。除了大量書信往來，她也會在社交季結束後設宴招待舊識。

亨利爵士和福爾摩斯夫人幾乎沒收過邀請函——奈維爾太太壓根瞧不起他們，可是她格外袒護莉薇亞與夏洛特。今年是莉薇亞第一次獨自赴約。

她好怕爸媽不准她出門，爲此，奈維爾太太送上火車票，以及她自己的貼身女僕來陪莉薇亞上路。

但不待在家裡就無法收到莫頓克羅斯療養院的頭兩次報告，即便她特地向他們提起，也無法保證她爸媽會爲了莉薇亞將信件留下。福爾摩斯夫人八成會因爲沒收到奈維爾太太的邀請函而心生憤恨，將那些文件丟進壁爐。至於亨利爵士，莉薇亞認爲他很有可能一收到報告就銷毀——他總是對自家出了貝娜蒂這樣的孩子深深反感。

若是他現在打算從他們人生中抹去貝娜蒂存在的痕跡，她一點都不意外。

然而搭上火車時，縈繞在她心頭的不是貝娜蒂，而是感激奈維爾太太的女僕自己有一張票，這樣兩人就不用坐在同一個包廂裡了。

還有她手提袋裡那個惹得她滿腹焦慮的小包裹。

亨利爵士要過了中午才有精神看信——裡頭往往混了來自債權人的可怕通知函。福爾摩斯夫人與鴉片酊難分難捨，總是起得很晚。因此早上送達的信件通常是由莉薇亞負責整理。

這天早上，因爲昨晚熬夜整理行囊，她起得特別晚。看到有兩封寄給她的郵件時，福爾摩斯夫人的腳步聲已經沿著樓梯往下飄。她在千鈞一髮之際將郵件藏到裙子下，飯後在桌邊待了好久才離席，不讓任何人看到那些東西。

之後又忙著更衣出門，現在終於獲得寶貴的隱私。

可惜好景不長，本地治安官的妻子及女兒鑽進包廂。莉薇亞不得不和她們寒暄幾句。有了夏洛特的前例，治安官的妻子爲看似獨自出門的莉薇亞感到擔憂——即使她說有女僕陪伴，對方還是充耳不聞。這兩個只是點頭之交的母女表示要放棄她們自己當天的行程，護送莉薇亞到奈維爾太太家，言外之意是怕莉薇亞的目的地其實不是那位名聲顯赫的親戚家。

過了三站，女僕前來探望時，她差點喜極而泣。那兩人本來就是要在這站下車，只得不甘願地離開包廂。終於又有獨處的機會了，她花了幾分鐘冷靜下來，才掏出信件和包裹。

她不認得信封上的字跡，最大的可能性是夏洛特用左手寫了這封信，而且她們也討論出一套把戲，讓夏洛特寄一些小冊子給她，信紙就藏在黏起來的頁面之間。

收到夏洛特的來信總讓她興奮無比，但莉薇亞最想拆的是那個小包裹。

她已經練習過別掛記著那個像是驚奇禮物般踏入她人生的年輕人——熱情、魅力、身上透出的神祕感。他們見過三次面，其中兩次都是相當愉快的場合，接著是致命的第三次交手，他坦承自己就是馬隆・芬奇先生，她同父異母的兄長。

這個眞相把她打得粉碎，同時，這名風度翩翩的開朗男子帶給她的亂倫恐慌，令她反胃暈眩。最後還是夏洛特傳訊告知他不是她們的兄長，她才卸下心頭的重擔。

這一切都發生在社交季尾聲，隨後她只和夏洛特見過一面，正是在福爾摩斯一家離開倫敦的前一晚。她非常刻意地絕口不提那個同父異母兄長，也避談她愛上的那個男人——謝天謝地，他不是馬隆・芬奇先生。

忍住好奇心的後果，就是她無法問出夏洛特對他認識多深。不過莉薇亞還抱持著希望；與夏洛特見面前，他送來一張漂亮的手繪書籤，上頭畫著坐在公園長椅上的白衣女子，正是兩人初遇的情景。期盼他會再次來信應該不算過分吧，但這張書籤成爲他們第一次，也是最後一次的書信往來。他消失了，她完全不知道該繼續等待，還是忘了他。

仔細想想，她早就知道該忘了他，卻一直做不到——她甚至不確定自己是否努力過。或許根本就沒這個必要，包裹上的字跡是他的。

她的心陣陣顫抖。她打開包裹，抖著手指解開裡頭的絨布包袋口。

布包裡是一顆圓形寶石——月光石。正是兩人初遇時，聊過的那兩本書其中之一。而書籤自然就是暗指另一本書《白衣女郎》。

是他。但這又是什麼意思？是某種信號，還是另一段漫長沉默的開端？是她寂寞而徒勞的企盼？或許她該和夏洛特談談。他為什麼要偽裝成她們同父異母的兄長？他到底是誰？究竟對她有什麼企圖？男性朋友贈送書籤還說得過去，可是寶石就不一樣了……假如它曾鑲在戒指或墜飾上，這就太不恰當了；未婚，又不是她的親人，他不能送她珠寶首飾。

這顆圓潤光滑的寶石還無法佩戴，顏色呈灰色，灰到接近焦炭色。

她握著寶石許久，接著放回絨布包，再把絨布包收進手提袋的內袋。

夏天早已過去，冬天尚未到來。這個時節幾乎陰雨綿綿，偶爾來個幾天晴朗的好日子。火車外天空一片湛藍，陽光燦爛。

莉薇亞就是在這樣的藍天、這樣的烈日下，遇見那位無名無姓的年輕人。

她甩甩頭，拿起那封信。

親愛的福爾摩斯小姐：

我有令妹夏洛特·福爾摩斯小姐的消息。

莉薇亞不由得瑟縮。是誰？她看了一下署名。卡洛琳·艾佛利。

艾佛利夫人！

艾佛利夫人和桑摩比夫人這對姊妹是社交界的情報龍頭。打從夏洛特逃家後，她們便追著莉薇亞跑，想挖出夏洛特的下落。莉薇亞自然沒向任何人透露夏洛特目前住在攝政公園對面的高級住宅，還在上貝克街十八號以夏洛克·福爾摩斯的名義做生意。

艾佛利夫人究竟知道什麼，是從哪得知的？不祥的預感浮上心頭，莉薇亞繼續讀信。

消息的來源相當曲折，出乎我的意料。最近我去了一趟懷特島的考斯，在離開前一日，我的貼身女僕身體不適，於是我請旅館的女僕幫我打包行李。

我盯著她包裹幾樣易碎物品時，她看到一張幾個月前的報紙，宣稱看過報導照片上的男士。影中人是英古蘭·艾許波頓爵爺，拍照的場合是今年社交季的最後一場馬球賽。女僕說得很篤定，理由是沒有人會輕易遺忘像英古蘭爵爺這樣的人。

她說在社交季期間，她到豪斯洛，離漢普斯特荒原不遠的一間茶館工作。某個星期六，社交季正熱絡，他帶著一名女士上門，態度殷勤。這番話引起我的注意，因爲那名女子不可能是英古蘭夫人。

我請她描述英古蘭爵爺的女伴。她是這麼說的：只要她少個半石體重，就可以替梨牌香皂打廣告啦。嗯，減掉一石可能會更好。

我馬上就想到夏洛特·福爾摩斯小姐。當然，我一向只聽信正確可靠的消息來源，無論有多麼心急，總不能以一個女孩子的說詞就做出定論。於是我回到家拿了一本相簿，再次造訪考斯那間旅館。

我讓那個女孩看了兩年前在倫渥斯爵爺家宴上拍的照片。賓客大概有四十人吧，但她馬上就指出夏洛特小姐便是英古蘭爵爺的女伴。

我向她確認是不是在夏洛特小姐的緋聞後目擊兩人同行。那女孩向我保證初夏那陣子她不在那間茶館工作，因此一定是在七月見到他們，那時夏洛特小姐早就離家了。

假若妳還不知道此事，那我要告知妳這個好消息：令妹還活得好好的。至少在七月那時是如此——我想英古蘭爵爺不會讓她受到任何傷害。若妳已經知道了，也願意回信或是糾正我所知的事物，我會非常感激。

眞誠的，

卞洛琳・艾佛利

第二章

早餐後過了九十分鐘，夏洛特・福爾摩斯小姐吃起了第二片馬德拉蛋糕。

約翰・華生太太租來的鄉間小屋外頭景緻優美，綠意盎然的山丘與平緩的谷地圍繞四周。可是屋內裝潢褪色，幾扇小窗戶配置得不太對勁。因此儘管是大晴天，日光室仍舊照明不足，接近陰暗的程度。福爾摩斯小姐身上那套奶白色裙裝，袖子上繡滿綠色藤蔓與紫紅色花朵，是房裡最明亮的物體。

半個小時前在此處坐定後，她一直沒開口。沉默是她的常態，華生太太早已習慣她這副模樣，就把它想成長滿野花的靜謐山坡，或是有著幾隻小牛活動的田野。

然而自從福爾摩斯小姐協助她哥哥逃跑的那一夜起，她喪失了那股波瀾不興的平靜。最近坐在她身旁，華生太太會想到倫敦的濃霧，模糊了一切輪廓；像是海上的迷霧，讓船隻直直撞上岩壁；有時甚至像是沼澤和流沙，以無辜的外表讓不幸的旅人掉入陷阱。

即便品嚐著加滿砂糖、奶油的甜食，她看起來也……沒有那麼開心。她吃得更多了——幾乎每回見到她，她身旁總是放著餅乾或是一整塊維多利亞海綿蛋糕。現在，華生太太面前的福爾摩斯小姐緩緩啃食她的馬德拉蛋糕，與其說是取樂，這行爲更像是機械性的滿足生理需求，正如精神緊繃的男子一根接著一根地抽菸。

芬奇先生僥倖逃離後的幾天、幾個禮拜內，華生太太也是焦急得快要發瘋。她和福爾摩斯小姐討論過好幾次，提出各種可能的發展，以及她們該如何應對任何變化。

幾個月過去了，什麼事都沒發生。華生太太的急躁來得快，去得也快，開始放鬆起來。人總會出錯，就連淡定的福爾摩斯小姐也偶爾會過度反應。

「親愛的，我們已經在這裡待了三天，妳幾乎沒出過門呢。今天要不要去堅決谷走走呢？」

堅決谷是英古蘭爵爺的莊園，顧及他的臉面，她們沒在那一區租屋。兩人來此是為了福爾摩斯小姐的表姑奈維爾太太，她就住在附近——而福爾摩斯小姐的姊姊理論上會來參加奈維爾太太的家宴。

但華生太太很肯定福爾摩斯小姐並不介意住得離英古蘭爵爺近一些。

「不需要直接拜訪堅決谷的地主，只要捎信說想看看那棟大宅。他可以和我們來個不期而遇，就像是伊莉莎白．班奈特拜訪彭伯利莊園一樣。」

福爾摩斯小姐的視線掃向第三塊馬德拉蛋糕，但她沒有伸手——大概是因為她的下巴層數已經接近限制攝取蛋糕和布丁的上限。「妳說的是哪本小說的情節嗎？」

「妳沒讀過《傲慢與偏見》？」華生太太提高嗓門，震驚不已。「怎麼可能？」

「家姊是我們家族中出了名的小說迷。從小我就難以理解小說的內容——人類實在是太難理解了。如果她堅持推薦，我偶爾會看幾篇故事，不過她沒有特別要我看《傲慢與偏見》。」

「哎，我覺得妳可以看看那本書。我提到的那一段，班奈特小姐和達西先生的不期而遇，真的很——」華生太太努力吞下「浪漫」這個詞。「總之是個很吸引人的橋段。」

或許那對角色與福爾摩斯小姐和英古蘭爵爺的現況不太相同。奧斯汀小姐的文字幽默慧黠卻又不背離社會常規。她會如何評論福爾摩斯小姐這個進不了體面人家客廳的女子呢？或是即使他的妻子離他而去，但目前尚為人夫的英古蘭爵爺？

「總之呢，我們去那裡逛逛吧。」她匆忙兜回正題。「就我所知，那座莊園的景色非常漂亮。反正英古蘭爵爺大概已經到奈維爾太太家做客了。」

「無論距離多近，他都不會離開孩子去參加宴會的。」

「喔，妳不知道嗎？啊，妳自然還沒聽說這件事，我也是今天早上才知道的。他的孩子幾個禮拜前就搬去雷明頓爵爺那裡了。」

雷明頓爵爺是艾許波頓兄弟中的老三，再下去就是身為老么的英古蘭爵爺。即便如此，兩人還是差了十一歲。

正打量著一盤杏仁餅乾的福爾摩斯小姐抬起頭。「雷明頓爵爺人在英國？那位家族中的異類？」

雷明頓爵爺成年後幾乎都在海外。華生太太對他一向是不忍苛責，但就連她也不得不贊同福爾摩斯小姐的評語。「我認為他沒有那麼離經叛道，目前看起來的確如此。但在他們小時候——英古蘭爵爺才剛出生那時——班克羅夫特爵爺才真的是家族異類。」

「真的嗎？」福爾摩斯小姐的疑問緩緩飄浮在半空中。

「當時妳可能還是小嬰兒吧，總之他揮霍的習慣早已惡名昭彰，老公爵光是打他就打斷了好幾根手杖。」

「嗯。」

「我知道。一個人的轉變有多驚人，絕不能依照年少時的模樣來下定論。我說到哪了？喔，雷明頓爵爺。就我所知，兩個孩子很黏這個伯父，他一開口問要不要陪他到海濱渡假，他們說什麼也要跟。」

「所以說，英古蘭爵爺就沒有理由不參加奈維爾太太的宴會了。」

她拿了一片杏仁餅乾，下一秒恢復理智，將餅乾放回原處，手中的東西換成寄給夏洛克．福爾摩斯的信。

這名私家偵探打出廣告說他要離開倫敦一陣子，因此在前一個月，客戶想到接下來無人求助，紛紛找上門來，害華生太太和福爾摩斯小姐忙得團團轉。

當然了，還是有些人沒看清楚廣告內容，華生太太忠誠的僕役長麥斯先生在倫敦堅守崗位，將一疊疊送到夏洛克．福爾摩斯在中央郵局個人信箱的信件轉寄過來。

福爾摩斯小姐迅速拆信，將每一封內文看過一遍，接著重讀了某一封信，再遞給華生太太。

親愛的夏洛克．福爾摩斯先生：

倫敦警察廳的麥唐諾警長要我寫信給您，請問您是否還能協助調查謀殺案呢？

誠摯的，

內文全是方正的大寫字母，用的是鈍掉的鉛筆，力道之大，可以看出來信者是很用力地握著筆桿。紙張不是新紙，而是再次利用的紙漿。信封則是把爽膚水廣告傳單翻過來用，回郵地址欄還印著中央郵局。

「相信妳能推斷這名女子八成付不出七先令的諮詢費。」華生太太說：「我猜妳認爲她應該覺得自己手邊有與諮詢費用相同價值的東西，所以才會寫信給我們？」

筆跡儘管不夠從容美觀，卻傳達出接近高傲的自豪氣息。

「當然希望是如此。」福爾摩斯小姐應道。

「如果這份希望落空了呢？」

福爾摩斯小姐打算以一年一百鎊的鉅款，讓她的兩個姊姊脫離老家。身爲獨一無二的私家偵探，她不缺客戶。然而她收的費用太合理，而且客戶提出的疑惑儘管有些複雜，大多是些雞毛蒜皮小事。也就是說即便華生太太有辦法照著客戶的身家抬價，離年度目標還有五十鎊的缺口。

再加上收入穩定後，除了分紅，福爾摩斯小姐堅持要每週付自己的住宿費及辦公室的租金給華生太太。

貝娜蒂・福爾摩斯小姐需要有人盯著她。莉薇亞只要有得吃、有地方住就行了，負擔沒那麼大。可是華生太太知道福爾摩斯小姐也想給莉薇亞小姐很多書本、出國旅行的機會。至於貝娜蒂小姐呢，照顧她的人不能是粗手粗腳的女僕，而是該請經驗老道、極富同理心的看護。全部加在一起，她未來的負擔對於要自食其力的女性而言，可說是大得嚇人。

無論能力有多麼出類拔萃，她一天的時間與其他人沒有兩樣。分神關注費爾太太代表她可能要放棄手頭更闊綽的客戶。

「如果不從費爾太太口中得知更多訊息，就無法判斷我們是否能提供任何協助。」

「所以我該寫信請她多透露一些資訊？」

「麻煩妳了。」福爾摩斯小姐低喃。「夫人，現在來討論拜訪堅決谷的計畫吧。」

□

莉薇亞握住那顆月光石，把它當成能夠阻擋一切邪惡的護身符。

或者至少擋掉其他賓客的好奇心，他們可能會在莉薇亞聽不到的地方永無止境地揣摩夏洛特和英古蘭爵爺之間的關係。

她知道艾佛利夫人把消息傳開後，大家會怎麼想：夏洛特沒有消失，而是成為英古蘭爵爺的情婦。這種流言蜚語自然是令人無比鬱悶——夏洛特已經證實能夠養活自己；英古蘭爵爺也從未要求以下流的方式報答他的恩情。不過總不會超越莉薇亞在社交季期間承受過的壓力，當時人人都在她背後——甚至當著她的面——嚼舌根。

但她仍舊快被焦慮淹死，那封信帶來的不祥預感愈來愈強烈。太荒謬了，消息還沒傳開來呢。就算眞的傳開了，也只是讓這個難捱的世界更加難捱一些。

英古蘭爵爺的產業就在附近對吧？如果捎個短信給他，他就會前來拜訪，告訴她艾佛利夫人的言論無關緊要，沒多久就會被人遺忘，對吧？

她的懇求彷彿被宇宙聽見，莉薇亞乘坐的馬車停到奈維爾太太的大宅門口時，英古蘭爵爺剛踏出屋外。

他不是典型的美男子，但卻能吸引眾人目光，光是走進客廳就讓眾人心頭一震。他靜靜站著的神態令她聯想到準備出擊的眼鏡蛇。當他動起來，她心中便浮現龐大的獵豹身影，在叢林裡潛行。

他扶她下馬車。「福爾摩斯小姐，幸會。」

平時她會覺得他氣勢逼人，不過今天他的神色平穩，正好應了她的需求。她的恐慌已經消散些許。「爵爺，彼此彼此。您近來如何？」

「挺不錯的，奈維爾太太說她正等著妳。」

「她人眞好，特地邀請我來此。英古蘭夫人的狀況是否已經好轉了呢？」

若不是發生在社交季末，他妻子前往瑞士安養院養病的消息肯定會引發軒然大波。發現她沒有照著平時的習慣，在舞會後接受女士們的拜訪，大家猜測她一定是背痛又犯了。她靠著意志力裝出優雅的儀態，撐了一整個夏季，狀況肯定惡化到了極點。

直到社交界人士各自回到考斯、蘇格蘭、全國各地數百處鄉間住所，她的朋友才收到信，得知她的健康突然惡化，經過審慎考量，她遠行至阿爾卑斯山地區，接受德國與瑞士醫療團隊的妥善照料。

莉薇亞也是在離開倫敦後才接獲消息。瞞著眾人耳目與夏洛特書信往來時，她也提到此事，因爲夏洛特曾經突然向莉薇亞問起英古蘭夫人的情史，甚至要她找艾佛利夫人和桑摩比夫人挖掘此事。

當時她心裡只想著自己如同悲劇般的浪漫遭遇，沒有多加留意夏洛特的要求。不過英古蘭夫人離開倫敦的消息一出，莉薇亞寫信問夏洛特是否猜對了，英古蘭夫人終於決定與往昔情郎遠走高飛？

夏洛特的回應是她們不該多加臆測。然而莉薇亞越來越相信此事，也越來越無法諒解。她竟然對丈夫做出這麼可惡的行爲。

「她的醫師說她的狀況已經穩定下來。」英古蘭爵爺如此回應她的疑問。「但還是需要他們的專業照護。」

也就是說她眞的不會回來了？

「眞是太好了，希望她能繼續好轉。」

「謝謝妳，福爾摩斯小姐。相信她也會感激妳的關懷。」有一瞬間，她好怕他下一句話就是祝她玩得愉快，揚長而去。不過他望向左側，問道：「對了，妳有沒有看過奈維爾太太新造的噴水池？」

謝天謝地，他們可不能在奈維爾太太家門口聊下去，也不可能躲進屋裡或是院子裡的某個密室。噴水池是最完美的地點，從屋裡或是車道上都看得見，在外人眼裡，兩人的舉止言談毫無瑕疵，也不用擔心談話內容流入旁人耳中。

「我只匆匆看過一眼。」她說。「來仔細欣賞一番吧。」

與閒雜人等拉開距離後，莉薇亞直接進入正題：「艾佛利夫人寫了封令人不悅的信給我，我猜您沒有幸運到能逃過類似的突襲。」

他苦笑了一下。「確實沒有那麼走運。」

「我不知道該如何回信，原本是打算在這裡安頓下來就馬上寫信給您。您回信了嗎？」

「是的——我告知艾佛利夫人那只是一次偶遇。」

莉薇亞知道夏洛特和英古蘭爵爺仍保持著聯繫——夏洛特當然不會放任他瞎猜自己的下落——但她沒想到他們會在公開場合接觸。「所以你們確實在艾佛利夫人提及的時間地點見過面？」

「恐怕確實是如此。」

現在艾佛利夫人有了白紙黑字的證據。「大家會想像出各式各樣負面的結論！」

他們已經繞著噴水池走了兩圈，英古蘭爵爺領著她繼續打轉。「這是難以避免的結果，幸好他們的猜測不會眞正傷害到夏洛特小姐。」

沒錯。身爲墮落女子，夏洛特的名聲不會跌得更低。「爵爺大人，您呢？」

「我？」他的語氣中帶了一絲興味。還是諷刺？「不管重點爲何，我總不會因爲在光天化日下與夏洛特小姐會面而遭到社交界唾棄吧。」

莉薇亞自然是心知肚明。他可以幹出更荒唐的行徑，卻又不受到半點懲罰。羅傑・蕭伯里，那個毀了夏洛特清白的男人，至今仍舊獲得眾人接納。「即便如此，我還是希望您不會因此受害。」

他輕觸她的手肘。「傷害是在所難免，但妳不用擔心，福爾摩斯小姐，到了聖誕節大家就忘了這件事了。無論是夏洛特小姐，還是我，日子總會繼續過下去。」

他對未來即將發生的紛擾的專注、自信，以及實事求是的態度——是莉薇亞心目中覺得最和善、最讓人安心的反應。在他面前，她覺得自己的心煩意亂實在是愚蠢至極，把小小的山丘看成馬特洪峰。在他告辭時，她還能笑著目送他離去。

可是他的身影才剛消失，七上八下的感覺隨即湧現，伴隨著冷硬的恐懼。不會有好結果的，她腦中的聲音說道。

不可能會有好結果的。

第三章

華生太太全心全意地欣賞英古蘭爵爺的莊園。

事實上，無論他做什麼說什麼，她總會全心全意地讚許。且她認爲只要親眼看過堅決谷莊園的人，都會有同感。

莊園入口一點都不張揚，外圍景色與周遭的鄉村風光沒什麼兩樣——青翠的牧場、零星的山毛櫸和白楊樹、農夫的小屋座落在修整合宜的田野間。

馬車往裡面行駛了一小段路，華生太太就瞥見更多令人心曠神怡的景緻。拱形小石橋下有一對天鵝；步道旁聳立一尊月神雕像；遠處流入小溪的瀑布上方架設了精巧的希臘神殿風格裝飾牌樓。

兩人爬上山脊，在淺淺的谷地間是一座比例完美的帕拉迪歐式大宅，靜靜地歇息在廣達幾畝的庭院裡頭，屋前壯觀的倒影池在午後陽光下閃閃發亮。

華生太太一手撫胸，輕輕嘆息。

福爾摩斯小姐的反應卻與來到彭伯利莊園的伊莉莎白·班奈特小姐大相逕庭。看來她絲毫沒有那股感動與悔恨，後悔自己沒趁著機會拚命留住這個男人。

但華生太太確實注意到福爾摩斯小姐那件藍色配淺灰色的休閒連身裙，後腰掛著巨大的蝴蝶結，在華生太太眼中，這是讓男人心動的輪廓。

福爾摩斯小姐正盯著她們在入口柵門拿到的莊園地圖。華生太太閉上嘴，讓年輕的友人專心駕車。然而當馬車駛進谷地，繞過第一圈灌木樹籬時，她忍不住嚷嚷：「不覺得這片花園簡直就是奇蹟嗎？」

任何一個半調子園丁都能在春季讓花朵怒放──這個季節本來就該是如此。然而要在秋季呈現出色彩鮮艷又協調的園圃，這可就需要天分、妥善規畫，以及縝密的執行能力了。日本楓樹帶來飽和的金色、醒目的紅色背景，前排的大理花和菊花開得燦爛。

「景色確實很美，但稱不上是奇蹟。英古蘭爵爺付得出足夠的金錢、專業技術、人力，無法達到這樣的成果他可要大失所望了。」

不用懷疑福爾摩斯小姐奪走一切浪漫情懷的能力，她只看得到檯面下赤裸的現實。

「喔，他不可能會對這片花園失望的──這麼完美。」

福爾摩斯小姐張望一會。「是啊，我想這算是完美了吧。」

不乾不脆的讚美逗樂了華生太太，過了一會她才發覺這壓根不是讚美，而是控訴。

□

華生太太在花園裡漫步，夏洛特繞到屋後。

規畫完善的鄉間別墅不會是獨棟建築，在堂皇的大宅後方有幾棟小屋──廚房當然自成一區；馬廄通常會拉出一段距離；鴿舍、雞舍、犬舍；還有幾間溫室，規模端看屋主想在聖誕節吃到多少草莓、一月吃到多少鳳梨。

英古蘭爵爺的教父是全國首富之一，同時也擁有最敏銳的眼光。他精確預知留住年輕僕役只會越來越難，於是選擇別在鄉間產業投資過多心力。

他沒有買下媲美布倫海姆宮或是查茨沃斯莊園的豪宅，並不代表他不懂得揮霍。華生太太自然對屋裡裝潢極有興趣，但夏洛特更想看看支援別墅運作的周邊設施。

「夏洛特·福爾摩斯——我早就料到會在這裡見到妳。」是英古蘭爵爺的嗓音，只是有點沙啞，彷彿受了風寒，或是昨晚痛飲了一番。

她緩緩轉身：「哈囉，艾許。」

這名男子總能帶來無法言說的複雜喜悅。兩人時而緊繃的友誼讓她見識到何謂複雜的喜悅，上頭千瘡百孔，不只是源自無法逆轉的抉擇，還有搖搖欲墜的平衡。

同時也蘊藏著清晰到幾乎要刺痛人的喜悅。

兩人握了手。她不確定多握了一秒的人究竟是誰。他們同時鬆手，儘管還戴著手套，她的指尖仍舊微微刺痛。

「妳最近過得如何？」一同走向花園途中，他問道。

「挺不錯。」他們維持了很長一段時間的書信往來，只是在幾個月前兩人最後一次見面後，他就不再寫信了。而她不確定他是否想收到她的信，或是需要某種她不知道要如何給予的事物，也隨之擱筆。「你看起來倒像是幾天沒睡好了。」

他穿著斜紋粗呢獵裝，腳踩經過妥善保養的靴子，完全符合英國鄉紳的形象。而且還是熬夜後清早爬起來的鄉紳。

「方才我在奈維爾太太家遇見令姊。」他沒對她的觀察多做評論。

「她還好嗎？」

「擔心妳會惹上麻煩。」

「我喜歡把那些事當成冒險。私家偵探夏洛特．福爾摩斯的冒險。」

「什麼麻煩和冒險？」華生太太問道。

她和英古蘭爵爺熱烈地打了招呼。上回三人共處一室時，華生太太僞裝成夏洛克．福爾摩斯的管家哈德遜太太，而英古蘭爵爺完全不贊同夏洛特投靠這位退休女伶。

今天他們回歸本色——多年以來的友人與同志。

華生太太讚美了花園幾句，英古蘭爵爺說全是他家園丁領班的努力，才有辦法持續施用各種高級肥料。華生太太笑出聲來，就連夏洛特也微微勾起嘴角。

這幾年，他們私下的互動往往是漫長的沉默與緊繃；有時她忘記了他的另一面。事實上他能在大眾面前輕易地展現討人喜歡的魅力，擺出與費盡心力整頓的莊園一樣完美的外表。

一邊聊著無關緊要的話題，他的神情漸漸轉爲凝重。「可惜我今天要向兩位報告眞正的麻煩事。」

「眞是過分！」聽他說完艾佛利夫人的來信及他的回覆，華生太太高聲驚呼。

「我曾數度仰賴過她們如同百科全書的知識，獲益匪淺，因此很難因爲受到她們關注而憤怒。」英古蘭爵爺回應道：「只能說，她們此舉確實很過分。」

夏洛特沒料想到會有這樣的轉折。那次會面已經是幾個月前的事情了，而且也不在社交界成員的活動範圍內。「家姊爲此感到不安嗎？」

「是的。」

他的視線掃過她。「妳呢，壓根沒受到半點傷害——至少妳個人是如此。」

「這就是名聲掃地的好處。」她故作謙遜。「或者該說是好處之一。」

他搖搖頭，嘴角卻勾了起來。「兩位女士，妳們已經聽過壞消息了，要不要接受導覽，轉換心情呢？」

□

這趟導覽只涵蓋了庭院。既然緋聞即將爆發，他們不希望又傳出福爾摩斯小姐踏進英古蘭爵爺別墅的流言。

華生太太仔細一想，她們其實根本就不該靠近他，但既然都來到他的莊園，那也只能找點樂子了。

或許福爾摩斯小姐對堅決谷完美的表象嗤之以鼻，不過華生太太還是對此地深深著迷。銀色小魚在溪裡漫游，整群往同一個方向竄動；漂亮的鞦韆掛在長滿樹瘤的枝枒下搖晃；看啊，剛才瞥見的瀑布後方藏了個洞窟，裝飾性的神殿裡藏著通往洞窟的階梯。

三人的談話內容愉快無比。她提起福爾摩斯小姐在離開倫敦前幾個禮拜內經手的案子，也轉達了外甥女潘妮洛的問候，她已經回巴黎繼續學醫。「她和朋友最近打算去參觀地下墓穴——光想就讓我渾身發毛，可是她說她期待極了。」

「對於上過解剖課的醫學生來說，幾百萬顆塞在地底隧道裡的骷髏頭大概不怎麼刺激吧。」英古蘭爵爺打趣似地說道。

「不過她信中最讓福爾摩斯小姐髮指的是對於每天早餐的描述。她染上了法國人的習慣，早上只喝咖啡，吃一個牛角麵包。」

英古蘭爵爺瞄了福爾摩斯小姐一眼，看似不經意的眼神足以讓氣溫升高。「里梅涅小姐的飲食控制自然讓福爾摩斯小姐渾身不自在。既然能吃三個牛角麵包，爲什麼只吃一個呢？」

「爵爺，你眞了解我。」

福爾摩斯小姐一副心不在焉的模樣，彷彿正在幻想鬆軟溫熱的牛角麵包。哎，這孩子。華生太太感受到英古蘭爵爺包裹在獵裝下悶燒的欲望，心裡陣陣暗笑。接觸到這麼明顯的誘惑，福爾摩斯小姐應當要心中小鹿亂撞才對啊。

「那妳就該嫁給我二哥。」英古蘭爵爺逗弄似地說道：「班克羅夫特把我教父生前雇用的甜點師請到家裡，據說他可是甜點界的王子。」

在福爾摩斯小姐鬧出緋聞前，班克羅夫特爵爺曾遭到她拒絕一次，而後他再次使出渾身解數，就是為了奪取她的芳心，而且還是在她清白盡失之後。幸好他放棄求婚，華生太太鬆了一口氣。儘管身為女性的她喜愛男性的陪伴，班克羅夫特爵爺卻總讓她渾身不自在。

「我的後悔比海洋還要深。」福爾摩斯小姐雲淡風輕地回應。

花園裡沉默半晌。華生太太幻想要是放兩人獨處——要是英古蘭爵爺稍微放下矜持——福爾摩斯小姐想必已經被按在樹幹上，遭到熱吻淹沒。

「你的孩子呢？」福爾摩斯小姐問：「他們最近過得如何？」

瀰漫四周的浪漫氣息幾乎消散無形。

華生太太一直避談他的孩子。就算聊得再怎麼愉快，沒有人能忽略沒出現的話題——英古蘭夫人的失蹤。

英古蘭爵爺沒有立刻回應。大宅再次映入他們眼簾，猶如泰姬瑪哈陵一般精緻，看起來像是飄浮在半空中。華生太太心頭一陣煩亂。

「兩個孩子都很好，在雷明頓身邊玩得很開心。」他終於開口。「等他們回來，我可以帶他們過去拜訪——當然了，也要妳們同意。」

「樂意之至！」華生太太熱切地答應。

她只在社交季期間見過那兩個孩子一面，當時是英古蘭爵爺帶他們到公園踏青。

「我們可能無法在此地待太久。」福爾摩斯小姐在熱絡的計畫上澆了冷水，但她有自己的考量。「我們小屋的租約再兩個禮拜就到期了。」

恰好是莉薇亞·福爾摩斯小姐在奈維爾太太家逗留的期間。

英古蘭爵爺又瞄向福爾摩斯小姐，馬上別過頭，望向前方；他的大宅。不久前華生太太還巴望著進屋仔細欣賞一番。

但現在她覺得大宅就和他一樣，紛亂不休的孤寂。會發出回音的漫長走廊、數不盡的空房間、寂靜的日子，以及更加難捱、更加寂靜的夜晚。

「妳們該在鄉間多待一陣子。」他低聲道：「倫敦在這個時節只有雨、霧、工廠的臭味。」

「還有夏洛克·福爾摩斯的生意。」福爾摩斯小姐的理性彷彿利刃劃破他的感性。

「是我疏忽了。」過了一會他才答腔，雙手環向後腰。「我太自以為是了。」

隨之而來的沉默令華生太太局促不安。不到一分鐘，她忍不住問起那條養了鱒魚的小溪水質如何。

他們又聊了起來。

□

華生太太要求見園丁領班一面，想親口送上讚賞，同時為了她未來想投身的園藝嗜好尋求建議。

英古蘭爵爺從小就認識她，多年以來從沒看她展現過絲毫對蒔花弄草的興致。就他所知，她對植物的興趣頂多就是將花束擺進花瓶。

聽到她對土壤成分、分割球莖的手法突然興味盎然，他忍住挑眉的衝動。既然華生太太毫不掩飾讓年輕人獨處的欲望，那他們不該辜負她的努力。

「剛才見到妳的時候，妳在屋子後面。」他對福爾摩斯說：「我猜妳是想看看廚房的菜園？」

「確實。可以為我介紹嗎？」

他手一揮。「請往這裡走。」

與她無比冷靜的心思相比，她對於最後會端上餐桌──無論是誰家餐桌──的事物的熱忱，總是超出他的預想。他小時候認為一個人不可能兼具智多星和美食家這兩種特質。

他曾向她提過這件事。那時他忙著剝去自己挖出的雙耳陶罐把手上的泥土，而她坐在一旁，專心聽他說話，一手拿書，另一手端著果醬罐──她從隨身野餐籃裡取出的第四罐。等他說完，她盯著他看了一會，繼續看書、吃果醬，彷彿他沒開過口似的。

那是他第一次和別人說他們應該是什麼樣子，同時也是最後一次：他精心包裝的評論被她當成爬進果醬罐的螞蟻，這讓他窘得無地自容。

幾年後，他剛進入以結婚為目標的社交圈，未來的英古蘭夫人似乎對他的每一句發言深感佩服，他認為那才叫作情深意重。但事實上他不過是在賭氣；他終於遇到知道怎麼當女人的女人了，誰還想理會自負又討人厭的夏洛特．福爾摩斯？

那時他什麼都不懂。

唉，現在他還是什麼都不懂——但至少已經察覺到這點了。

圍牆裡的菜園規模不小，種植了能供應全莊園每一天無論鮮食或醃漬品所需的蔬果。她的視線馬上鎖定在石牆邊排成一列的果樹——蘋果、梨子、李子、桃子、櫻桃，枝幹和葉子形態各異。

「你的廚房肯定能做出分量驚人的果醬和布丁。」她的嗓音裡充滿渴望。「還有無花果樹呢，這裡有人會做無花果塔嗎？班克羅夫特爵爺從你這裡挖走那位甜點師後，你找到遞補的人手了嗎？」

說到班克羅夫特……「妳和我哥是怎麼一回事？」

英古蘭爵爺完全看不透這兩人的關係。依照她目前的景況，他無法建議她拒絕班克羅夫特的求婚。然而要是她接受了，那又是難以想像的可怕光景。

得知班克羅夫特放棄求婚，對他來說是求之不得的好消息。火車已停在峭壁邊緣，不用更多解釋。

但現在他沒有那麼篤定。

「沒什麼。」她的情緒毫無起伏。「就是一切歸零而已。」

「妳第二度拒絕他的求婚後，他整個人都變了。」

兩人走在菜園中央的小徑上，兩邊種植用來裝飾在屋內的漂亮花朵。她輕撫幾乎和拳頭一樣大的艷紅菊花。「我沒有拒絕——是他撤回了請求。」

「不過是文字遊戲。」

「你太不信任班克羅夫特爵爺了。」

「而妳太輕忽自己讓男人痛苦不已的能力。」

這句評語換得她意味深長的一瞥——他展現太多自我了。「你會這麼說是因爲你還擁有浪漫情懷。換作是你，一定會因爲兩次求愛遭拒而深感痛苦。班克羅夫特爵爺與你一點都不像。」

「我早就捨棄浪漫情懷了。」

「對愛情感到失望，並不會改變一個人的天性。你變得更謹慎，不知道是否還能做出正確選擇，但不會質疑浪漫愛情的正當性。你還是會先假設其他人，比如說班克羅夫特爵爺，也能像你一樣深深地愛著某一個人——」她豎起食指，擋住他的抗議，「直到經驗之談告訴你並非如此。」

眼前的女人眞的會把人嚇得半死，最甜美的臉蛋，最柔軟的胸脯，再加上能在幾秒內讓人繳械的洞察力。

幸好今天她似乎沒打算進一步解析他的天性。「你是什麼時候見到班克羅夫特爵爺的？你去了倫敦嗎？」

「妳看不出我過去三個月有沒有去過倫敦？」

她很少對他施展推理能力，不過那天她只看了他一眼，隨口說道：看得出你失去了童貞。從此之後，他就認定自己的心思難以逃過她的雙眼。

她的視線沒有離開滿地包心菜。「好吧，光從外表，我只能判斷你極度心事重重，同時不希望我猜出你的心事。但我猜你這陣子沒有去過倫敦，頂多是夏末帶孩子從德文海岸回來時，在倫敦轉過車。所以班克羅夫特爵爺來此拜訪——這舉動不太尋常，對吧？」

當年面對他的童貞話題，他是端出最高的姿態，擠出一句：我不屑回應此事。雖然逞了一時之快，中斷這個話題，但他納悶了好幾年：福爾摩斯究竟是如何推測出她不可能知道的眞相？

他決定今天就先別費神瞎猜。「妳爲什麼認爲我極度心事重重？我的情況本來就讓我憂心不已。」

「然後？」

她上上下下打量他好幾回。「你的貼身男僕離開了幾天，在前天晚間回到你身邊。」

「庫敏斯不在時，你習慣自己修面，而不是找其他男僕幫忙。而且你的技術一向不差。英古蘭夫人離開後不到兩天，我去德文見你時，庫敏斯不在那裡。那天你自己刮鬍子，沒有劃傷自己。」

「可是現在看看你，我至少能找出三處剃刀留下的傷痕，癒合程度不一，也就是說你不只是漫不經心到了一個程度，這個狀況也持續了一陣子。」

「傷痕在貼身男僕回來後就不再增加，可是你見過家姊後，發覺我很有可能就在這一帶活動，有可能會毫無預警地上門拜訪，那你該怎麼做？你回到家，沒有換回拜訪奈維爾太太前穿的衣服，而是套上另一件獵裝，那件獵裝已經有一陣子沒穿了——上頭還帶著衣櫃裡薰衣草香包的味道。不只如此，你格外謹愼地挑了乾淨的襯衫，以及前一回清潔擦亮後就沒有出過門的靴子。」

「你從未刻意爲我打扮。而你知道我很可能會看穿你的裝扮，但你選擇順其自然：寧可讓我猜出你心裡有事，也不要讓我察覺那件事是什麼。」

她沒有尋求肯定——她知道自己沒說錯。他只能慶幸她沒點出他其實可以躲在大宅裡避不見面。

「關於倫敦那件事，妳說得對。」他吐出一口氣。「從德文回來後，我沒有離開過堅決谷。今年秋天我三個哥哥接連上門——連威克里夫都來過。」

她微微挑眉，這已經是極度震驚的反應了。「威克里夫來到這裡，而不是要你到伊斯特萊的公館一趟？」

「我知道，我也不敢置信。我的管家差點精神崩潰。」

威克里夫公爵是英古蘭爵爺的大哥，過去他只蒞臨此處一回。英古蘭爵爺繼承這座莊園後，沒過幾天，他毫無預警地來訪，命令英古蘭爵爺陪他視察大宅和庭院，之後又匆匆離去，只說：好地方，你要好好照顧。

「他們來此是爲了英古蘭夫人到瑞士養病之事嗎？班克羅夫特爵爺眞的沒向公爵透露眞相？」

威克里夫的義務是延續血脈，並維持領地繁盛發展。和三個弟弟不同，從未插手國家維安事務。

「我不確定班克羅夫特說了什麼，威克里夫的態度幾乎是……十分關切。」

她緩緩點頭，顯然與他當時一樣震驚。

反對他婚姻的人不只她一個。威克里夫的抗議同樣強烈，雖然是基於他還太過年輕的理由。當年他期待獲得認可，只覺得沒有人聽自己解釋。然而威克里夫的沉默更讓人難受。

他沒有遭受過如此巨大的挫折——而威克里夫因爲憐惜，而不忍苛責他。

「還有雷明頓爵爺，他從印度大老遠搭船回來，就只是爲了探望你？」

「不是。」幸好不是。他最不希望自家兄長因爲他無法好好過活，繞過半個世界回來關切。「他在……一切發生前就離開加爾各答了。」

「我依然無法相信你竟然把孩子送到他身邊，你竟然讓他們離開自己的視線。」換作是華生太太，「我依然無法相信」只是她慣用的開場白。然而說出這句話的人是福爾摩斯，她說什麼就是什麼。她眞的無法相信他會這麼做。

他把她當成華生太太來回答問題。「雷明頓和童話故事裡的吹笛人沒有兩樣，小孩子見到他就不肯離開他。他問他們要不要陪他去海邊，那兩個孩子當然是一口答應。」

「哪裡的海邊？」

「我在德文海岸的小屋。不過他們已經前往蘇格蘭了。雷明頓打算去看看憤怒角，甚至是奧克尼群島。他向我保證這個時節的天氣還不會太糟。」

她知道雷明頓和他最親，也知道就算兩人年紀差了一截、長年分隔兩地，交情依舊融洽。但是走在球薊、花椰菜、葫蘆瓜的園圃旁，她表現出的疑心顯而易見——至少對習於觀察她表情的他來說是如此。

來到菜園的西北角圍牆邊，她問道：「既然孩子不在身邊，你怎麼不去挖掘遺跡？」

他幾乎每年秋天都會去考古基地做研究——早在社交季開始前便安排好這套行程。英古蘭夫人突然消失後，他要獨力照顧孩子，因此放棄了半年前的計畫。

「我沒有另作安排。老實說，在這個節骨眼，我也沒這打算。看到那棟六角形建築了嗎？」

菜園位於南向的斜坡上，能得到最多的日照。在這個制高點上，兩人可以清楚看見薰衣草乾燥房，從他的教父那一代開始就沒有人用那棟小屋來曬乾花朵了。

幾名男僕走出乾燥房，一人拿著掃把和畚斗，另兩人推著大型手推車。他們鎖上門，離開小屋。

「我又訂購了一些挖掘器材，可是今天送達時，我甚至不想多看一眼。它們還收在箱子裡。」

她沒有多說，或許代表她相信他的話。或者是她壓根不信，但已經得知她想知道的一切。

他沒有打破沉默，隨她沿著菜園圍牆前進，讓她近看最吸引她的整排果樹。過了半晌，他瞄了她一眼。他能像讀報紙一般解讀她的沉默。此時此刻，她的心思不在他身上，很可能與他孩子的下落無關；她的沉默不是單純的放空，肯定隱藏著讓人不安的想法。

他感覺自己像是站在船頭，看著船長往地平線上尋找只有船長才認得出的天災跡象。

不祥的預感散入空氣中，如同一縷縷煙霧。他呼吸加速。他太熟悉這種沉默了——那股衝動，那股欲望，那股克制想要撫觸的情感。

「你方才提到希望我能在鄉間多留一陣子。」她低喃。「你大可為了這個目的賄賂我。」

「喔？」他聽見自己如此回應。「一天的價碼怎麼算？」

「可以晚點再討論。或是你也可以趁華生太太睡午覺時來拜訪。」

好啊。明天如何？

他雙手揹在背後。「妳三個月沒寫信給我，現在妳認為我會乖乖聽候差遣，上門拜訪嗎？」

她嗤笑一聲。「是你三個月沒有來信，你認為我會毫無條件地軟化嗎？」

他忍不住嘴邊笑意。

這時華生太太踏進菜園——她應該是和園丁領班聊到詞窮了——看到即便是秋季卻依舊生意盎然的景象，不由得開口驚呼。他帶她參觀玻璃溫室，當她問起在最寒冷的時節要如何保暖，他仔細解釋北側牆外就是鍋爐室，兩座深埋地底的鍋爐整個冬季輪流運作，靠著管線裡輸送的熱水供溫。

不久，兩名女士離開莊園。以防萬一，他沒有送她們到屋前馬車停靠處，就在菜園外向她們道別。華生太太熱情地邀請他常來她們租借的小屋拜訪。

「我們很樂意接待你——」她轉向福爾摩斯。「福爾摩斯小姐，妳說是不是啊？」

「這是當然。」她的眼神清澈無辜，彷彿剛才的調情從未發生過。「我們會屏息期待你的到來。」

他目送她走遠，心中浮現久違的幸福感。

第四章

莉薇亞的運氣總是差強人意。不會碰上什麼毀天滅地的厄運——除了夏洛特遭到社交界放逐——只是每天，甚至是每小時來一次的惱人小事。門板夾住她的裙襬蕾絲；野餐籃裡的所有三明治之中，她總會拿到被水壺漏水浸濕的那個；要是雜誌上刊登她喜歡的連載小說，她可以肯定其中會有一期失蹤，讓故事留下缺口。

但這是第一回，她不得不從鄉間大宅宴會中撤離，因為屋子淹水了。奈維爾太太家的閣樓裝設了幾個水箱，供應洗澡和洗手間的用水。莉薇亞來訪的第二天，兩個水箱破了。

幸好沒人受傷。奈維爾太太先是困惑驚慌了一會兒，接著宣布她很慶幸大家平安無事。她把賓客疏散到沒有受災的書齋，供應美味的蛋糕和烈酒。同時，馬夫們駕車前往各處，向鄰近屋舍求助。

村裡旅店只有兩間空房。距離最近的一間宅院屋主出國，大門緊閉。不過第三名馬夫帶回好消息：堅決谷莊園的主人願意為奈維爾太太出借他的大宅。

眾人鬆了一口氣。英古蘭爵爺自然會出手相助，無論有多少謠言圍繞著他的出身轉，他的品行一向令人景仰。

到了晚餐時段，奈維爾太太的客人已經全數移到堅決谷，安置在舒適精緻的房間裡。莉薇亞分到的房間讓她倒抽一口氣。她已經習慣現在住的裝潢詭異簡陋客房了——天花板只比她的腦袋高一些；

窗外三呎處就是另一面牆；沒有一個地方寬超過六呎，她還得要彎腰擠進某個奇怪的角落。

但這房間非常講究，面積和高度都足夠寬敞，通風良好，卻又不會大到讓家具顯得太小。淺綠色絹印壁紙印著蓮花圖案，翠玉色床罩從床沿垂落。窗外對著一片花園，中央是簡約雅緻的噴水池，纖細的柱子頂著盆狀水槽。

最棒的是房裡到處都插了花：爐架上怒放的玫瑰花束，寫字桌上的蘭花盆栽，還有床邊桌上的香豌豆花，她基本上不喜歡太過繽紛的配色，但忍不住看得入神。

她四處走動，摸摸床柱、床簾繫帶、畫框，淚水突然湧入眼眶。這不是隨意分配給她的房間——英古蘭爵爺特別給予她尊榮待遇，因爲她是夏洛特的姊姊。

這就是受到珍視的滋味。

一名女僕送上茶水，幫她打開行李。如此殷勤的服務讓莉薇亞一陣慌亂，接過茶杯，請女僕晚點再來。現在她需要獨處，好好品味如此可喜周到的安排。

仔細想想，堅決谷原本有機會成爲她的家。只要英古蘭爵爺當年娶了夏洛特……

要是過去六年是住在這裡，而不是自己家，不用和苛刻冷酷的雙親共處，莉薇亞的生活會多麼舒服。她會多麼珍惜分分秒秒，默默慶祝自己的天大好運。

不對，她提醒自己，夏洛特不會接受英古蘭爵爺的追求——這點莉薇亞可以保證。更不用說英古蘭爵爺愛著另一個女人。唉，無論怎麼選，都是無比悲慘的結果。但願……

但願。

不過人生總有第二次機會，對吧？錯過的機運最後還是會落入掌中。少了英古蘭夫人這個阻撓，爵爺與夏洛特便能進入適合他們兩人的男女關係：身爲朋友，他會希望讓她重返社交界；而在這方面總是特別挑剔的夏洛特，或許也會爲了莉薇亞而答應這個安排——少了夏洛特，她就像是種在陰影下的向陽植物，漸漸枯萎。

她的想像不斷飛升，安穩的日子、舒適的夜晚、安全、自由、尊重。她要努力寫作——在這裡，她必定能寫出美妙的文字；她還要出門散步，無論是晴天還是雨天——

當現實情況襲上心頭，她的空中樓閣鏗鏘落地，夢想的碎片四散。無論英古蘭夫人是與情郎私奔，還是被關在瑞士的療養院裡，她都只是暫時離開，而非死了。英古蘭爵爺對婚姻相當忠誠，不可能給予夏洛特合法、永久的名分。

而莉薇亞也只能乖乖回家，沒有人會給予她歡迎的擁抱。

不過想像出的幸福快樂是多麼眞實，多麼燦爛又具體。

□

在晚餐前十五分鐘，所有幸福感，無論是實際，還是虛假的，全數消散無蹤。

賓客盤據整個客廳。奈維爾太太以女主人的姿態四處遊走，一一告知男士們要帶哪位女士去用餐。莉薇亞在角落觀察這項流程，五臟六腑和往常一般緊繃。她前晚的男伴顯然對他另一側的女士更感興趣；眞希望今天能換個更體貼的男士。

下一秒，她的晚餐男伴是誰全都不重要了：兩名渾身珠光寶氣、插滿羽毛飾品的婦人大步走進客廳。社交界的情報龍頭艾佛利夫人和桑摩比夫人降臨了。

莉薇亞對她們毫無好感，也不知道爲什麼會有人歡迎她們上門。但這兩人無論走到哪裡都會獲得熱烈迎接，甚至接到許多家宴——比如說奈維爾太太的——邀請函，還不一定有空出席每一場宴會。

無論在什麼時刻，全國各地的社交界人士只會談論有限的話題，比如說馬爾堡一族的醜聞（不過莉薇亞對於威爾斯親王和他的偷情史毫無興致）。有些知名的夫妻檔，像是崔梅恩伉儷，或是英古蘭爵爺及其夫人，他們的財富、聲望、搖擺不安的婚姻狀況讓他們成爲眾人深入討論、互相警惕的熱門話題。還有當紅的緋聞，夏洛特就曾經引發短暫但熱烈的關注。

假如夏洛特願意逃往國外，消失在眾人眼皮子下，圍繞著她的鬧劇想必會提早落幕。

重點在於，除非你是緋聞主角，或是接近話題核心、會遭到艾佛利夫人與桑摩比夫人追逐的人，否則她們爲宴會帶來的娛樂成分是大於驚擾的。莉薇亞也曾數次偷偷試圖靠近那兩位夫人，特別是當她們穿梭在已婚女士之間，散播非常火辣刺激、不該讓未出閣女孩聽見的故事。

莉薇亞望向英古蘭爵爺，但他背對著她。她不知道要如何談笑風生，幾乎沒有意識到是哪位男士牽著她走進用餐室。

儘管一臉疲態、神情緊繃，坐在主位的英古蘭爵爺儀態還是那麼優雅。讀過艾佛利夫人的信之後，揮之不去的恐慌在她的血管裡流動，只要那兩位夫人的視線飄向他，她就渾身不舒服。她暗自作嘔，在心裡默唸：最糟的情況已經發生了，今晚無論誰大嚼舌根，基本上都不會傷害到夏洛特或是英古蘭爵爺半分。然而翻絞的胃袋逼得她無法假裝進食。

女士們起身前往客廳時，桑摩比夫人向她搭話。

「福爾摩斯小姐，妳應該收到我妹妹的信了？」

莉薇亞以最冷硬的語氣回答：「我沒空回覆。昨天幾乎都在趕路——今天更是忙著遷移到此處。」

桑摩比夫人擺擺手。「反正我們也不期待能從妳這裡得到什麼有用的情報。我們只是出於善意，讓妳知道令妹至少在今年七月還過得很好。」

莉薇亞忍住咬牙切齒的衝動。「夫人，您眞是體貼。」

「確實，我們設想得很周到。」她意有所圖地湊上前。「妳不覺得情勢因此更加複雜了嗎？喔，妳們是什麼時候發覺的呢？是在妳們決定向大家散播他們根本不需要知道的閒言閒語之前，還是之後？

莉薇亞沒有回嘴，但她相信自己的笑容絕對是僵硬無比。「是嗎？」

「眞的。福爾摩斯小姐，妳仔細想想。相信妳知道英古蘭夫人在社交季末突然離開吧？」

「我是聽說過這件事。」

「據說她健康出了狀況。我妹妹和我總覺得那些傳言有點加油添醋——或是加了滿池子的油。那天晚上我們也在舞會現場，她看起來毫無異樣。或許是有些不耐，希望客人早點離開，總之還不到需要看醫生的地步，人到了社交季快結束時大多會有些小毛病嘛。」

「然後，她突然就惡化到得送去瑞士療養。請問這種狀況的可能性有多高？」

莉薇亞曾在另一場與家人一同出席的家宴上聽桑摩比夫人問過同樣問題。當時氣氛好多了——桑摩比夫人並沒有暗示導致英古蘭夫人遠遁阿爾卑斯山的元凶另有其人。

「有時候人的健康狀況會以驚人速度惡化。」

「確實是如此。可是就算她病得這麼嚴重，英國的醫生哪裡不好了？倫敦到處都是醫生，我們的醫學院教出來的肯定不是江湖術士。還有啊，為什麼是療養院？那不是安置重症病患者的地方吧。就我所知，她並非罹患小兒麻痺症、氣喘、肺結核，或是任何適合進療養院的慢性疾病。」

莉薇亞看穿對方意圖了。「大家都知道她背不好。」她緊張到嗓音拔尖。「瑞士的溫泉對風濕的治療很有幫助。」

「也不需要為了溫泉，一夕之間銷聲匿跡吧。」桑摩比夫人正中紅心。「她可以好好和朋友舊識道別後再動身。」

「或許她不想這麼做。或許她受夠社交界和背痛，只想馬上離開。您之前不也是這麼說的嗎？」

桑摩比夫人又擺了擺手，像是驅趕野餐籃旁的胡蜂似地打散自己過去的論調。「或許她得知自己丈夫與令妹的往來，心情惡劣，只想遠走高飛。」

莉薇亞握住扇柄的手指一緊——要是賞桑摩比夫人一巴掌，她會有辦法脫身嗎？「大人，這話就太不合理了。首先，英古蘭爵爺與舍妹是多年來的朋友。再來，只要英古蘭夫人夠了解她的丈夫，就會知道他不會捨棄陷入困難的友人。第三，就算她想到最糟的可能性：英古蘭爵爺不只協助舍妹，還收留了她，此舉與社交界其他男士的作為有何差異？即便他們沒有外界謠傳的那樣貌合神離，有多少女人會因為丈夫出軌，心情沮喪到足以拋下自己的孩子？」

「嗯，妳說的確實有道理。」桑摩比夫人從容以對。「我承認這番推論不夠完善。但是想想這座莊園的主人和他失蹤的妻子，妳不會起疑心嗎？」

「夫人，無論他們處於何種狀況，我可以保證與舍妹毫無關係。」

桑摩比夫人立刻撲向下一個目標，莉薇亞癱坐在椅子上，像是和野熊搏鬥過似地。但願她是這回合的贏家——或者至少算是倖存者。

□

「小姐，已經備好馬車，可以送您去村裡了。」隔天早上莉薇亞踏出早餐室時，管家前來報告。

莉薇亞不停地想著要稍微遠離堅決谷。她還是很愛自己的客房，也好想探索莊園各處。可是有那兩個謠言女王在場，其他賓客好奇心大作，現下的氣氛實在是讓她難以安心。

「我沒有預定馬車啊。」

她擔心要是沒有提出質疑，想趁機占管家便宜，他會在她爬上馬車時發覺自己弄錯了，而她就會像個白痴似地被丟在門口。

「福爾摩斯小姐，是爵爺大人幫您安排的。」

莉薇亞用力嚥下喉嚨裡的硬塊——她還不習慣受到這麼周到的照顧。「請幫我向爵爺大人道謝，和他說我感激萬分。」

來到門前時，他竟然就等在那處。察覺他雙眼滿是血絲，她立刻收斂笑容，爵爺看起來似乎都沒有睡覺。

她暗自咒罵那兩個長舌婦。「爵爺，您還好嗎？看起來有點疲倦呢。」

「沒事。」他的嗓子也啞了，但他扶她上馬車的手很穩。「想在村裡待多久就待多久吧。」

馬車門一關，她才意識到他往她掌心塞了張摺起的紙條。

從大街徒步前往蘭普林小屋，大概二十分鐘能到。妳在那裡會受到熱烈歡迎。

□

「喔，夏洛特。」莉薇亞輕聲呼喚。「夏洛特、夏洛特、夏洛特。」

她足足抱著妹妹兩分鐘，可是不夠，抱再久都不夠。

她不情願地鬆了手，因為夏洛特不喜歡與人觸碰太久。「妳的華生太太也在嗎？」

「她出門散步了。我通常會陪著她，但是想到奈維爾太太家的意外，或許好心的英古蘭爵爺會在最短的時間內指點妳來此。」

莉薇亞忍住再次緊擁夏洛特的衝動，改爲捧起夏洛特的臉，親吻她的額頭。她妹妹大費周章駐紮在附近，就爲了與她碰面。「妳該和我說一聲的。」

「信件總有落入旁人之手的風險。爸媽動不了我，但他們可以把妳關在家裡，不讓妳到任何地方。這可不是大家樂見的結果。」

夏洛特領著莉薇亞移動到樸素的客廳，茶盤已經放在桌上。夏洛特用酒精燈燒水，又在莉薇亞面前擺上盛了迷你三明治和小片蛋糕的盤子。「妳沒有好好吃東西吧。」

「少了妳，沒有人在意我有沒有吃飯。」

「現在有我在，妳快塡飽肚子吧。」

莉薇亞捧著三明治，向夏洛特提起艾佛利夫人的來信。然而夏洛特對於奈維爾太太家淹水的意外更感興趣。聽完莉薇亞詳細的描述，她問道：「她的客人要在堅決谷待多久？」

與夏洛特團聚的喜悅立即消散了些許。「據說我們不會在那裡待超過三天。水箱一破，奈維爾太太的家宴就結束了，我們到英古蘭爵爺的莊園並不是要繼續享樂，而是爲了從容做好其他安排。」

她還不想回家，她一直都不想回家。

「可憐的英古蘭爵爺。他今天早上看起來不太好。妳能想像嗎？艾佛利夫人和桑摩比夫人認爲他太太因爲他窩藏妳而離開，但他卻不得不招待她們兩人，讓她們住在自家屋簷下胡亂臆測。」

夏洛特嘖了一聲。「依照她們掌握的情報，應該要知道英古蘭爵爺要顧忌的事情太多，不可能就這樣收留我。那個男人的個性可是硬到讓人頭痛。」

莉薇亞忍不住挑眉。夏洛特該不會是親自確認過英古蘭爵爺不可能收她當情婦吧？無論有多麼驚世駭俗，夏洛特的任何決定應該不會讓莉薇亞大驚小怪，但這個可能性眞的把她嚇了一跳——甚至該說是受到衝擊。

「總而言之，他和我只是朋友。」夏洛特低喃。「別人要怎麼想就隨他們去吧，反正我不痛不癢。他的名聲也不會受到半點損傷。」

顯然夏洛特和英古蘭爵爺一樣，對於艾佛利夫人和桑摩比夫人目前散播的消息不甚在意。既然聰明絕頂的夏洛特都不擔心了，莉薇亞也沒有任何理由繼續煩惱。

或者，至少她有理由忽視那些趕不走的擔憂。

她心頭浮現一個疑問——爲什麼先前都沒想到呢？「妳知道英古蘭夫人爲什麼走得這麼急嗎？」

夏洛特搖搖頭。「不知道。」

莉薇亞嘆了口氣，咬了三明治一口。「我該和妳說說貝娜蒂的事情，她已經不住在家裡了。」

□

半個小時後，華生太太結束散步，回到小屋。

若她不是那麼誠摯、討喜，莉薇亞早就被她的美貌與自信嚇壞了。她的喜悅與熱情不只融化了莉薇亞矮人一截的自卑感，也消除了她對於歡場女子的疑慮——雖然她幫了夏洛特大忙，讓夏洛特能夠成功獨立。

夏洛特曾提到華生太太不時會換上過度浮誇的裝扮，警告那些「好人家的」女士她們不是同路人。但她今天完全沒有這個意思，華麗的裙裝不失優雅氣息，莉薇亞忍不住爲了如此精緻美麗的衣著嘆息。

還有她那不斷散發的溫暖母性光輝，竟然讓莉薇亞向她透露了最近撰寫夏洛克・福爾摩斯冒險故事後半段遭遇的瓶頸。夏洛特說她做得到，可是華生太太讓她相信自己一定能達成目標。接受她的勉勵就像是偶爾放下陽傘，仰頭迎向陽光一般。

她依依不捨地離開小屋，笑著回到堅決谷，飄浮似地走上門口階梯。現在她要坐在漂亮的客房裡，回味方才的愉快體驗：夏洛特甜美的臉龐、華生太太溫柔的性情，以及她心中嶄新的希望。

或許她可以取出那顆月光石，捧在掌心，然後——

艾佛利夫人出現在她的房間裡，匆忙關上床邊桌的抽屜。

莉薇亞瞪著她，無法相信自己的雙眼。「夫人，您——您在做什麼？」

艾佛利夫人的視線掃向莉薇亞背後，似乎是想知道自己的勾當是否被更多人看見，不過走廊上沒有別人。

莉薇亞進了房，關上門。「艾佛利夫人，您來我房間做什麼？」

她的嗓音有點抖——她不習慣向人要求解釋。

艾佛利夫人細細打量莉薇亞，眼神中的算計多於擔憂。「好吧，福爾摩斯小姐，我不介意向妳說明，我姊姊和我接獲情報，說堅決谷這裡發生了一樁天大醜事，就在奈維爾太太從她家帶來此處的客人之中。」

莉薇亞的眼珠子幾乎要凸出來了。「您認爲是我做出那件醜事嗎？」

「喔，不是的，剛好相反。妳沒有任何半點不守規矩的習性，但我們得要謹慎行事，不能漏掉任何一絲可能性。我把妳的房間放在最後一個檢查，正如我所料，沒有找到可疑的跡象。」

憤怒與強烈的安心使得莉薇亞的心跳又沉又快：她帶著兩封夏洛特的信前來赴宴——而且是隨身攜帶，不想讓愛管閒事的女僕翻到。

這個預防措施幫助她躲過那兩位夫人的魔爪。

「請離開。」

「這是當然了。」

艾佛利夫人在門邊一頓，轉過身來。「福爾摩斯小姐，我有個提議。妳有沒有意思陪著我姊姊和我一起調查這起事件呢？」

莉薇亞眨眨眼。「我——什麼？您要我幫您搜查其他客人的房間嗎？」

「不是的，這部分已經結束了。妳是聰明又細心的年輕人，絕對是揭露這起醜事的得力助手。」

莉薇亞常暗罵自己太蠢，但她瞬間就看透艾佛利夫人此舉的眞意。「您怕我如果不配合，就會去向英古蘭爵爺報告您濫用他的善意，不只刺探客人隱私，甚至也對他的私人財產上下其手。」

「小姐，請別胡說八道——英古蘭爵爺的個人生活區域都鎖得很牢，我們可沒那個能耐硬闖。不過呢，其他部分被妳說中了。」

艾佛利夫人輕嘆一聲。「有所隱瞞的人懼怕我們，其他人歡迎我們——但他們的態度會隨著情勢改變。只要掌握足夠情報，各家大門都會為我們敞開。要是給不出最新消息，我們不過是一對煩人的長舌婦。」

「所以您動用不光彩的手段。」

艾佛利夫人豎起食指。「很少有這種情況。我們通常只是聽別人說話，必要時多問幾句、確認情報正確性。但今年夏天真是古怪，先是令妹離家失蹤，我們根本查不出她究竟出了什麼事。接著英古蘭夫人一夕之間前往瑞士，背後的理由毫無頭緒。要是再繼續下去，大家可要懷疑我們是不是砸了自己的招牌。」

莉薇亞努力板起臉，心裡卻是震驚萬分。她從沒想過這兩位夫人會憂心自己在社交界的地位——她們已經屹立至今，她以為她們能永遠如此。

「所以我們必須查明這樁天大醜事。當然了，我們一點都不想翻動其他客人的行李。」

但她們早就這麼做了。

換在別的地方，莉薇亞或許會猶豫是否要拆穿她們的伎倆，可是在這裡，她不用擔心別人不相信自己的說詞。只要英古蘭爵爺選擇告知奈維爾太太——這兩個醜聞龍頭畢竟是她的客人——他的指控將會打中艾佛利夫人和桑摩比夫人最大的弱點。

她們包打聽的臭名已經是遠近馳名，要讓社交界知道她們不惜侵門踏戶絕非難事。即使她們能獲得許多大宅第的邀請，提供無傷大雅的娛樂，若是大家知道她們會潛入每一間房尋找陷人入罪的證據，宴會的女主人保證會猶豫再三。

眞是不可思議，莉薇亞這輩子幾乎碰到什麼事情都無力面對，這回竟然占了上風，而且還是艾佛利夫人這般看似堅不可摧、強悍無比的對手。

但這份勝利感只持續了幾秒鐘。她眞希望可以藉此機會阻止艾佛利夫人向大家散播夏洛特和英古蘭爵爺在茶館會面之事！這樣她就可以替英古蘭爵爺解決一些煩憂。

除此之外，她不知道該如何利用這次機會。

她只知道不該因爲想不出對策，平白放棄優勢。

「艾佛利夫人，恐怕我無法協助您與令姊。我們的地位天差地遠。您是享有優渥遺產、廣受敬重的寡婦。我呢，身上沒多少錢，未來也沒什麼指望。期望能在老年相伴的妹妹現在下落不明，我沒有立場追查任何人的醜事，正如我最不希望別人追查我妹妹的事情，毀了我們的人生。」

她打開房門，動作誇張而強硬。

過了一會，艾佛利夫人走出房外。

第五章

令人舒暢的微風吹拂莉薇亞的臉頰——她往山丘上爬了十分鐘，要是停下腳步，一定會感受到微微的寒意。

過去兩天不合道理的溫暖日子到此爲止，附近一團冷空氣飄移過來，前鋒部隊已然包圍堅決谷。光是想像就讓她打了個寒顫，彷彿寒冬已經降臨。

她努力占有午後僅存的暖意、靜謐的樹林。太陽還在半空中，慷慨地散發光芒。但她的心思不經意地轉往另一個秋日，另一處漂亮的莊園。

莫頓克羅斯療養院。要是貝娜蒂這個姊姊不是瘦得像竹竿，她肯定和夏洛特像極了。幽閉在家的生活縱使不怎麼理想，但至少還算安全穩定。雙親硬是把她移到別處，誰能擔保她餘生過得安適？

聽完莉薇亞報告療養院的事——令人放下防備的舒適環境、看似開心的院民——夏洛特沉默了許久才開口：「我會親自去一趟。」

「可是妳進不去啊。」莉薇亞提醒道：「他們不會接受陌生人來訪。」

「妳見到華生太太就知道了。只要她站在門口，沒有人會拒絕爲她開門。」

華生太太確實擁有這種魔力，莉薇亞感覺肩上負荷少了一點。夏洛特和華生太太聯手出擊，肯定不會讓她失望。

但現在那股焦慮捲土重來。

就算她們能混進去，摸清莫頓克羅斯療養院的底細需要時間。莉薇亞曾登門拜訪，看不出半點破綻。在這期間，貝娜蒂會不會出什麼事？

假如外表睿智明理的瑞克海爾醫師在訪客離去後，像雙面怪醫海德一樣化身成怪物的話呢？誰能保護貝娜蒂？誰能確保她不會被——

「福爾摩斯小姐，妳迷路了嗎？」

是艾佛利夫人和桑摩比夫人，那兩頭禿鷹。

撞見艾佛利夫人入侵客房後，莉薇亞得知她們另有目標，心頭的陰影消散了些許。就放她們去追逐海市蜃樓吧，讓她們把所有時間心力都花在其他人身上，再也別想起夏洛特和英古蘭爵爺。

「感謝關心，我沒有迷路。」她冷冷回應。

不過她確實偏離了步道，走進一片白楊樹林。陽光從枝葉縫隙灑落，纖細的樹幹接近蒼白。灌木叢也和頭頂上閃耀的樹冠一樣轉為金黃色。

「妳要不要和我們一起回去？現在的氣溫降得很快。」艾佛利夫人說道。

莉薇亞差點反射性地回絕，下一秒她想到艾佛利夫人曾在她房裡翻箱倒櫃。她們的提議比起命令，更接近歉意。

既然她占了上風，展現一點寬容大度也不為過。「當然。」

她們默默地走了一段路，艾佛利夫人率先開口：「我們和僕人聊過了。」

「他們是否提供了那樁『天大醜事』的線索？」莉薇亞的肚量還沒有大到語氣不帶半點挖苦。

艾佛利夫人和她姊姊互看一眼。「我們討論過了，決定向妳透露眞相。天大的醜事是我當時隨口編的藉口。我們要調查的不是醜聞，而是不公不義之事。」

「不公不義？」莉薇亞藏不住狐疑。「兩位夫人什麼時候在乎過公義了？」

「我們打從一開始就對公理正義充滿熱情。」艾佛利夫人正色道：「我們踏入社交界，照著規則行動，掌握潮流——因此我們對於綿延數代的仇恨、男女關係、財務糾葛瞭若指掌。我們不否認流言蜚語確實充滿娛樂性，可是基於對犯罪過失的興趣，我們執意揭露不公不義，盡一切努力去補救。」

莉薇亞差點被小石子絆得一頭栽向草地。這個女人到底要說什麼？

「妳大概不太熟悉家務僕役的雇傭仲介。」艾佛利夫人繼續道：「但要是屋主占了女僕便宜，或是夫人太過苛待她們，又不支付合理薪水，我們很樂於分享資訊。」

「要是得知適婚男士做出這類不當行爲，我們會警告年輕小姐的母親，或是她們本人——只要我們認爲她們可以善用這些不爲人知道的消息進行判斷。有時候她們還是會和那些男士結婚，因爲她們拒絕相信我們，或者是她們的雙親施加壓力。我們只是盡力而爲。」

「總而言之，重點在於我們致力於阻止或是揭露不公不義的行爲。有時候沒辦法明說——惡徒的地位太過堅不可摧，或是身分被拆穿的後果對我們太過不利。我們會私底下提醒人們，特別是會受到影響的人。」

莉薇亞緊盯著艾佛利夫人。她從沒想過這兩人有半點助人的念頭。她不知道是否該相信方才坦承

「天大醜事」都是謊言的艾佛利夫人。這是不是她們的新招術，想堵住莉薇亞的嘴，不讓她拆穿她們闖入堅決谷每一間客房的惡行？

接著，不祥的預感湧入她腦海。「兩位如此執意追蹤的不公不義之事究竟是什麼？」

「剛才我提到我們和僕役談過了。」桑摩比夫人說：「他們都很忠誠，連洗碗的女僕也不例外，認為我們不該過問他們的老爺和夫人。不過我們也得到一個印象：即使他們不願意透露半點風聲，對於英古蘭夫人的離去他們也和我們一樣困惑。」

「大宅裡的馬夫沒有送她到火車站。事實上，在她生日舞會當晚，過了十二點半後，就再也沒有人看到她的身影了。孩子和他們的家教現在都不在這裡，不過我們得知就連孩子也沒向她道別。除了少數幾人，所有僕役都領命在舞會隔天回到堅決谷，由英古蘭爵爺帶孩子到海邊——事前沒有人知道這個安排。」

「計畫本來就是不斷變動。」莉薇亞害怕到內臟像是擰成一團，努力回應。「不是說她突然倒下嗎？他們家裡擠滿了客人。英古蘭夫人那麼重視隱私，絕對不會希望自己的離開引發軒然大波。」

兩位夫人沒有繼續辯下去。莉薇亞納悶她的論調是否比她想像的還要有分量。艾佛利夫人開口了：「這是我們第一次造訪堅決谷。福爾摩斯小姐，相信妳也是如此？」

「沒錯。」莉薇亞小心翼翼地回答。

「妳對這座莊園有什麼看法？」

小徑轉了個彎，大宅重新映入眼簾。從近距離觀察，這棟建築物平靜而討喜，歇息在清幽的綠色谷地裡。「我覺得此處相當迷人。」

「我們認為這裡有點太冷了。」

莉薇亞心中警鈴大作，指尖刺痛。她們又要提起英古蘭夫人了。

「這裡沒有半點英古蘭夫人存在的痕跡。」艾佛利夫人繼續道：「完全沒有。我們找上所有的資深僕役，總管、男女管家、廚師、園丁領班等等，一切的變動或是改善都是英古蘭爵爺的發想。比如說妳的房間，是照著他的意思在過去一年內重新布置過的。育幼室、書齋、在菜園裡多種哪些果樹，全都是英古蘭爵爺的意思。就像是——」

「就像是英古蘭夫人對家務或庭院毫無興趣。」莉薇亞激動地打岔。「就是有這種女人。」

夏洛特就是其中之一。她欣賞美麗的宅院，但她不可能費神理家。她對於植物的興致是直接連結到哪種水果可以做成好吃的布丁。

「我不否認這類女性的存在。可是啊，福爾摩斯小姐，妳的想法太過天真了。英古蘭爵爺很可能禁止妻子對自己的家有任何意見。」

「艾佛利夫人，您的推論真是荒謬。英古蘭夫人手頭的零花在社交界是數一數二高。她丈夫即使是在領悟到她嫁給他的理由只是為了財富之後，仍每年舉辦奢華舞會為她慶生。他在各方面都慷慨無比，絕對不是如此惡劣的人。」

「對妻子慷慨、規畫奢華的宴會，這些都是讓人對他有好印象的選擇。特別是當眾人相信她配不上他。想想他們失和的癥結。我調查過了，證詞來自當年的一名低階女僕，她和其他僕人說這件事，再傳給他們在其他人家工作的僕人朋友。謠言往上傳入他們家老爺夫人耳中，最後構成了英古蘭夫人的負面形象。」

莉薇亞雙手一攤。「因爲英古蘭夫人就是這種人啊。」

「我們不排除這個可能性，但妳也得要接受英古蘭爵爺有負面形象的可能性。他有辦法操作社交界人士聽進耳裡的論調，提昇他的風評，又在家中施壓，孤立妻子、逼她噤聲。」

太可笑了。「沒有人能逼英古蘭夫人閉嘴。」

「人不可貌相。」原本樂得讓妹妹發言的桑摩比夫人開口道：「福爾摩斯小姐，妳要信我們這句話。我們這輩子專門看透檯面下的眞相。看似幸福快樂的女子有時候活得戰戰兢兢。在大眾面前留下慈善可親印象的男人呢，私底下說不定是頭禽獸。」

「您認定英古蘭爵爺——英古蘭爵爺——是那種男人？」

「沒有人毫無嫌疑，因爲私底下的樣貌與對外的態度絕對不會一致。」

如果他眞是禽獸，夏洛特不該早就知道了嗎？她會看不透一切的端倪嗎？

不過即使夏洛特擁有傑出的腦袋，她終究只是凡人。他是她忠實的好友；他的妻子與她不過是點頭之交。英古蘭夫人沉默的敵意不會影響到她的看法嗎？換作是莉薇亞，她很可能會被影響。

「桑摩比夫人，您昨晚才說英古蘭夫人可能是離家出走，現在您又把她描繪成婚姻裡的囚徒。」

「這兩種可能性都存在。我們搜遍大宅，不是爲了檢查客人的家當，而是要尋找她是否留下與自身命運相關的線索。」

「她的命運？您認爲她出了什麼事？」

「若是令妹沒有離家，妳的雙親會如何對待她？」桑摩比夫人問道。

莉薇亞覺得自己下巴鬆了。「您認爲英古蘭夫人就像羅徹斯特先生的妻子那樣，被關進閣樓裡嗎？」

「誰是羅徹斯特先生？」艾佛利夫人問：「我爲什麼沒有聽說過這等惡事？」

「卡洛琳，那是小說角色【註】。他把發瘋的可怕妻子關進閣樓，同時想娶別的女人。」桑摩比夫人又對著莉薇亞說：「我們都知道英古蘭爵爺已婚，至少他不會與令妹重婚。」

莉薇亞差點忍不住把嗓音提高八度。「您爲什麼總是要扯上舍妹？」

「所有事情都能牽連到她身上，因爲她是很合理的動機。仔細想想。英古蘭夫人與她名聲掃地是否有關？如果不是蕭伯里太太帶頭，英古蘭夫人會不會策動蕭伯里先生的家屬去抓姦？英古蘭爵爺是不是因爲認定自己該替夏洛特．福爾摩斯小姐平反，而使計懲罰他的妻子？」

「我已經不想繼續評論兩位夫人的想法有多麼荒謬，把人關起來可沒有那麼輕鬆！」莉薇亞曾經試著在她的夏洛克．福爾摩斯故事中加入這類情節，但問題立刻浮上檯面。「他要拿什麼餵她？誰替她清理便盆尿壺？他要如何阻止她尖叫，又不至於悶死她？」

一聲尖叫劃破平靜的午後。

編註：前述角色及劇情皆出自夏綠蒂．勃朗特所著《簡愛》（*Jane Eyre*）一書。

莉薇亞嚇了一跳。兩名夫人疑惑地看著彼此。尖叫聲再次竄起，是男性的聲音。三人拎起裙襬，跑了起來。

沿著下坡的小徑，莉薇亞一會就看見那名男子——說是男孩比較貼切。十多歲的少年身穿黑外套和長褲，是屋裡的僕人。

他跪在地上，看見三名女子朝他前進，他搖搖晃晃地起身，勉力開口。

「她——她——」他吞吞口水。「她在那裡，她在裡面！」

他指著左側蓋著雜草的土堆。

「誰在裡面？」艾佛利夫人詢問。

可是男孩抖到說不出話，像是舌頭麻痺了似的。

莉薇亞望向土堆。「那是冰窖嗎？」

「我想是的。」桑摩比夫人沉著臉。

她們在土堆北側找到出入口，厚重的門沒有上鎖，是用門本身的重量壓在門框上。莉薇亞費了點勁將門拉開。

她到底在幹嘛？她應該要陪著那個嚇壞的可憐男孩。她為什麼要一頭栽進讓他逃竄慘叫的地方？

他口中的「她」又是誰？

三人穿過三間儲藏室，一間比一間還冷。第二間聞起來像是骯髒的廁所。莉薇亞皺起臉。冰窖裡為什麼會瀰漫如此令人不快的氣味？

第三間儲藏室面積不小，兩側牆上裝設燭台，架子擺滿各種需要低溫保存的食材。一台手推車橫躺在地，翻倒的牛奶往四周漫流。

幸好這裡只聞得到牛奶和冰冷的氣味，沒有腐敗的臭氣。

她們繞過那灘牛奶，走向最後一扇門。

房裡比莉薇亞預料的還要明亮——提燈放在裡頭，左右和後側各有一座燭台。冰窖上方是拱形天花板，窖口比地面高出一呎。

還是沒有任何異狀。

「所以說……他擱下手推車，打開這扇門，點燃蠟燭。」莉薇亞聽見自己這麼說。

她沒有繼續接近冰窖，感覺血液漸漸凝結，血管裡的熱氣不斷流失。

「一點起蠟燭，他一定是走到冰窖邊緣，往裡頭一看。」艾佛利夫人的聲音猶如耳語。

她的姊姊接著說道：「接著他衝出去，撞倒了手推車。天曉得他是不是還在外頭尖叫呢。」

莉薇亞打了個哆嗦——不只是因爲從每一根骨頭裡鑽出的恐懼。冰窖周長至少有十呎，深度大概差不多。裡面裝了多少冰磚？兩噸？三噸？她的吐息化作陣陣白煙。

「要不要——」艾佛利夫人用力吞嚥。「要不要一起靠近看看？」

她們一點一點地靠近，彷彿眼前是懸崖峭壁。映入眼簾的是積在冰窖另一端的木屑，用途是分隔每一塊冰磚。

接著是一隻伸出的手。

是「她」的手，雖然還不知道她是誰。

莉薇亞倒抽一口氣。她也好想轉身逃跑，但她的雙腳帶著她前進。

最後，三人站在冰窖邊緣，低頭凝視英古蘭夫人——英古蘭夫人的屍體——躺在木屑上頭。

有人拍拍莉薇亞的手，她才發現自己正揪著桑摩比夫人的袖子，寒氣深入每一根手指。

「好吧。」艾佛利夫人的嗓音低沉又刺耳。「我猜這個地方確實和瑞士一樣冷。」

第六章

華生太太失望極了。她們已經從堅決谷莊園回來兩天，英古蘭爵爺依舊毫無音訊。確實他家裡安置了一大群別人家的賓客，但他應該還是有辦法騰出一兩個小時來此拜訪吧。

「他應該知道我眞的很期待他的來訪。」

她以爲福爾摩斯小姐不會搭話，但福爾摩斯小姐放下正在看的報紙，說道：「確實挺怪的。」

顯然她對此事只有這句評論，接著她拿起剛送達的信件開始瀏覽。「費爾太太回信了。」

華生太太愣了幾秒才想起這個名字。維妮．費爾太太，崔德斯探長的下屬麥唐諾警長要她寫信給夏洛克．福爾摩斯。

「她說了什麼？」

福爾摩斯小姐迅速掃過內文，遞給華生太太。

親愛的福爾摩斯先生，

感謝您好意的回信。

我的妹妹咪咪．杜芬小姐，失蹤了將近三週。她已經成年，有時候會離開倫敦。但十天前是我女兒艾莉莎的七歲生日，咪咪把艾莉莎視如己出，每年都會爲她慶生。

她沒有來——也沒有捎來任何訊息——這讓我擔心極了。她的朋友沒有看到她，因爲沒有付房租，她的房間已經轉租給別人。

房東太太說，最後一次見到她時，咪咪心情很好，因爲她準備答應一位正派男士的追求，對方承諾會好好待她。如果我能找到那位男士——如果您能幫我找到他——或許就能知道咪咪出了什麼事。

希望她還活得好好的，只是我一點都不相信。

誠摯的

維妮・費爾太太

「找起來可不簡單。」華生太太說：「而且八成不會有結果。」

「沒錯。」福爾摩斯小姐豎起一根食指輕敲下巴。「奈維爾太太的客人即將離開堅決谷。若是英古蘭爵爺在那之後來訪，我可能會向他提起我們要前往倫敦一些比較不體面的地區。」

「喔，她眞是天才。「他一定會堅持陪同。我們當然不想給他惹麻煩，但怎麼能拒絕他的騎士精神呢？」華生太太熱切地答腔。「我該回信和費爾太太約時間見面嗎？比如說三天後？」

福爾摩斯小姐還來不及回應，門鈴響了起來。下午是女僕的休息時段，華生太太自行前去應門。來者是自稱堅決谷馬夫的小伙子。

「夫人，這裡有一封急件要交給蘭普林小屋的女士們。」

華生太太起身前摘下了老花眼鏡——是要顧慮什麼面子呢——導致她難以看清楚信封上的文字。她得要把信拿得遠遠，眼睛瞇成毫無魅力的模樣。

她回到起居室。「來自堅決谷的急件。是不是英古蘭爵爺的信呢？我這雙眼睛眞不中用。」

福爾摩斯小姐幾乎在瞬間開口：「那是家姊的字跡。」

「喔？她那邊有什麼新鮮事呢？」

福爾摩斯小姐接過信，表情變了——變化之大，就連不認識她的人都看得出必定發生了什麼大事。

「老天爺啊，出了什麼事？」華生太太叫道。

福爾摩斯小姐沒有回話，翻動信紙，從頭又讀了一遍，這回放慢速度，像是要記下每一個字。等她看完，她把信件放在茶几上，推給華生太太。

親愛的夏洛特，

希望我的手能暫停顫抖，讓我能寫完這封信。

但我眞正希望的是，接下來要告訴妳的事情其實沒有發生。

英古蘭夫人死了，廚房幫工在冰窖裡發現她的屍體。那個可憐的男孩衝出來叫嚷。艾佛利夫人、桑摩比夫人，還有我，我們三個剛好經過附近，跑過去幫忙。接著我們進入冰窖，查看他到底被什麼嚇到，他嘴裡只說得出：「她在那裡，她在裡面！」

我們發現她倒在冰窖裡。我不確定之後發生什麼事，應該是其中一位夫人要我去通知英古蘭爵爺，因爲等我回過神時，我正在懇求管家立刻讓我見他的主人。

一見到他，我變得跟那個廚房幫工一樣語無倫次。「我們——我們在——冰窖附近。」我結結巴巴。「冰窖——您——您去看。」

我盯著他，像是在期待他能通靈，這樣我就不用多加說明了。他也凝視我，眼中的疲倦讓我心痛。

我終於說出幾句話。「英古蘭夫人——夫人在冰窖裡。她已經走了。」

他愣愣地盯著我，彷彿我變成一張會說話的椅子。他的嘴唇抽動，卻發不出半點聲音。

「我想您會想去——親眼——看看她。」我努力擠出下一句話。

過了好久好久，他說：「英古蘭夫人？英古蘭夫人在——在冰窖裡？」

我無助地點頭，但願我沒有同意擔任這個帶來壞消息的信差。

「妳完全確定嗎？」他的嗓音低到幾乎聽不見。

我只能神情陰鬱地用力點頭。

他起身，倒了一點威士忌，把杯子塞進我顫抖的手中。「我再請桑本太太送一壺茶到妳房間。妳一定嚇壞了，請好好休息一下。」

不用他多說，我馬上離席回房。

現在熱茶放在我手邊，想起我剛才有多沒用就不由得臉頰發燙。他還記得要好好照顧我，但我卻甚至連半句安慰他的話都說不出來。我深深相信他的清白。相信世間不會如此殘酷，將英古蘭夫人的死怪罪到他頭上。

天啊，看看我都說了些什麼。更糟的是我離開時，還隨口祝他好運。至少我該和他說妳一定會查明眞相，他不用獨自面對厄運。當時我竟然倉促逃逸，在舒服可愛的房間裡呻吟發抖，這裡已經不再是我的避風港。

拜託，夏洛特。妳一定要幫他。

拜託。

莉薇亞

□

某人發出了受傷野獸般可憐兮兮的嗚咽。

是華生太太。她一手掩嘴，恐懼與混亂在心中糊成一團。

福爾摩斯小姐站在寫字桌旁，封起一張便箋。「夫人，可以請妳把這個交給信差嗎？」

她的要求讓陷入麻痺的華生太太清醒過來。是，厄運降臨了。不，現在沒空縮在陰暗角落發抖。

「當然——當然可以。」她完全忘記還有個馬夫在門口等待回覆。

她沒有忘記給那個小伙子一點小費。他一走，她衝回起居室，福爾摩斯小姐已經倒了一杯二指高的威士忌等著她。

「夫人，妳還好嗎？」

「喔，親愛的，謝謝。」她一口乾了那杯酒，嗆辣的酒氣沖得她雙眼泛淚。

「請不要擔心我。我不悅到了極點，但我沒事。我們現在想著英古蘭爵爺就好。天啊，還有他可憐的兒女。」

華生太太停頓一會才再次開口：「至於妳，福爾摩斯小姐，妳還好嗎？」

「還好，英古蘭爵爺還沒有受到直接的影響。」福爾摩斯小姐低聲道：「接下來幾天我會很忙，也需要許多協助，夫人，我可以仰賴妳嗎？」

「沒問題！」華生太太幾乎是叫嚷著回應。

就算福爾摩斯小姐要她刷地，華生太太一定會跪下來瘋狂勞動，只要能不再繼續陷入焦慮深淵就好。提供「許多協助」就能幫上英古蘭爵爺？教華生太太爬上火堆她都在所不惜。

「很好。請妳拿筆記本抄下我說的話。」

華生太太跳起來拿筆記本，越多指示越好。

福爾摩斯小姐說了四十分鐘的指令。其中有些不出華生太太的預料，也有她完全猜不透的要求。

比如說她們爲什麼要在倫敦的兩個區各租一棟房子呢？

福爾摩斯小姐沒有解釋，華生太太也沒有多問。結束之後，福爾摩斯小姐起身。「華生太太，可以請妳幫我更衣嗎？」

過了一會，等華生太太獨自回到起居室，她才意識到似乎出了什麼天大差錯。她在房裡踱了幾分鐘，視線落到放茶壺和茶點的托盤上。信差帶著莉薇亞小姐的急件上門時，她們正準備要吃下午茶。

在那之後，福爾摩斯小姐沒有碰半樣茶點：切片的奶油蛋糕、水果蛋糕、馬德拉蛋糕全都待在碟子上，無人問津。

碰上英古蘭爵爺的重大變故，原本不屈不撓地深愛著糕餅的福爾摩斯小姐，竟然胃口盡失。

華生太太心中的恐慌凝結硬化。

□

英古蘭爵爺凝視著他的妻子。

他不相信莉薇亞．福爾摩斯小姐。她震驚混亂的神情，顫抖的雙手，全都無法動搖他的信念：這一切絕對是天大的誤會。

徹徹底底的誤會。

然而他妻子毫無生氣的雙眼扼殺了他的信念。

愛莉珊卓，她的名字不受控制地浮上心頭。他已經很久沒有想到她的名字了。平時即便在自己心底，她只是他的妻子。而且不是如同新婚丈夫那般擁抱著她，自豪、充滿占有慾地呢喃：我的妻子。

我的妻子。

我的妻子。

我的妻子。

我的心，當時他是這麼想的，我的天空，我的宇宙中心。

當年他滿腔好意，毫無心機。無法想像有一天「我的妻子」會意味著「我的錯誤」、「我的恥辱」、「我無法逃避的懲罰」。

「爵爺，我要致上最深的哀悼之意。這絕對是天大的不幸。」

他緩緩轉頭。艾佛利夫人站在他身旁，仰頭看他。

「確實是天大的不幸。」他木然複述，注意力回到冰窖裡的那個女人身上。

她看起來……很不體面。生完第二胎，她無法像以往那樣儀態優雅、行動自如。即便如此，要是讓她看到自己現在的模樣，她一定會火冒三丈——下頷突出、嘴唇塌陷、雙腳不雅地張開。

他好想做點什麼，讓她的姿態恢復到往昔的高雅。

但他只能握緊拳頭。

她的臉龐在多年婚姻中越顯稜角。除此之外，她至少還能維持十年風華，再漸漸轉化為中年的成熟圓融。她往昔的耀眼美貌將成為旁人緬懷、嘆息的對象。

死亡奪走了她的某種精髓要素。她的五官與他的記憶相去不遠，卻如同毫無魅力的陌生人。他隱約想到他不希望孩子們看到這樣的她。讓他們記住生氣蓬勃的美麗母親吧。別讓他們見到她不剩半點靈魂，無論善良或邪惡的屍骸。

「我們不知道英古蘭夫人從瑞士回來了。」艾佛利夫人的聲音在靜默中炸開。

他再次轉向她，意識被麻木的迷霧包圍。「我也不知道。」

「你想她爲什麼會跑到這裡？」

「夫人，我和妳一樣摸不著腦袋。」冰窖蘊藏的寒意覆蓋著他，從每一個毛孔滲入。他控制自己不要打顫。「兩位夫人，妳們回大宅去吧，那裡比較舒服。我在這裡等警察來。」

「我們和你一起等。」艾佛利夫人毫不猶豫。「我們不介意稍微受寒。」

「而且我們並不是困惑。」她的姊姊補上一句：「我們是憤怒。」

憤怒。

或許他也該如此，然而他擠不出足夠怒氣——英古蘭夫人的選擇害死了三名女王密探。他早該警告她，這是可能性最高的後果——一旦離開他身邊，再也無法擔任莫里亞提的密探，她就註定無法善終。

背叛莫里亞提的人將遭到處決。至於失去用處的人呢？稍微溫和一點的死刑？

他看不出她的死因。她身穿散步服，似乎還上著漿，像是新品。沒有外傷，頸部沒有勒痕，衣服上也沒有半點血跡。

他踏上冰窖邊緣，打算湊近細看。

有人抓住他的外套。「爵爺，我不認爲你該觸碰任何東西。」

他瞪著桑摩比夫人。這是他的妻子，兩人確實不太親近，但她依舊是他的妻子。

他慢了好多拍才醒悟過來，桑摩比夫人眼中的烈焰，宛如揭開遮眼布的正義女神。她要阻止他破壞現場。

他。

恐懼沿著他的脊椎往下竄。

這兩個謠言女王相信是他害死了他的妻子。

她們認定她從未前往瑞士養病，而是遭到他冷血謀害。

就在她自己家中。

第七章

親愛的莉薇亞，

很遺憾妳遭受如此折騰。

請向英古蘭爵爺轉達華生太太和我最深的哀悼，以及我們對他的兒女的同情。

夏洛特

妹妹的回覆超出莉薇亞的預想。她需要的是如同英勇騎士前來救援般的訊息。她好希望夏洛特回信說：當代最睿智的私家偵探鄭重保證，這個謎團將在二十四小時內解開。英古蘭爵爺不會受到任何傷害。大家都不會有事，包括妳，我最親愛的莉薇亞。

敲門聲把她嚇得跳了起來，結果只是僕人前來通知賓客到主客廳集合，福爾摩斯小姐可以盡快下樓嗎？

莉薇亞來到客廳門外，裡頭原本興奮的好奇心漸漸轉爲接近恐懼的凝重沉默。

英古蘭爵爺站在壁爐旁，頭髮蓬亂、眼窩凹陷。「我得告知各位，我們在這座莊園裡發現……英古蘭夫人的屍體。警方已經抵達此處，展開調查。」

沉默。難以置信的雜音。英古蘭爵爺揚手，沉默再次降臨。「我不知道發生了什麼事——這是極大的衝擊。但是本地警員必須詢問各位一些問題。明天將有一名倫敦警察廳的探長會再次與各位談談。在程序結束前，請待在堅決谷莊園。」

質疑與不悅的聲浪漲起。

英古蘭爵爺等著賓客恢復安靜。今天早上，他的模樣像是整夜沒睡。現在，他看起來彷彿這輩子沒有好好睡過一覺，疲憊嵌入了他的面容。

等到賓客安靜下來，他說：「晚餐時間照舊。很遺憾，今晚我無法善盡地主之誼，還請各位海涵。我的僕役將好好照顧各位，艾佛利夫人和桑摩比夫人會盡量回答各位的疑問。」

他走出客廳，眾人讓出一條路。關門時，他握著門把好一會，好像一放手就無法站穩。

一瞬間，莉薇亞發覺他在害怕，怕到不能讓任何人看見他的恐懼，否則他恐懼的一切都將成眞。

因爲不想被客廳裡的眾人看見，莉薇亞後退幾步，退出他們的視線，然後衝上前握住他的雙手。

「爵爺大人！不會有事的！夏洛特不會讓您出事，她一定會查明眞相。」

他似乎想說些什麼，但在最後一刻又改變心意。「是的，我相信一切都會好轉。福爾摩斯小姐，希望妳沒有受到太大的影響。」

莉薇亞記不得自己接了什麼話。兩人又聊了幾句，他才告退，往書齋的方向移動。她挺起肩膀，深呼吸幾次，拉開客廳的門。

英古蘭爵爺沒有指名要她回應賓客的問題，但她執意今晚要讓大家聽到她的聲音。關於英古蘭夫人之死，艾佛利夫人和桑摩比夫人知道的情報不比莉薇亞多，要是放任她們以不負責任的臆測和影射污衊英古蘭爵爺的名聲，她一定會扼腕至極。

過往的歲月沒有教導她面對冰窖裡的景象，可是她沒有閒暇縮在房間裡，期盼騎著駿馬的勇士前來搭救。老天在上，她一定要拚盡全力捍衛他。

□

英古蘭爵爺在書齋裡接見警長。他帶來的三名警員將會列出賓客與僕役名單，與每一個人談話。不過艾勒比警長要親自訊問看見屍體的四名證人，以及堅決谷莊園之主。

爵爺曾與數十年來面對倫敦陰暗角落的督察打過交道，他們見識過各式各樣的貪婪、殘酷、狡猾罪犯，已經厭倦了這個世道。但艾勒比警長不是那種人。他顯然只在意豪華的宅院，以及公爵後裔殺害妻子的可能性。

管家桑本太太跟在艾勒比警長背後，端著奉茶的托盤。她替兩人倒茶，悄悄離開。

「牛奶？糖？」英古蘭爵爺的語氣謙和有禮。

「都不用，謝謝。」

「警長，我很想替您倒一杯更刺激的飲料，可是我想這可能會遭人非難。」

「確實是如此，但您請隨意，爵爺大人。這種日子就是需要一點烈酒。」

英古蘭爵爺在杯裡倒滿威士忌。比起夏洛特・福爾摩斯對於糕點的熱愛，他的酒癮可說是微不足道，不過他的酒量和她能吃下的蛋糕分量不相上下。今晚他打算好好利用這能力。一個酒鬼比較不會給人工於心計的印象。

他喝下一大口琥珀色的液體，流過喉嚨的燒灼感讓他閉起雙眼。「警長，我要如何為你效勞？」

「您應該記得在現場的兩位夫人吧，她們要求和我談話。」

他記得很清楚。艾佛利夫人和桑摩比夫人差點就要揪著警長的耳朵，逼他聽她們說話。英古蘭爵爺沒有多管，率先離開。她們說話又急又快，長篇大論想必讓艾勒比警長頭都暈了。

「艾佛利夫人和桑摩比夫人是社交界頂尖的醜聞歷史學家，她們必定能提供有用的消息。」

這番話聽起來毫無立場，事實上絕非如此。或許艾勒比警長是個聰明人，辦案不成問題，但他不習慣面對謠言姊妹的強勢性格，她們試圖灌輸他一切她們認定他該知曉的事物，很可能已經引起他的反感。

由於與兩人的年紀與階級不同，雖然不喜歡謠言姊妹指點他該如何完成自己的任務，他也要壓抑心頭不悅。而聽到英古蘭爵爺提示那兩位夫人以謠言出名，艾勒比警長就有藉口忽略她們的推論。

英古蘭爵爺很清楚那兩位夫人心思多縝密。她們知道自己行事夠謹慎，可是艾勒比警長不知道。在這座完美莊園的主人和兩個管不好嘴巴的中年婦人間，英古蘭爵爺知道警長會比較相信哪一方。

然而他無法掌握這位警長的心思。不能放過一切可能性——說不定這個人會仔細聆聽那對謠言姊妹的言論，忽而察覺獲得非常可貴的情報。或許他對這座完美莊園的主人投以相稱的懷疑，因爲除非是刻意而爲，家中一絲不苟的男人不太可能露出馬腳。

「啊，難怪她們一開口就沒完沒了。」艾勒比警長的回應讓英古蘭爵爺確定了他的立場，距英古蘭爵爺的期望不會太遠。

「我聽僕人說她們抵達此處後，便不斷打聽我妻子的下落——以及她生日宴會當晚的細節，那是她最後一次出現在眾人面前。」

那一夜，他與她對峙——要她離開此處。接著，他等了二十四小時才向班克羅夫特通報她的犯行，給她遠走高飛的時間。

她終究逃得不夠遠。

「那兩位夫人的行爲是否令您不悅？」警長問道。

「是的，但理由與她們的想像相差甚遠。」英古蘭爵爺又灌下一大口威士忌。「我曾期盼眞相永遠不會浮上檯面，因爲就算是我的敵人，我也不希望我的悲慘遭遇降臨在他們身上。」

艾勒比警長掏出筆記本。「爵爺大人，請問您究竟碰上了什麼事？」

□

「魏許先生，有一位姓福爾摩斯的男士想見您。」年輕的下級男僕向堅決谷的管家通報。

過去的一個小時內，魏許先生替他的主人擋掉兩間地方小報社的記者、兩名不同教會的教區牧師、三名住在附近的女士——她們是英古蘭夫人的舊識，認爲自己有義務來拜訪她悲痛的丈夫。悲劇突顯出人性最惡劣的部分，現在他對這句話深信不疑——一心只想強硬地將下一名訪客拒於門外。能一腳把他踢出去就好了。

「這位福爾摩斯先生有何貴幹？」魏許先生勉強表現出僅存的風度。「跟我們的客人福爾摩斯小姐有什麼關係嗎？」

「先生，我不知道。他說他是來自伊斯特萊。」

伊斯特萊是英古蘭爵爺的長兄——威克里夫公爵閣下的公館所在地。魏許先生感受到一股震顫。公爵派使者來譴責他的弟弟嗎？今晚時機眞的不恰當。

「他在哪裡？還在接待室嗎？」

若眞是如此，魏許先生能拖住這名使者多少時間？他能替英古蘭爵爺擋住天降怒火多久？

「是的，先生。」

「立刻送茶到我的辦公室。」

魏許先生擺出最高傲的姿態，大步走進接待室。假如公爵派來的人態度強硬，那就讓他瞧瞧英古蘭爵爺身旁有多少忠實隨從捍衛他的安全。

接待室裡的年輕男子留著修剪整齊的濃密落腮鬍，鼻子下是一抹塗過油的八字鬍，尾端幾乎翹起一吋高。

魏許先生一進門，他馬上起身。「我想您就是魏許先生？在下是雪林福・福爾摩斯。看您一臉凝重，想必您認定我是公爵閣下的使者。」

魏許先生眨眨眼。「福爾摩斯先生，你的意思是你並非由公爵閣下派來此地？」

「不是的。」男子微微一笑。「接下來幾天他也不會派遣任何人前來，甚至是他本人也不會出馬。但我是接受威克里夫公爵夫人的差遣，前來照顧英古蘭爵爺。近日爵爺大人想必不太好過，她認為他身旁應當要有人支持。」

感激之情淹沒了魏許先生的腦海。

只持續了幾秒。

有個幫手相伴確實是件好事，但這位福爾摩斯先生……

他身高中等，從濃密的鬍鬚來看，應該不會超過二十五、六歲，以這個年紀來說他的身材出奇臃腫。縱使他整個人圓滾滾，衣服倒是穿得很整齊，材質良好、作工細緻。整齊不足以形容他的裝扮，福爾摩斯先生穿得很浮誇。

藍金條紋的天鵝絨背心、層層疊疊的複雜領帶結、鮮艷的胸花——孔雀羽毛上繫著三朵圓澄澄的黃色雛菊。他的懷錶鍊上掛著珐瑯材質的孔雀羽毛墜飾，與翻領上的眞羽毛互相呼應。他掏出懷錶看時間，同時抽出單邊眼鏡架到右眼眼眶上——仔細一看，鏡框是條精緻的銜尾蛇。

在英古蘭爵爺最絕望的時刻，唯一的盟友是個時髦的公子哥兒。

「魏許先生，您正是我希望見到的人。」公子哥兒說道：「明天一早我得要先找屋外的僕役談話——得要靠您安排了。不過我今晚的目標是室內的僕役。」

「請您一一找來已經與警方說過話的人員。如果有名單列出他們的名字、年齡、職位等等就再好不過了。我要借用管家辦公室的一角，最好是安靜隱密的空間，來進行這些訪談。要是桑本太太能在育幼室那層樓整理個房間，讓我避開其他賓客耳目，我將銘感五內。」

魏許先生再次眨眼。「福爾摩斯先生，這樣就夠了嗎？」

「與您的下屬談話前，我想看一眼爵爺大人和夫人的居住區域。可以請您為我帶路嗎？」

魏許先生猶豫不決。

「英古蘭爵爺正在和警方面談嗎？」福爾摩斯先生問。

「是的。」

「若有需要，請現在去詢問他是否允許我進入他的房間。時間分秒必爭。」

魏許先生忍不住妥協了。兩人很快就看過英古蘭爵爺的幾間房，英古蘭夫人的私人區域更是用不了多少時間。

福爾摩斯先生坐在魏許先生的辦公桌旁，一邊替自己倒茶，一邊說道：「對了，既然公爵夫人沒有要讓公爵閣下知道此事，就不用向他或是他派來的任何人士提到我。」

「那我該如何向其他僕人介紹你呢？」

「您可以說我是英古蘭爵爺的朋友，來這裡盡身為朋友的職責。」

他勾起嘴角，露出諷刺似的笑容，但語氣極為嚴肅。魏許先生在心裡記下：福爾摩斯先生抵達堅決谷一事絕對不能向伊斯特萊的任何人提起。

「福爾摩斯先生，我們究竟能不能幫上爵爺的忙呢？」

這個問題抹去福爾摩斯先生的笑意。他嘆息道：「魏許先生，現下情勢不太妙。沒有任何直接證據能將英古蘭夫人之死與爵爺牽上關係，但間接證據多如牛毛，全都相當不利。」

魏許先生嚥嚥口水。

福爾摩斯先生直視他的雙眼。「但現在我來了，我是他最後，也是最大的希望。」

第八章

夏洛特與最後一名室內僕役談完後，已經是深夜十一點了。她抄好這次面談的筆記，看著方才和她說過話的男女名單。

平時她不用做筆記，不過平時她也不用連續向四十個陌生人問話。有人敲門。「請進。」她以為是魏許先生要來領她去她的房間。

英古蘭爵爺走進辦公室。他一副燈枯油盡的模樣，但是一看到她，眼中又恢復了些許光彩。她靠上椅背，雙臂環在胸前，手肘舒服地擱在雪林福．福爾摩斯的假肚子上。「哈囉，艾許。」

「我似乎聽見蛋糕消失的聲音——」他的視線掃向放茶具和茶點的托盤，又回到她臉上，接著再望向托盤。「怎麼了？魏許先生剛補過蛋糕嗎——還是說妳什麼都沒碰？」

放在她面前的甜點基本上不會存活太久——飢餓並非必要條件，發呆、專注、無聊時，蛋糕吃起來同樣美味。然而一看到莉薇亞的信，她的胃袋彷彿變成石頭。魏許先生送上的點心像是蠟做的模型，無法激發她半點食慾。

她希望英古蘭爵爺現在就知道這件事嗎？

她掩住半邊臉。「爵爺，這絕對不是尋常狀況。我……我也不知道是怎麼一回事。可以保證在絕大多數的時間裡，我的胃口就像石柱一樣堅定又巨大。喪失了這能力，我和你一樣震驚。」

他臉上逐漸閃過不可置信的神色，代表他正在努力接受她是眞心把自己的好胃口當成特殊能力。

「妳們住處有足夠的茶水嗎？」隔了半晌，他才擠出問題。

他不是顧左右而言他，她也不認爲他有意離題。「家姊的信送達時，我們正要喝下午茶。所以……不是你想的那樣。」

他緊盯著她，皺起眉頭。等他再次開口，嗓音變得低沉緊繃。「別說妳已經八小時沒吃東西了，我會嚇壞的。」

她呼出一口氣。「你一定會嚇死，確實是如此。」

她到村裡的火車站前叫車，請人送她來堅決谷莊園。她在火車站外站了十五分鐘，並不是沒有馬車可搭，而是因爲她需要好好冷靜一下。

他抓著自己身後的椅背，過了兩秒才放手。「來吧，我已經和魏許先生說由我帶妳到客房。晚餐已經好了。」

她起身，揉揉痠痛的後腰，發覺她的假肚子轉到別的角度去了。「你把我餵飽的技術比不上班克羅夫特爵爺，不過在緊要關頭，你一定有辦法的。」

他橫了她一眼，沒有反駁她的說法。

管家照著她的要求，在育幼室那一層樓幫她安排了客房，不過房間比她預期的還要舒服許多。就算是在豪宅裡，通常高樓層區域極少動用，擺設樸素到了極點。但她分配到的房間像是整套寓所，起居室、臥室、更衣室一應俱全，甚至還有專屬的衛浴設備。

「以前我來拜訪教父時都住在這裡。對雪林福．福爾摩斯來說還算合用吧？」

「確實。」

「牆上嵌著保險櫃，等一下我再告訴妳密碼。我也向桑本太太提到妳早上討厭被人打擾，女僕不會在妳睡覺時進來清掃壁爐或是重新點火。」

「謝謝。」

她以為他不會久留，但他只是靠在門邊盯著她。沉默變得太過緊繃，他的嘴角微微抽動。

「告訴你，雪林福．福爾摩斯是個貨眞價實的時髦人物。」她忍不住抗議。「至少他是這麼認定的，你絕對不能傷害這個可憐人的感情。」

他清清喉嚨。「抱歉。」

他的嘴角再次抽動，接著笑聲從他口中爆出，持續了好一會。

他的笑聲眞是充滿魅力。

「可憐的雪林福不會放過你的！」

他還是止不住笑意，直到她嘆了口氣，撕掉假的八字鬍和落腮鬍。

他直起腰桿，清清喉嚨。「眞的很抱歉。」

「在其他人面前最好別這麼做。」

「不會的。」他低頭看著她好半晌。「謝謝。」

「你知道我一定會來。」

「我是說，謝謝妳披上如此可笑又精緻的偽裝。當我察覺很有可能被控殺害英古蘭夫人時，我以為自己再也笑不出來了，更別說是笑得像瘋子一樣。」

以前也沒看他大笑過幾次——當年他的日子也不好過。

他挺直上身。「妳臉上皮膚有點紅。」

她拍拍臉頰。「華生太太警告過這種膠有刺激性。我得要加快腳步了，別讓這張漂亮臉蛋蒙受無法挽回的傷害。」

「妳的手腳有多快？有辦法在我上絞架前洗刷我的罪名嗎？」

「若是審判結果不利，相信班克羅夫特爵爺會安排機會讓你溜走。」

他愉快的神情一掃而空。「妳認為我會上法院受審？」

「假如你是局外人，對這個案子會得出什麼結論？」

他走到放了晚餐的桌邊，替她拉開椅子。「我早就知道其他人的想法了。可是神探夏洛克・福爾摩斯呢？她能為這個案子開創新局嗎？」

「你看到屍體了。真的是英古蘭夫人嗎？」

「我沒有拿放大鏡看過她全身上下每一吋，但我認為是她沒錯。」

夏洛特嘆息，坐了下來，掀開晚餐托盤上的罩子。盤裡放著酥皮鹹派和一片夏洛特蛋糕，上頭以香草和巧克力口味的巴伐利亞奶油畫出一層層條紋裝飾。

她拿起刀叉切開鹹派。「雪林福・福爾摩斯是夏洛克・福爾摩斯的兄弟，他同樣足智多謀，卻不喜歡到處亂跑，幫陌生人解危。就算是他們兩人也無法一眼看出英古蘭夫人死在冰窖裡的原因。」

英古蘭爵爺在對面位置坐定。「看著她的屍體，我忍不住心想這可能是她的詭計，想誣陷我謀殺了她，被判處死刑，這樣她就可以翩然回到莊園，讓孩子重回她的懷抱。」

「說不定事實正是如此。說不定冰窖裡的是她無人知曉的雙胞胎姊妹。眞正的英古蘭夫人躲在暗處，笑得合不攏嘴。」

「要是她眞有個沒有人聽說過的姊妹，我不認爲她會爲了把罪名硬是安在我頭上，殘忍到殺害那個無辜的女人。」他朝她輕輕仰起下巴。「別把食物在盤子裡推來推去，快吃。」

她叉起一塊野味鹹派送到嘴邊，派的中央藏了一整顆鵪鶉蛋。「假如那個神祕的姊妹自然死亡，英古蘭夫人順手利用了這個機會呢？」

鹹派非常美味，但她不想再多咬半口。

「現在仔細一想，我實在看不出她的死因。她衣著完整，艾佛利夫人和桑摩比夫人又不讓我踏入冰窖。」他搖搖頭。「別瞎扯了，這一定是莫里亞提動的手腳。」

「可是以他的立場，此舉不太合理。」

「爲什麼？她對莫里亞提已經沒有用處了，而且還有個班克羅夫特追在她背後。說不定莫里亞提打算直接擺脫這個麻煩，接著又打算讓我因爲破壞了他天衣無縫的計畫付出代價。」

「首先，就算英古蘭夫人無法繼續監視班克羅夫特爵爺，我也不認爲她就毫無用處了。她貌美聰穎、冷血無情，這種女人可以在其他地方派上用場。」

「再者，即使違逆班克羅夫特爵爺很危險，但他的勢力範圍終究有其限制。如果我說錯的話請糾正：他的手下還有其他要務在身，對吧？我想追捕英古蘭夫人的人手大概就那麼幾個，說不定根本排不出多餘人力。」

他沒有打岔。她繼續道：「第三，私怨只存在於你和英古蘭夫人之間。我幾乎可以肯定莫里亞提對你——或是班克羅夫特爵爺——並沒有特別的反感。聰明的罪犯會小心不要觸法，但並不代表他憎恨每一名遇到的警員。」

「若他眞的如你所說，要你付出代價，他不只要殺害或許還有價値的手下，還得籌畫縝密的計謀，把她的屍體運進你的莊園，而且期間還出現了意料外的大批客人，難保不會有人碰巧撞見這一切。說眞的，他能從中得到什麼利益呢？」

「確實沒有什麼意義。」英古蘭爵爺承認道：「我不打算逮到英古蘭夫人，因此這不會是拿我開刀的理由。假如莫里亞提認爲把我送上絞架就能傷害到班克羅夫特，那他對班克羅夫特的認識就太淺薄了。」

他伸手掰下一塊鹹派酥脆的外殼。

「你沒吃晚餐？」

他搖搖頭。

「所以說我不只喚醒了你的幽默感，還讓你恢復了食慾。」

「是時間讓我恢復食慾，而妳只要眼前有食物就有食慾了。」

她微微一笑。他的視線在她臉上多逗留了一秒，稍微超出合乎禮儀的時間。

她把還剩一大半的鹹派推向他。「吃吧，但是別碰我的夏洛特蛋糕。」

「這我可不敢保證。」

「那我最好趁著你解決鹹派前吃掉蛋糕。」

兩人沉默半晌，他一口接著一口吃派，她的速度緩慢許多。他一定是注意到了，因爲他問：「妳到底在怕什麼？」

她把一團巴伐利亞奶油塗到盤子上，用叉子抹來抹去。她停下手邊動作，直視他的雙眼。「艾許，你的孩子在哪裡？」

「和雷明頓一起──妳知道的。」

「英古蘭夫人離開後，我認定你永遠不會再讓他們離開你的視線。爲什麼會改變心意？」

「令姊曾說過妳到四歲半才開口說話。我想妳從會走路開始，就承受著極大的壓力，大家都要妳說些什麼，什麼都好。但妳等到自己做好準備，絕不妥協。」

「孩子也是人，他們有自己的想法。我絕對不是那種不惜一切代價，要將自己的意志強壓在他們身上的家長。露西妲和卡利索想與雷明頓一起旅行，最後我還是順著他們的意思。」

夏洛特拿紙巾輕壓嘴唇。她相信他嗎？

在她偵辦第一個大案子期間，英古蘭爵爺和華生太太曾在上貝克街十八號「碰面」。那是華生太太名下的屋子，布置成夏洛克．福爾摩斯的根據地。華生太太當時扮裝成女房東哈德遜太太，戴上灰色假髮及金屬框眼鏡。英古蘭爵爺則是狐疑地打量她，尖銳地問夏洛特假如她是局外人，不會覺得這種天大好事太過匪夷所思嗎？怎麼可能隨便就遇到不只願意收留她，還大力投資她的推理能力的歡場女子呢？

然而夏洛特事後才發現其實就是他派華生太太前來幫忙——華生太太是他的忠實好友，兩人的交情從他認識夏洛特．福爾摩斯之前就建立了。

他的演技是如此優秀，那張臭臉充滿說服力，縱使她擁有過人的觀察力，也完全相信他對華生太太是多麼不敢苟同。也是因此在她逃家後最絕望、最貧困、最沒有選擇的時刻，她完全沒料到那兩人竟然聯手給予她協助。

坐在對面的他緩緩咬了一口野味鹹派，細細端詳她，視線沉穩，沒有透出半點情緒。

他曾說她是最優秀的騙子，擁有高深莫測，甚至是世間難尋的天分。她對他的評價並非如此——或許是因為兩人的交流中有太多沉默。但是當她發現他與華生太太從一開始就是好友，因而找他對質時，他是這麼說的：有很多說出口的話只是權宜之計，不一定是事實。

現在他告訴她的一切，究竟是事實，還是更多的權宜之計呢？

「你剛才和艾勒比警長談過了。」

話題的轉變使得他瞇細雙眼。「是的。」

「我想你盡可能地向他透露了眞相，畢竟到了這個節骨眼，撒謊只會害你惹上更多麻煩。」

「沒錯。」

「想必你表現出冷靜克制的態度，加上合乎身分的儀態，但同時也讓他看見你以顫抖的手指握住酒杯。你不時暫停幾秒，控制情緒。當然了，你在談話期間讓自己的嗓音越來越沙啞，打造出受盡世間厄運摧折的男子形象。」

他把刀叉握得更緊一些。「我得要先讓他相信我是無辜的。」

「確實。那你現在爲什麼不加把勁，連我一起說服呢？」

「妳可以詢問任何一名僕役——雷明頓來過這裡，帶著孩子一起離開。」

「我不會質疑大家看到了什麼，我需要的是他們離開的理由。」

「我說過了——」

「留意你在我面前說出口的話。我完全不排除有這個可能性：當英古蘭夫人前來綁架露西妲和卡利索，你殺害了她，無論是無意還是有心。」

□

「誰找你？」愛麗絲輕聲詢問，鑽進崔德斯的更衣室。「你要出門嗎？」

崔德斯把外套扣好。「富勒總督察。他要我陪他去處理一件案子。」

愛麗絲眨眨眼。深夜訪客上門時，她已經躺在床上，幾乎睡著了。「既然由他出馬，那一定是大案子囉。而且他還來找你幫忙。」

「的確是大案子。」他拉好領帶結，視線沒有轉向她。「英古蘭夫人。」

她倒抽一口氣。「什麼？」

「大家都認為她出國去了，可是今天下午有人在堅決谷莊園境內發現她的遺體。」

他對英古蘭夫人的下落一無所知——在社交季結束前，他和英古蘭爵爺斷了聯繫，少了書信往來，他沒有多少管道掌握英古蘭爵爺的動向——他們的活動範圍沒有交集，也沒有共通朋友。

除了夏洛克・福爾摩斯，不過那也是過去的事了。

「富勒總督察不知道你和英古蘭爵爺有交情嗎？」

崔德斯往口袋裡塞了一條摺好的手帕，卻發現口袋裡已經有手帕了。「知道。我猜這是他找我的理由，因為我可以幫他判斷英古蘭爵爺的反應。」

這大概是他在此案的唯一職責。富勒總督察對於下屬應有的職責相當堅持。崔德斯是探長沒錯，但富勒是老大，他猜自己充其量就是個速記員。

況且，他還得要格外注重言行，不能替英古蘭爵爺說話。

「他們沒有懷疑他是害死她的凶手吧。」

「我還不清楚。」他撒了謊。

像這種案子，丈夫涉案的可能性幾乎是百分之百，富勒總督察曾在偵辦類似案件時說過這句話。若不是早就鎖定了英古蘭爵爺，他也不會找崔德斯同行。

愛麗絲抓著睡袍的領口。「英古蘭爵爺是我們的朋友。」

「我是警官。」他拎起早就準備好的旅行包。「如果他是清白的，那他根本不用怕。」

他把手中的手帕塞進另一邊口袋，發現剛才自己也在這個口袋裡塞了條手帕。

她接過那條多餘的手帕，握住他的手。「羅伯特，你還好嗎？」

不好。我很擔心英古蘭爵爺，又不知道該怎麼辦。

他敷衍地親了親愛麗絲，在自己的龐大恐懼洩露出來前踏出家門。

□

英古蘭爵爺從椅子上彈起。他在房裡踱步，宛如四面碰壁的困獸。他隱約意識到福爾摩斯的視線，那雙清澈的眼珠子裡沒有半點同情。

他雙手握住爐架，壁爐裡火舌翻騰，他卻一點都不覺得熱。冰窖的寒氣鑽進他的脊椎，一節一節地流動。

她站到他身旁。「我很遺憾。」

「不是妳的錯。」他幾乎聽不見自己的聲音。「可是我該怎麼做才好？」

打擊接二連三襲來。寒氣擴散到他的肺裡，只要再施加一點壓力，他的勇氣就會分崩離析。

她開口說話，他試著聆聽，然而她的字句如同冰河般衝向他，氣勢萬鈞、冰冷無比。

等她說完，她悄悄走開。他覺得悵然若失——另一種恐懼湧上心頭。福爾摩斯有可能拋下他，自己去解開謎題。

但她回來了——而且一隻手臂環上他的腰。眞不像她。她吻過他兩次，中間隔了超過十年，還不時向他調情；而他總有個印象：她覺得觸摸是一種很怪、不太舒服的體驗。

夏洛特不喜歡被人抱著，莉薇亞·福爾摩斯小姐曾傷感地說過這句話，而他碰巧聽到。

可是福爾摩斯非但沒有鬆手，連另一條手臂都抱了上來，臉頰貼住他的背脊。

他已經很久、很久沒有被女性擁抱過了。在驚愕消退後，她的溫暖滲入他僵硬的身軀。

稍微沒有那麼冷了。

稍微沒有那麼孤獨了。

他每天都要與人打交道，數十人，有時候高達上百人——家人、朋友、鄰居、同學、考古學界的同僚、一同奮鬥的女王密探，還沒算到他的手下僕役和各種階級的友人。但他已經孤單了好久，寂寞日漸滋長，儘管他最厭惡的就是孤單。

她的觸碰解放了那股龐大的需索，紛亂的情緒使得他無法確定自己究竟在渴望什麼，究竟他想要得到——或是給予什麼。他站得直挺挺地，恐懼這份渴望，也同樣恐懼自己早已被她看透，她看得太清楚，不會錯過任何蛛絲馬跡。

可是她的溫暖傾瀉而出。她沒有離開，沒有丟他自己面對這些風雨。他的手放在她的手背上，指尖掃過她的袖口。

他這才察覺她已經脫掉外套、背心、全身上下的墊襯。男性的襯衫比強調上圍的女性禮服還要簡單許多——他看過她穿著好幾套舞會禮服。但她在襯衫下沒穿馬甲，隔著自己的衣服，他清楚感覺到她的曲線緊緊貼在他背上。

二十四小時前，他作夢也想不到這個可能性——他和福爾摩斯緊緊擁抱，而且他沒有馬上退開。社交季後他一直沒有寫信給她，因爲就算英古蘭夫人再也不會回來，他依舊是個已婚男子，沒有任何價值——至少他是這麼想的。

但是不到一天，一切都變了。他不再是已婚男子，隨時可能失去自由——以及性命。

他不再動彈。不是怕驚擾到她——她面對這種事情一向毫不動搖，而是因爲他自己嚇傻了。他以爲他對自己的欲望瞭若指掌。他以爲經過長期的束縛與限制，欲望早已被馴服，或者至少受控。

但他的欲望一直都是頭猛獸，是原始的本能。

她的嘴唇觸上他的後頸，就在領子上緣。他迴過身捧起她的臉，吻上她的唇，持續到永恆的吻。是她在兩人之間隔出距離，手指梳過他的頭髮。「歡迎你留下。」

他的額頭貼上她的。他很想這麼做，很想很想。可是他妻子的屍體還在冰窖裡。「明天。」

「那你去睡一下吧，你一定累壞了。」

他今天下午打了個盹——幾乎睡死了，直到他被管家叫醒，與驚慌失措的莉薇亞・福爾摩斯小姐見面。即便如此，他還是有點站不穩。

「晚安。」他喃喃說著，親吻她的臉頰。「倫敦警察廳的人明早會抵達這裡。」

她勾起嘴角，露出微乎其微的笑意。「要來就來吧。」她說：「看他們能出多少醜。」

第九章

說來眞是諷刺，崔德斯不是以朋友的身分，而是以警官的身分第一次踏進英古蘭爵爺的莊園。同時也是他第一次調查曾經打過照面的人的命案。

幾個月前，在調查另一樁案件途中，他經過英古蘭爵爺在倫敦的寓所門口。當時英古蘭爵爺走出門外，英古蘭夫人則是剛下馬車。兩人打招呼的神態是如此冷淡，導致首度見到英古蘭夫人的崔德斯差點誤會他們只是擦肩而過的路人。空氣中毫無往日舊愛間的鬱積緊繃氣氛，只有完全的空虛，毫無愛意存在。

那一天，他終於了解英古蘭夫人爲何從未參加過丈夫的講座，也沒陪他去挖掘遺跡。那一天，他也了解自己爲何從未受邀拜訪英古蘭爵爺的家，因爲負責列出賓客名單、安排座位表的英古蘭夫人對他一點都不感興趣。兩人的地位天差地別，他並不期待、也不希望自己會得到邀請。他也不認爲她是勢利眼；她不是針對他個人，這份厭惡僅是反應了她與丈夫之間的遙遠距離。

他只見過生前的英古蘭夫人這麼一次。當下他只覺得感傷，完全沒料到會在幾個月內接獲噩耗。也沒有料到英古蘭爵爺會成爲頭號嫌犯。

「眞不錯。」富勒總督察喃喃說著。招呼他們的男僕去向屋主通報兩人抵達此處。「和庭院一樣完美。」

前廳以白色與金色的大理石作為基調，刻有凹槽的柱子撐住四十呎高的藍色圓拱天花板。在轉了兩個彎的氣派階梯前列著一排雕像。

「這是魯本斯的作品。如果我沒看錯的話，那兩幅是林布蘭的作品。」富勒的雙眼在金屬細框眼鏡後方瞇細，望向遠處牆上的裝飾。「那裡的三幅應該都是透納的水彩畫。探長，這可是不得了的收藏品啊。」

雖然崔德斯從妻子身上學到不少藝術史的知識，但除了「總督察，您說的沒錯」之外，他擠不出半點感想。

富勒態度和善，甚至說得上是親切，但崔德斯從過往經驗中學到絕對別信任他表面上的友好。他心中藏著一頭肉食動物，極度享受在嫌犯身旁打轉的快感。或許這個人對於正義毫無興致，只想盡情展現權力。

現在英古蘭爵爺成了他的獵物。

男僕回到前廳，帶兩人去見他的主人。他們穿過展示藝術品的走廊，三層樓高，玻璃屋頂，擺滿油畫和雕塑。富勒佩服地連連搖頭，不知道他欣賞的是高密度的藝術品，還是優秀的建築。或許兩者皆是。

崔德斯以前就知道英古蘭爵爺出身良好，但出身良好也可能只是有個好聽的頭銜。他不清楚這位朋友究竟有多少財富。

若他知曉此事，會不會從一開始就與爵爺保持距離？他會不會因此而在意自己平庸的出身？

兩人被帶進兩層樓高的書齋，裡頭少說也有一萬本書，擺滿了四面牆。天花板的壁畫使用錯位立體技巧，讓人感覺書架一路延伸到晴朗的藍天，身穿飄逸長袍的古代哲學家興致盎然地俯瞰房裡。

在這個寒冷的早晨，書齋裡的三座壁爐裡都亮著火光。英古蘭爵爺站在最大的壁爐旁，氣勢完全沒被富麗堂皇的裝潢壓倒。他與崔德斯記憶中的面貌沒有太大差異，但眉宇間帶著一絲冷酷，像是執意忍受一切的堅毅。

搭上夜車前，崔德斯內心天人交戰，不知道是否該發個電報給英古蘭爵爺。他決定別這麼做——這趟來堅決谷是為了公務。況且英古蘭爵爺一定知道要提防倫敦警察廳。

然而當爵爺的視線落在他身上時，他心中仍不由湧現罪惡感，彷彿是個被人逮個正著的小賊。現在他只能扮演好警官的角色了。

英古蘭爵爺點頭的角度毫無瑕疵。「早安，崔德斯探長。很高興能再見到你。」

「爵爺大人，我也是。請容我向您介紹富勒總督察。」

富勒輕輕鞠躬。

「總督察，歡迎來到堅決谷。」英古蘭爵爺的手比向房裡另一名男子，那人正在研究看似莊園平面圖的大幅文件。「向兩位介紹，這位是我的朋友，雪林福．福爾摩斯先生。福爾摩斯，這兩位是倫敦警察廳的富勒總督察和崔德斯探長。」

聽到「福爾摩斯」這個姓氏，崔德斯迅速望向那名黑髮年輕人，他身軀臃腫，戴著單邊眼鏡，留了誇張的落腮鬍。

福爾摩斯先生用力鞠躬。

四人閒聊幾句，聊到警官來此的旅程、天氣，以及本地警員的優良效率。

「知道事情輕重，馬上向倫敦警察廳求援，郡警局的警長能有如此機靈的反應確實值得褒獎。」

福爾摩斯先生笑了笑。

「喔，這點我倒是無法否認。」富勒的回應流露出自然而然的真誠。

崔德斯則是在猜測福爾摩斯先生的語氣是不是別有深意——感覺是單純的愉快，而非揶揄。

最後，英古蘭爵爺帶出正題：「相信諸位都想看看遺體。」

富勒沒有馬上答腔，他上下打量英古蘭爵爺，而爵爺從容地迎上他的視線。崔德斯憋住呼吸。福爾摩斯先生似乎沒受到半點影響——那是因爲他沒見識過富勒總督察火力全開的模樣。

沉默彷彿永無止境。富勒終於開口：「是的，我們希望能先檢查遺體。謝謝。」

「我帶兩位到冰窖。」英古蘭爵爺平穩的語氣傳達出他的問心無愧。

至少聽在崔德斯耳裡是如此。富勒總督察會把他想成深信自己絕對不會露餡的聰明殺人犯嗎？

「我要請福爾摩斯先生陪同。」英古蘭爵爺繼續道：「這是個艱困的時刻，我的身心都需要支持。希望兩位能諒解。」

這話聽似請求，實際上卻是告知。福爾摩斯先生也會在場，這點不容否決。

「當然了，爵爺大人。」富勒裝出寬容大量的模樣。

福爾摩斯先生與富勒並肩而行，崔德斯只得走在英古蘭爵爺身旁。他聽見福爾摩斯先生在後頭以輕快的男中音回應富勒的疑問，只是他的咬字不如預想中的清晰，幾乎就像是嘴裡含著一團蜜糖。

沒錯，爵爺大人和我從小就是朋友。

是的，我也認識夫人。這麼一個美人竟會碰上如此劫數。

喔，我剛好人在這一帶，想來替爵爺大人效勞。總督察，這話我只說給您聽，我懷疑他讓我幫忙並不是因為他相信我眞有什麼用處。

英古蘭爵爺的朋友有些古怪，與他浮誇的打扮無關，那是一種帶著衝突感的吸引力。雖然他是來辦正事的，但他發現自己的視線不由自主地飄向福爾摩斯先生，對方不斷爭取他的關注，有如背上搔不到的癢處。因此，他對後頭兩人的對話投入了超出必要的關注。

輪到福爾摩斯先生向富勒問起在倫敦市區外的執法調查程序。崔德斯發覺他完全沒和英古蘭爵爺說上話，冷場這麼久實在是太失禮了。「爵爺大人，向您致上最深的哀悼。」他紅著臉匆匆說道。

「謝謝你，探長。」

「孩子們都還好嗎？」

「他們與家兄一起遠行，還不知道這個消息。」英古蘭爵爺嘆息。「所以目前他們沒事。但是生長在肥皂泡泡裡的他們，即將撞上混著尖針的風暴。」

「我為他們深感遺憾。」

英古蘭爵爺又嘆了口氣。

怎麼了？為什麼情勢會變得這麼糟？不久前，崔德斯還全心仰慕著這個朋友——直到他得知夏洛克・福爾摩斯的眞實身分。

他清醒過來。近日來，他的思緒常以「直到他得知夏洛克・福爾摩斯的眞實身分」作結。他一直到這幾天才察覺到這個傾向。

夏洛克・福爾摩斯不是萬物之源，不該把一切都和她的登場扯上關係。更何況英古蘭爵爺與妻子的不和已經是經年累月的問題了。崔德斯早該意識到狀況不對勁。

然而他希望能看到這棟宏偉大宅裡，住著融洽的一家人，體現一切美德，遠離貧窮人家的困頓、利益交易的狹隘。

有時候他需要這種景象。他已經見識過太多貪婪、愚蠢、醜陋，玷汙了許多人的本性，他誠心期盼能有高尚的人物存在，與之抗衡。

他以爲英古蘭爵爺就是他尋尋覓覓的理想形象，直到他得知夏洛克・福爾摩斯的眞實身分。

思緒再次走上岔路，他忍不住皺眉。

「啊，想必這裡就是冰窖了。」富勒說。

崔德斯對於家務的運作並不熟悉，但他也知道在比較暖和的季節，會有人送來冰磚，裝進家中冰櫃。他過世的岳父儘管家財萬貫，並未在鄉間購置別墅——在蒸氣年代致富的商人通常不會這麼做。因此他對於維持整座莊園運作所需的冰量並沒有具體概念。即使富勒給了提示，崔德斯愣了幾秒才意識到他指的是眼前覆蓋草皮的小丘。

稍早他們與艾勒比警長談過話，得知前一天暖得不合理，可是夜裡氣溫驟降，草地上覆蓋一層水晶般的冰霜，在他們腳下沙沙作響。

四人接近那座小丘，從南側看來它並不是完美的半圓，形狀更像個梨子，從頂端切成一半，尖端朝北邊傾斜。位於狹窄壁面上的出入口有一名警員看守，他正在跳腳取暖。看到倫敦警察廳的警官光臨，他舉手敬禮。

富勒總督察沒有馬上鑽進冰窖，而是先在外圍緩緩繞了一圈。福爾摩斯先生跟著他走。崔德斯比較了英古蘭爵爺提供的平面圖。這間冰窖蓋在一道緩坡上，目的是讓排水順暢，周圍的土堆包覆住最關鍵的雙層磚牆小屋，阻隔寒氣，內部直徑約十呎。

根據平面圖，冰窖底部的開口只有兩呎寬，覆蓋鋪著稻草的格柵，融化的水會滲入地下管路，流經氣阱，來到莊園的乳品儲藏室，讓牛奶、奶霜、奶油維持低溫。

冰窖頂上是雙層的磚砌圓頂，外頭覆蓋草皮，使得冰窖與景色融爲一體，外人不會察覺到它。

富勒觀察完外圍，警員打開門鎖。

「我在外頭等著。」英古蘭爵爺說。

「福爾摩斯先生呢？」富勒問道。

「喔，我也進去看看吧。」福爾摩斯先生語氣開朗。「艾許，打起精神來。」

□

第一個房間是一條狹窄的小通道，成年男性勉強可以站直。崔德斯不覺得這裡比外頭冷，反而因爲有牆壁擋風，氣溫還舒服多了，只是空氣比較悶一點。

第二個房間涼了一些，但也沒有太大的差異。

富勒總督察聞了聞。「聞起來不太像廁所的味道吧？」

「確實。」崔德斯應道。

進入冰窖的三名女士都指出房間裡瀰漫怪味——臭到艾佛利夫人與桑摩比夫人在等待警察抵達期間，決定打開每一扇門，讓臭味散掉。

廚房幫工沒有提到任何怪味，不過他鼻塞很嚴重，根本什麼都聞不到。

「不知道那三位女士究竟是聞到什麼氣味。」福爾摩斯先生低喃：「不覺得很有意思嗎？」

抵達第三個房間時，寒意刺入崔德斯的臉皮。他把圍巾纏得更緊一些。

這裡是食品冷藏窖，比前兩個房間還要寬敞。左邊掛著獵來的禽鳥、牛肉切片、其他整塊的肉品，崔德斯在鄉間待的時間不夠長，無法立刻認出是什麼動物的肉。右側架上整齊地放著水果、蔬菜、起司。富勒試探似地摸摸掛在頭頂上的火腿及香腸，一條條醃製肉類輕輕搖晃。

食品窖的中央有一台翻倒的手推車，把手斷裂，撞倒了一桶牛奶——至少倫敦警察廳收到的報告中是這麼寫的。艾勒比警長讓莊園的僕人把打翻的牛奶清乾淨了。

冰窖沒有窗戶，每進一扇門，他們都得要點起蠟燭，並在冰窖核心的圓拱空間裡掛了幾盞提燈增添亮度。

崔德斯點燃所有的照明設備，又匆匆戴好手套。冰窖的寒氣隨著時間流逝，變得更加凝重刺骨。報告指出英古蘭夫人躺在一層木屑上。崔德斯以爲她是落在十呎深的冰穴中間，沒想到她躺的位置只比地面低了十八吋左右，比他想像中還要接近地面。

「這是去年冬天的冰嗎？都不會融化嗎？」他驚嘆道。

「這裡的構造非常厲害。冰量越多，維持的時間就更久。」富勒說：「冰窖通常能儲藏兩年份的冰，就怕某一年的冬天不夠冷，沒辦法補足融冰。」

「總督察，您對冰窖很有見地呢。」福爾摩斯先生說。

「家父過去在有錢人家幫傭，負責戶外雜務。他得要從池塘裡切下冰磚，搬進冰窖補充。」他以手杖指向英古蘭夫人。「我猜這裡至少堆了十吋厚的木屑。對我們來說是好事，不然夫人會被凍進冰層裡，把她弄出來可就麻煩了。」

「事實上，探長，融化的冰量比你想像得還要少。或許有一部分是被挖去用掉了。」富勒轉向福爾摩斯先生。「你也是這麼想的吧？」

「確實，雖然近期冰塊用量很小。爵爺一家——還有大多數僕役——都在感恩節後前往倫敦了，通常他們回來時會在莊園裡宴客。不過今年少了英古蘭夫人，莊園一直沒有客人來訪，直到現在。」

福爾摩斯先生隨手拍拍鼓脹的肚皮。「我和所有僕役談過了。在昨天之前，最後有人進來取用冰塊的時間是班克羅夫特爵爺來訪那次，大概是五個禮拜前了。」

崔德斯寫了筆記提醒自己要向僕人們驗證此事。雖然他希望英古蘭爵爺是清白的，但他無法完全信任這個福爾摩斯先生。

「我太太最愛看那些家務寶典了。」富勒說：「根據她所說的，你會以爲像這種豪宅，冰鎮布丁和水果冰品可以全年度供應。」

「無論是在城裡，還是在鄉間，大家都認爲正式餐點中一定要附上冰品——甚至要好幾道，端看餐會規模。」福爾摩斯先生應道。「那些家務寶典裡教的都是如何讓賓客印象深刻的技巧。換作是自家人用餐，可就沒那麼講究了。」

「至於堅決谷的案子呢，英古蘭夫人的娘家很少端出冰品宴客，她對這方面沒什麼概念。英古蘭爵爺基本上也不太在意菜色好壞。至於兩個孩子，冰淇淋——或是任何種類的冰品——只是偶爾吃到的點心，並非育幼室裡常備的食物。」

「昨天那個男孩是來拿晚餐要用的冰塊。」富勒說：「可是英古蘭爵爺的賓客是在前天入住堅決谷。前天的餐點呢？沒有人進來冰窖張羅嗎？」

「根據廚師的說法，從奈維爾太太家逃難過來的行李馬車上，剛好運了一塊那邊冰庫裡的冰磚，不用掉就太浪費了。那塊冰磚已經裂了，只好把碎冰放進冰壺裡，製作宴客所需的水果冰品。因此，在客人抵達的第一天，還不需要動用這個冰窖。」

福爾摩斯先生完全沒有提及英古蘭爵爺究竟是有罪還是無辜，但崔德斯察覺到他不斷替英古蘭爵爺開脫：假如英古蘭爵爺殺了妻子，把屍體放進冰窖，認爲不會有人進來。那爲什麼大批客人突然來訪，他明知道會用到冰塊，卻沒有移走屍體呢？他明明有二十四個小時能處理這件事。

富勒對崔德斯說：「我們靠近一點吧？」

三人爬進冰穴。

英古蘭夫人並沒有結凍，她的衣物和冰層上厚厚的木屑讓她的身軀與室溫差不多，根據牆上的溫度計，目前冰窖裡是攝氏一兩度。

「她的喉嚨沒有什麼痕跡。」富勒提出他的觀察結果。

人死後，血液因爲重力，會聚集在屍體離地較近那一側。像英古蘭夫人這樣仰臥的屍體，會在背後形成瘀血一般的變色區塊。不過依照傷勢的類型，屍體前側的血液可能會凝結在傷口周圍。

「她一直維持著這個姿勢嗎？」福爾摩斯先生問。

「艾勒比警長表示他只將她翻過來一次，很快就擺回原本的模樣。在那之前沒有人動過她。」

「是否可以合理推測把她運來此處的人，一路扛著她到冰穴洞口，再直接丟下去？」

蹲在屍體旁的富勒總督察摸了摸下巴的小鬍子。「應該不會有錯。」

「在如此草率的保存環境下，我想應該不容易判斷她是在何時死亡。」福爾摩斯先生說。

「先生，你又說對了。除非我們可以拿她胃裡的內容物比對她過世前的最後一餐。」

英古蘭夫人平躺著，腦袋卻倒向一側，鼻子貼近冰穴邊緣。富勒翻過她的臉。「嗯，看她以前的照片，她是不是有顆美人痣？」

「是的，長官。」崔德斯答道。

「我只看到痣被除掉的痕跡。」

崔德斯拿著提燈湊過來，看到那顆美人痣已經被刮除，只留下淺淺的凹洞。傷口已經癒合，不過看起來是最近的事情。

「眞可惜。」福爾摩斯說：「那可是她的一個迷人之處呢。」

「啊，你們看。」

富勒捲起英古蘭夫人的袖子，她手腕上方露出清晰的針扎痕跡。雖然屍體因低溫而顯得蒼白，針孔周圍的膚色卻不太一樣——而且該色澤形成一條線，往上延伸了大約兩吋。

她的另一邊手臂也是如此。

「靜脈注射。」崔德斯說。

「病理學家或許能告訴我們她被打了什麼東西。或是化學分析專家。」富勒說。

「兩位有沒有聞到酒味？」福爾摩斯先生問道。

警官們互看一眼。聽福爾摩斯先生一說，崔德斯確實嗅到微弱的酒氣。

「如果我記的沒錯，英古蘭夫人滴酒不沾——沒有人知道她有沒有碰過自己婚禮上的香檳。可敬的夫人，她生前眞是完美的典範。」福爾摩斯先生嘆道。他再次撫摸落腮鬍，那副愉快的模樣看在崔德斯眼裡實在是不太必要。

眞是怪人。

英古蘭爵爺似乎總會引來最格格不入的人。

「不過足量的酒精與毒藥沒有兩樣。」福爾摩斯先生繼續道：「假設她被人注射了大量酒精，對血管應該太過刺激了吧？」

又是一個巧妙的論點，暗示英古蘭爵爺與此事無關：他知道她平時不碰酒，絕對不會靠著注射純酒精來殺害妻子。

富勒皺眉。「這種殺人手法太邪門了吧。」

「相對來說也很乾淨俐落。不需要造訪哪間非法藥局，弄來一堆砷毒。在旁人眼中跟自然死亡沒有兩樣，運送屍體時不會惹人疑竇。」

福爾摩斯先生在暗示這具屍體是從別處以棺材運來此地。

富勒的眉頭皺得更緊，熟練地在死者口袋裡翻找——女士的衣物上口袋不多——只找到一條手絹。接著他脫下她的靴子。

「啊哈，看看這是什麼玩意兒。」

她的毛料長襪裡發出沙沙聲。襪子下藏了一張摺起的紙片，就塞在已經發青的腳跟旁邊。

攤開那張紙，上頭寫滿了字。仔細一看，是同一句話，重複了將近二十幾次，每句字跡都不同。

多嘴的夏洛特．福爾摩斯被風吹亂頭髮在濃霧河岸上顫動。

Vixen Charlotte Holmes's zephyr-tousled hair quivers when jolted in fog bank.

看到這個名字，崔德斯的腸胃一擰。

「這是什麼鬼東西啊？」富勒大叫。

「全字母短句。」福爾摩斯先生答道：「在一句話裡用上二十六個字母。」

「誰是夏洛特．福爾摩斯？」

「你們有親屬關係嗎？」崔德斯幾乎在同時提問。

「她是英古蘭爵爺的朋友，心智卓越的年輕女子。如果是她自己寫下這個句子，我也不會意外。」福爾摩斯先生語氣鎮定。「我們沒有任何關係。」

富勒橫了崔德斯一眼，又轉頭盯著福爾摩斯先生。「你說她是英古蘭爵爺的朋友，不是夫人的朋友嗎？」

「就我所知並非如此。」

「那爲什麼英古蘭夫人會有這種東西？」

福爾摩斯先生遲疑了下。「這個問題最好由英古蘭爵爺來回答。」

「那咱們來找英古蘭爵爺談談吧。」富勒直起身。「可以派警員將屍體送去驗屍官那兒了。」

「兩位介意我再多看一會嗎？」福爾摩斯先生問。

富勒眼神中的謹慎與崔德斯不相上下。福爾摩斯先生自然是代表頭號嫌犯英古蘭爵爺來此，但是英古蘭爵爺也是公爵的弟弟，擁有過人的財富與影響力。和他槓上對倫敦警察廳沒有好處——至少現在時機不對。

「請吧。」富勒刻意沉默幾秒才開口。

「萬分感謝。」

福爾摩斯先生看了看英古蘭夫人的雙腳、長襪、靴子。接著撥開一大堆木屑檢查冰磚表面。兩名警官盯著他看，但他專心一致，顯然對旁人的注視無動於衷。

「福爾摩斯先生，你在找什麼東西呢？」崔德斯忍不住問道。

「探長，我沒有什麼特別想法，只是看看有沒有什麼不尋常的東西。」

「你找到什麼了嗎？」富勒問。

「幾縷頭髮。」

「在哪？」

福爾摩斯先生指著英古蘭夫人身旁六呎處。兩名警官匆忙上前確認，真的有。富勒脫下手套，摸摸那些髮絲，接著移到英古蘭夫人旁邊，撫摸她的頭部。「顏色與質地都相似。」

「是她的頭髮嗎？」崔德斯問。

「只能暫時這樣認定了。」富勒瞇細雙眼。

福爾摩斯先生研究完冰穴，爬回地面，繼續端詳整個冰窖。在離開的路上，他也檢查過每一個房間，特別注意每扇門和鎖頭。當富勒問起他是否看到什麼，他只是搖頭。

英古蘭爵爺站在門外十五呎處，指間夾著一根菸。

「她是怎麼死的？」他問。

他是對著自己的朋友提問。

福爾摩斯先生從大衣內袋掏出菸斗。「艾許，有火柴嗎？」

英古蘭爵爺一臉不甚苟同地遞出一盒安全火柴。福爾摩斯先生熟練地點菸，吸了一大口。「要看病理學家怎麼說，不過我猜是毒殺，凶手往她身上注射了純酒精。」

英古蘭爵爺臉一皺，那是恐懼及嫌惡的表情。還有同情。他吸了一口又一口的菸。「你還有觀察到什麼嗎？」

「倫敦警察廳的兩位大爺沒有漏掉半點蛛絲馬跡。她的鞋子不合腳——所以才能輕鬆脫下。還有她的長襪是便宜貨，不可能是她自己的東西。木屑裡混了一些稻草。前面兩個小房間地上散著煤灰，可是沒有延伸到冰穴裡。我在入口附近找到一點銼下來的金屬碎屑，看起來是新的，還閃閃發亮。」

崔德斯沒看到木屑裡的稻草，不過從富勒志得意滿的表情可以判斷，他注意到福爾摩斯先生提及的每一個細節，甚至不只這些。

「目前先這樣吧，我們快回屋裡暖暖身子。」福爾摩斯先生說：「我連卵蛋都凍僵啦。」

第十章

書齋裡備好了足量的茶水和茶點，迎接四人回來。

崔德斯對自己的胃口不抱希望，不過冰窖的寒氣加上回大宅的路上被風吹得七葷八素，他灌下兩杯熱茶和三個水果餡餅。富勒總督察似乎對甜食沒有興趣，但對迷你三明治讚賞有加。「美味又有料——不像是平常吃到的空虛麵包。」

英古蘭爵爺回到壁爐前的老位置，除了一杯紅茶，什麼都沒碰。福爾摩斯先生連茶都沒喝，癱坐在旁邊的軟墊椅子上，雙腳張開，腦袋後仰，眼睛半閉。

崔德斯盯著他。英古蘭爵爺究竟有多少姓福爾摩斯的朋友？其中又有多少人是他深深信賴到能託付查明妻子死因的重責大任？

「爵爺大人，或許您已經預料到了。」富勒開口道：「我們需要問您幾個問題。」

英古蘭爵爺似乎已經認命。「這是當然。」

富勒瞄了福爾摩斯先生一眼。「某些問題可能會讓您不太舒坦。」

「在福爾摩斯先生面前，我沒有任何祕密。」英古蘭爵爺應道。

他的語氣是否帶了一絲勉強？是否期盼他有辦法保有一兩個祕密？無論如何，屋主都這麼說了，等於是鄭重聲明福爾摩斯先生不需要離席。

福爾摩斯先生似乎對於自己的來去毫不在意，他倒了一杯茶，望向一字排開的各色點心。他端詳蛋糕的神色有些異樣的熟悉感。

「福爾摩斯先生真是您的摯友呢。」富勒掏出一份文件，上頭印著英古蘭爵爺和艾勒比警長談話的逐字稿。

崔德斯準備好筆記本，而文件中難堪的談話內容令他臉頰發燙。他看過那份逐字稿了，只有王室能命令爵爺透露那個祕密，更別說是重複給他們聽。

窗外傳來像是大量砂礫撞擊的聲音——下雨了，狂風帶著暴風雨包圍堅決谷。除了壁爐裡的火舌嘶嘶翻騰，書齋裡一片寂靜。富勒還沒看完，翻頁的聲音響亮得如同揮鞭。

崔德斯心裡發毛。富勒是折磨嫌犯的高手。讓他們等待，讓他們猜測，讓他們心想自己已經露出多少馬腳。

「蘋果蛋糕看起來很美味。」福爾摩斯先生對英古蘭爵爺說道，突兀的話語讓崔德斯差點笑出來。「蘋果是從堅決谷的菜園摘來的嗎？」

「確實是。」英古蘭爵爺用很認真的語氣來回答這個關於甜點的問題。彷彿他不是謀殺妻子的頭號嫌疑犯。

福爾摩斯先生稍稍垂頭。「那我可得要嚐嚐看了。」

富勒總督察的視線沒有離開文件，神色卻添了點不悅。福爾摩斯先生的小插曲打破了房裡張力，像是拿湯匙敲破蛋殼。就算富勒能重啓沉默，施加無形壓力，也不一定有辦法再次營造出優勢。

我的身心都需要支持，英古蘭爵爺是如此介紹這位朋友來此的目的。福爾摩斯先生的目標是破壞富勒設下的局嗎？

「英古蘭爵爺。」富勒終於開口：「您聲稱您的夫人在她生日舞會當夜離家出走。」

若是經歷漫長的沉默——而且富勒能把嗓音再壓低一些——這句開場白想必會更有氣勢。不過這句話依舊發揮了如同攻城鎚的威力。

英古蘭爵爺離開壁爐前，替自己倒了杯威士忌。「是的。」

「您提到她有個往日舊愛。但我難以相信擁有英古蘭夫人這般地位的女士，會爲了區區情人拋棄一切。就我的了解，社交界上層階級中，偷情也是在文明的規範裡頭進行。她明明有辦法與情人私通，保住自己習慣的舒適生活、高尚名聲，應該沒有必要離開吧？」

英古蘭爵爺盯著酒杯，似乎是想一口飲盡，但最後他只喝了一小口。「文明的規範需要某種程度的文明素養，在我的婚姻中並不存在這種要素。」

「您提到這段婚姻缺乏愛情，但沒有說明原因。」

「我不想討論這一點。」

「我能理解您的心情，侵犯旁人隱私絕非我本意。」富勒語氣卻毫無猶豫。「可是您的妻子失蹤數月後，屍體出現在您的莊園裡。緘默是極具男子氣概的品德，但在這個場合對您沒有任何好處。」

這回英古蘭爵爺喝下半杯威士忌。崔德斯暗暗皺眉。過去他曾與英古蘭爵爺同桌用餐、談天說地，這名男子從未飲用過量酒精。

他知道應當要把這位朋友當成頭號嫌犯看待，但無法壓抑湧現的同情心，以及些許的傷感——在他眼中令人欣羨的婚姻，事實上竟毫無值得羨慕之處。

英古蘭爵爺放下酒杯，走到窗邊，望向外頭。屋後的林地已經轉成一片金紅，構成美麗的調色盤。崔德斯無法篤定他是否看得見這幅美景。

「看過教父的遺囑後，我馬上告知英古蘭夫人，說我每年只會收到五百鎊，而非他的大半遺產。事實上，就和教父過世前沒有兩樣。」

這幾句話緩緩浮現，彷彿被拖行於刀刃與火焰之間才誕生。

富勒以拇指和食指托著下巴。「您是否在暗示當時已經懷疑她對您的感情？」

英古蘭爵爺的雙手扣在背後。「和她剛認識時，我就已經知道她娘家不太富裕。我很樂於成爲拯救他們的騎士。那時的情況眞的很浪漫，她到倫敦尋找手頭闊綽的丈夫，而我們的命運就此交會。」

「當年我還很年輕，很自負——相信就算少了未來的遺產，依舊是人人心目中的人獎。心儀的對象有可能並不想嫁給我……我壓根沒有過這種念頭。」

「那年社交季，她住在倫敦表親家中。在她接受我的求婚前，我從沒見過她的家人。她與雙親——甚至是兄弟——缺乏溫情的互動應該要讓我有所警覺，可是我被愛情蒙住雙眼，忽視一切我不想看到的事物。」

「我漸漸發覺她也與我保持著同樣的距離。我想我們擁有了一切幸福快樂的理由——健康、安穩、可愛的孩子。但她只是變得更加疏離，更加遙不可及。」

「就在那時，我發現她別有所愛，對方因爲無力幫助她的家計，不被她雙親接受。一切都顯得無比合理。她厭惡父母，因爲他們沒把她的幸福快樂放在心上。她與我疏離，因爲她不愛我，因爲她選擇嫁給我唯一的理由是我將繼承教父遺產的傳言。」

崔德斯不敢假設若是自己處於英古蘭爵爺的位置，會有什麼感受。他甚至不願想像如此龐大的幻滅。

「我不希望這是眞的，但我要知道眞相。教父在我婚後不久便過世，於是我下定決心。若她眞的愛我，就算我還是原本那個手頭還算寬裕的男人，而非腰纏萬貫的大富豪，她即使失望，也不會失望過度。要是她不愛我……」

他越說越快，彷彿是期盼能早點說完最難堪的一段。但他突然停下，垂著腦袋，手指緊扣窗台邊緣。

等他再度開口，嗓音低沉得幾乎聽不清楚。「她的怒氣超越了我的想像。我的教父是猶太人，外頭盛傳他是我的生父。她清清楚楚地告訴我，若沒有這筆遺產，她根本不會嫁給我，也不會讓孩子白白染上猶太血統。」

屋外寒風呼號，雨幕襲打玻璃窗。屋內的沉默宛如凌遲。崔德斯不敢呼吸，生怕會彰顯自己的存在。他希望英古蘭爵爺認定自己是對著空房間說話——唯有如此，他才能從如此痛苦的回憶中解放。

「兩位沒有嘗試和解嗎？」富勒毫不動搖，提出冷酷無情的疑問。

「我們之間的齟齬已經無法挽回——如同截肢手術一般徹底。我認爲揭露眞相能紓解她的壓力，卸下所有偽裝。」

「那您呢？」

「我終於認清她——也認清了人生中最巨大的錯誤。」

又是一陣沉默。富勒拿手帕擦眼鏡。福爾摩斯先生拿起一片放在他身側的蛋糕，將它轉了四分之一圈。

一瞬間，他身上再次透出某種出奇熟悉的氣息。

接著，他望向英古蘭爵爺，面無表情。

崔德斯差點叫出聲來。那個表情，彷彿從遠處觀察旁人的痛苦與折騰，彷彿從沒想過自己會陷入如此脆弱的境地——崔德斯曾經看過同樣的表情。

在一個女人臉上。

在夏洛特．福爾摩斯臉上。

儘管福爾摩斯先生打扮得像個花花公子，長相還不到……女性化的程度。甚至不帶一絲柔弱的氣息，容貌也完全稱不上標緻。福爾摩斯小姐長得很美，渾身上下充滿女人味——崔德斯還記得第一次見到她時，她裙襬上有數不清的蝴蝶結。

然而一旦起了這個念頭……

雪林福．福爾摩斯的大肚腩或許是掩飾福爾摩斯小姐玲瓏身段的招數。他濃密的鬍子不一定是真貨，黑髮也可能是假的。單邊眼鏡微妙地改變了他的五官——但這些並不是雪林福．福爾摩斯和福爾摩斯小姐的面容之間所有的差異。

啊，還有他含糊的口音。崔德斯本來以爲他可能嘴裡含了糖果才會有這種口音，但其實他可能是在嘴裡塞了什麼東西來改變臉頰的線條。

老天爺啊，難不成夏洛特．福爾摩斯一直都在他們身邊？

「婚姻不和諧是沉重的十字架。」富勒戴上眼鏡，把崔德斯的注意力拉回眼下的訊問。「但許多人確實背負著這重擔。英古蘭夫人已忍受好幾年，究竟是什麼契機，使得她突然拋下人生中的一切？」

「今年夏天，在社交季結束前，英古蘭夫人去拜訪了夏洛克．福爾摩斯。」

什麼？英古蘭夫人去拜訪夏洛特．福爾摩斯？可是她認識夏洛特．福爾摩斯本人啊。

「夏洛克．福爾摩斯？幫你破了薩克維命案的小伙子？」

富勒朝崔德斯拋出問題。

崔德斯只希望自己的臉頰沒有抽搐得太厲害。現在沒有時間多想了。「是的，長官。事實上就是英古蘭爵爺介紹夏洛克．福爾摩斯給我認識的。」

富勒的注意力回到英古蘭爵爺身上。「英古蘭夫人不知道兩位認識？」

「我沒向她提過這個名字。」英古蘭爵爺說。

崔德斯倒抽一口氣。

「原來如此，請繼續。」

「在那之前，我要先告知兩位警官，這位福爾摩斯先生正是夏洛克．福爾摩斯的哥哥。但他沒有協助夏洛克調查英古蘭夫人的委託，因此他不太清楚內情。」

若不是搶先一步猜到雪林福・福爾摩斯的眞實身分，崔德斯大概無法在富勒總督察面前隱藏心中的震驚。

「我的推理技術不比夏洛克差勁。」夏洛特・福爾摩斯說：「不過我才懶得管哪個老太太家的閣樓發出怪聲呢。」

富勒的視線從她身上移向崔德斯。

「我只見過令妹。」崔德斯對夏洛特・福爾摩斯說道，這一切實在是太匪夷所思了。「她近來如何？令弟呢？」

「舍妹過得很好，舍弟的身體還過得去。」

「福爾摩斯先生。」富勒一字一句說得清清楚楚。「你完全沒想到要提及你與協助英古蘭夫人尋找老情人的偵探是手足？」

夏洛特・福爾摩斯看著他，歪歪腦袋，單邊眼鏡一閃。「英古蘭爵爺也在場，總督察，您認爲我該搶在他之前提起此事嗎？」

富勒眨眨眼，清清喉嚨。上司的尷尬傳染給崔德斯；這樣的失言實在不像這位上司平時的作風。

「爵爺大人，抱歉。」富勒嗓音緊繃。「請繼續。」

「很好。」英古蘭爵爺的語氣毫無情緒。「夏洛克・福爾摩斯推論英古蘭夫人一定是看到報導，介紹他願意調查無關緊要的謎題和純粹的個人疑難雜症。那篇報導一刊出，她立刻就上門拜訪，請福爾摩斯先生協助尋找被她雙親拒於門外的男性。」

「原本他們每年都會在艾伯特紀念廣場見面一次，但今年他沒有露面。她在報紙上刊登告示，還是沒有他的音訊，於是她才會找上夏洛克．福爾摩斯。」

「夏洛克．福爾摩斯得知英古蘭夫人的意圖後，還願意幫她嗎？」富勒問道：「幫您的妻子進行您絕對不會贊同的尋人任務？」

「天才的思維總有古怪之處。」英古蘭爵爺終於轉過身。「夏洛克．福爾摩斯從未迎合過世俗的價值觀，他怎麼會為了英古蘭夫人開先例呢？」

夏洛特．福爾摩斯搖搖頭，像是在表達輕微的責難。

門輕輕開啓又關上。眾人抬起頭，望向環繞書齋二樓的整圈走道。從崔德斯的位置看不出究竟是僕人不小心開了門，還是有人走了進來。

英古蘭爵爺喝光杯中的威士忌。「根據夏洛克．福爾摩斯的說法，英古蘭夫人急著找到該名男子，卻又在突然間放棄找他。這時福爾摩斯才向我提起這件事，警告我英古蘭夫人可能沒有改變心意，而是已經親自找到他了。」

「而我也想起英古蘭夫人最近翻閱了家中的婚姻法規相關書籍。加上夏洛克．福爾摩斯的證言，我開始懷疑她的意圖：如果她想為所欲為，我絕對有立場提出離婚。」

「她對孩子一向是盡心盡力。一旦離婚，她就會失去孩子。在孩子與愛人之間，她會選擇哪一方呢？」

「再來，我想到更可怕的可能性。假如她兩者都不打算放下呢？她是不是打算跟那個男人遠走高飛，同時帶著我的兒女，再也不用擔心要與他們分離？」

「想到這裡，我研究了他們用來通訊的密碼，用同樣的密碼捎了封信給她，告訴她生日舞會當晚是帶走孩子的絕佳時機，畢竟我得要分神招待客人。」

「那天深夜快要一點時，她打開育幼室的門，發現裡面空蕩蕩的，只有我一人。我質問她對孩子有何意圖，有很長一段時間她早就不以僞裝面目來面對我，便把心裡話全都說出來了。我要她離開，再也不要回來。她這才察覺自己再也見不到孩子了，就算她想留下，我也不會再信任她。她一定是判定自己只剩下那個愛人，他已經讓她付出重大代價，除了隨他離開，她沒有別條路可以走了。」

「我最在意的就是不讓孩子被她帶走──連一點機會都不給她。走到這一步，英古蘭夫人的離去看起來是最好的結局。直到我冷靜下來，我才發現自己碰上了什麼樣的難關。」

「英古蘭夫人是社交界的知名人士。她有交情或深或淺的朋友，也有關係淡薄的家人。她身邊有十多名僕役，她的離去絕對無法隱瞞太久，更別說以她爲主角的舞會尚未結束。」

「我得要蒙混過去，幸好舞會的成規幫了我一把。如果客人打算在舞會結束前離開，得悄悄溜出去，不用向主人道別。要等到馬車來接的客人也夠識相，不會向我問起英古蘭夫人的下落。他們大概是猜想她在招待其他客人，或者是她的背撐不住這一夜勞累──僕人也會這麼想。她在舞會開始時已經要貼身女僕下去休息，沒讓她待命到隔天清晨。」

「因此，我可以隔天再宣布她早已遠行，而且只對資深僕役透露此事。我說她在後半場舞會時身體狀況驟變，不得不立即離開。接著我告訴他們一切照舊，不過我們要盡快離開倫敦。」

「我另外找她的貼身女僕席蒙絲談話，和她說英古蘭夫人決定拋下她，因爲席蒙絲不喜歡出國也不喜歡冷天。席蒙絲曾爲家母服務，已經到了退休年紀。替英古蘭夫人服務六年，這樣不告而別令她沮喪萬分。但她心腸很好，把英古蘭夫人看得比自己還重。」

「至於孩子們呢，他們聽到的是同一套說詞。他們傷心了一陣子，不過他們相信我說她身體好了就會回來。我帶他們去海邊散散心——同時也是打算找個我妻子絕對猜不到的地方，因爲我依舊擔心她會回來找他們。」

「然而在接下來的幾個月都沒有她的消息。直到昨天，我得知她的屍體出現在冰窖裡。」

這和他給艾勒比警長的說詞一致，只是添了更多悲傷的細節。

富勒盯著英古蘭爵爺看了將近一分鐘，接著從口袋裡掏出某樣物品。「我們在英古蘭夫人的襪子裡找到這個。爵爺大人，若您不介意，請過目。」

夏洛特．福爾摩斯跳起來，從富勒手中接過摺起的紙張，遞給還站在窗邊的英古蘭爵爺。爵爺攤開那張紙，看了一眼，神色古怪，像是無法相信自己的雙眼。福爾摩斯小姐讓他多看幾秒鐘，才收回那張證據，還給富勒。

崔德斯的視線一直追著福爾摩斯小姐轉，除了想幫上忙的熱切，無法從她臉上看出其他情緒。

「這是我的手寫練習稿。」英古蘭爵爺說。

富勒傾身向前。「這些不同的字跡全都出自您的手？」

「這是我的興趣。」

崔德斯心一沉。能以許多不同人的筆跡寫字？這項技能對洗刷他的謀殺嫌疑實在沒有太大幫助。

「還有這個……全字母短句——」富勒轉向福爾摩斯先生。「是叫這個名字來著？」

「是的，總督察。」

「爵爺大人，您爲何選擇重複這個全字母短句呢？」

「不是我。福爾摩斯小姐想出了一系列的短句。唐·吉訶德對風車開玩笑，惹火了巴哈和莫札特。火山噴出岩漿、杏仁軟糖、脆皮泡芙、早餐果醬。諸如此類，我有時候會全部練習一遍。」

「然而英古蘭夫人卻留著這一張。您認爲她會爲了您在一張紙上寫出另一名女性的名字二十多次而生氣嗎？」

「英古蘭夫人或許對我抱持著某種占有慾，足以激發嫉妒心。不過我不認爲她會把福爾摩斯小姐視爲情敵。」

「根據這位福爾摩斯先生的說法，福爾摩斯小姐不是您和英古蘭夫人的共同友人。她只和您有交情。」

「女性之間的不愉快也可能與男性完全無關。我敢說英古蘭夫人對福爾摩斯小姐的反感並非源自她和我的友誼，而是因爲她有辦法抗拒其他男士的求婚。」

富勒瞇細雙眼。「我不太能理解。」

「福爾摩斯小姐的背景與英古蘭夫人沒有太大差異，家族都不太富裕。英古蘭夫人屈服於家人的逼迫，第一次參加社交季就踏入婚姻。但福爾摩斯小姐堅持她不輕易嫁人的原則，拒絕了一次又一次的求婚。」

「英古蘭夫人最看重堅強的性情。從一開始，她就察覺到福爾摩斯小姐無論是心智還是性格，都遠遠比她強大。這是她嫉妒的理由，這是她們無法成爲朋友的原因：福爾摩斯小姐光是存在，就帶給她無比的劣等感——以及對自己的憤怒。」

「現在我對福爾摩斯小姐的名字有些印象。」富勒沉思幾秒。「我記得薩克維命案中，有一名相關人士就是叫這個名字。我們提到的是同一位夏洛特．福爾摩斯小姐，在今年夏天失了清白，無法在社交界待下去的福爾摩斯小姐？」

「是同一位夏洛特．福爾摩斯小姐沒錯。」英古蘭爵爺應道。

他的語氣毫無變化，崔德斯卻似乎感受到一絲責難意味。

他們從未公然談論過福爾摩斯小姐，可是英古蘭爵爺對這名墮落女子的支持與仰慕，實在是超出崔德斯的理解範圍。同時他也領悟到自己不了解英古蘭爵爺，一點也不。

富勒若有所思地看了英古蘭爵爺一眼。「爵爺，回到您能使用多種筆跡的話題上吧。您認爲英古蘭夫人爲何會帶著這張紙呢？」

「我完全摸不著腦袋。但現在我必須告訴兩位，我曾以英古蘭夫人的筆跡寫信給她的朋友和我們的孩子。」

喔，陪審團對這件事絕對不會有好印象，旁觀的一般大眾想必也無法正面看待。

「您當時別無選擇。」福爾摩斯小姐溫聲道：「假若她沒從瑞士的療養院寫信回來，她的失蹤更會讓人起疑心。」

「您還留著給孩子的信嗎？」儘管見識過大風大浪，富勒的提問還是充滿興奮。

「孩子們動身和家兄一同遠行時把信帶走了——他們想每晚都聽人唸出信中內容。但我還留著一封寫到一半的信，是在得知惡耗前提筆的。」

英古蘭爵爺走到書桌旁，打開上鎖的抽屜，取出一個卷宗，遞給富勒。他翻開卷宗，左側夾著一張菜單，右側則是尚未完成的信件：

最親愛的露西妲和卡利索，

爸爸寫信和我說了你們想要對我表達的愛意，眞是太謝謝你們了。我稍微好了一點，可惜還沒好到醫生答應讓我出院。

這裡開始變冷了，比家裡還要冷得多。我還忍得住這樣的溫度，因爲這裡空氣乾燥，天氣晴朗。從我的陽台可以看到半山腰上有一座湖，旁邊圍繞著直挺挺的杉樹。湖心有座小島，島上還有一座好小好小的禮拜堂。

你們問起這裡的餐點如何。嗯，這要看輪到哪位廚師值班了，不知道是說德文的瑞士廚師呢，還是說法文的瑞士廚師。

富勒指著那張菜單。「這是夫人的字跡？」

「沒錯。」

「您模仿得眞是維妙維肖。」

英古蘭爵爺沒有回話。

接下來的幾個問題是關於英古蘭爵爺過去四十八小時的行蹤——以及前兩個禮拜的下落。「根據遺體草率的保存狀況來看，我們可能無法準確推測她是在何時死去。」富勒說。

英古蘭爵爺神情茫然，掏出記錄行程的小本子，照著內容回答。

「爵爺，我知道您事務繁忙，不會繼續占用您的時間。但還有一個必要的問題：您是否知道有誰想傷害英古蘭夫人？」

英古蘭爵爺搖頭。「她不和任何人特別交好，也沒有樹立敵人。她的死對誰都沒有好處。」

「這是個難以啓齒的問題，我得先請您大人有大量，恕我無禮。您確定她的死對任何人都沒有好處嗎？您確定您自己無法從中獲利嗎？」

英古蘭爵爺挑眉。「然後成爲害死她的嫌犯？」

「若是無人尋獲她的遺體，那麼不會有誰起任何疑心。假如她死在別處——比如說國外——您不就等於擺脫了毫無感情的妻子？這不算是好處嗎？」

「我已經與毫無感情的妻子共處多年——就算她長命百歲，我也不會有更多損失。」

「但您將因此無法娶真正愛您的女士。英古蘭夫人死後，再過六個月，您就可以再婚。比如說迎娶那位夏洛特．福爾摩斯小姐，挽救她的名聲。」

福爾摩斯小姐無動於衷；英古蘭爵爺也同樣毫不動搖。

「總督察，我不會因此動怒——懷疑一切是你的職業義務。但你對福爾摩斯小姐的猜測是徹徹底底的誤解。婚姻對她來說是毫無用途的關係，即便我無知到向她求婚，她也絕對不會接受。」

富勒誇張地擺擺手臂。「她不想成爲這棟豪宅的女主人？」

「若她眞想成爲哪座莊園的女主人，根本不用耗費半點力氣。英格蘭有一半的大地主都向她求婚過。」

「是嗎？」富勒的語氣接近讚嘆。

崔德斯腦袋糊成一團。既然有那些優秀的對象——她竟然讓一個已婚男子毀了自己的清白？

「或者該說是四分之一的大地主？」英古蘭爵爺轉向話題主角。「是這樣嗎？」

「就算改成四分之一也太誇張啦。」福爾摩斯小姐說：「確實有兩位名下持有龐大地產的男士向她求婚，但其中一人負債累累，另一人年事已高，正在尋找第四任太太。不過呢，還有一位資產家，要是她答應了，對方就算幫她買下規模與精緻程度等同堅決谷的產業，荷包也不會變瘦多少。」

英古蘭爵爺威脅似地瞪了他的朋友一眼。「我沒聽說過什麼資產家。」

「就我所知，他們是在您度蜜月時認識的。」

「呃。」英古蘭爵爺啞口無言。

「那個夏洛特小姐眞是蠢到不行。」福爾摩斯小姐嘲弄似地說道。

「呃。」英古蘭爵爺一時說不出話。愣了幾秒才對兩位警官開口：「你們應該能理解吧。」

但富勒沒有就此打住。「爵爺大人，您已經結婚許久。那位福爾摩斯小姐當年對您的求婚沒有興趣，並不代表她不會在這些年間改變心意。」

「無論她怎麼想，我當年沒有向她求婚，現在也不會做這種事。」

「爲什麼？」

「爲什麼？」英古蘭輕笑一聲。「首先，我對婚姻基本上已經沒有任何幻想了。很奇怪嗎？再來，我的膽子還沒有大到敢娶福爾摩斯小姐，即便她壓低身段，請求與我結親。」

身爲話題主角的女子吹了聲口哨。「夏洛特・福爾摩斯跪下來求您娶她——有這樣的好戲能看，我一定花大錢買票。」

第十一章

兩位警官離開前，客氣地聲明整座堅決谷莊園都是警方搜查的範圍。

英古蘭爵爺表示他願意合作，同時提出一項要求。「進入冰窖的三位女士之中，莉薇亞．福爾摩斯小姐比另兩位夫人還要敏感脆弱。看見英古蘭夫人的遺體對她造成極大衝擊。如果可以的話，想請兩位先和她談過，好讓她盡快把這件事拋到腦後……」

崔德斯瞪大雙眼。「您說的這位莉薇亞．福爾摩斯小姐，是夏洛特．福爾摩斯小姐的姊姊嗎？」

「沒錯，她是奈維爾太太的客人——現在成了我的客人。」

「這世界眞小。」偵訊結束後，富勒的語氣和緩了些——暫時是如此。「當然可以先見她一面。」

「感謝兩位的體諒。」

男僕帶倫敦警察廳的兩名警官到他們可以進行其他訪談的房間。等他們離開，英古蘭爵爺往二樓走道瞄了一眼，接著望向福爾摩斯。

兩人四目相接。她抓抓貼滿鬍鬚的下巴。「說到這，艾許，你竟然更動我的全字母短句。太令我震驚了。」

「我不知道妳爲何會認定那些文字是出自我筆下。」他深深吸了一口氣。「班克羅夫特，你要下來嗎？還是我們上去找你？」

班克羅夫特沿著螺旋樓梯來到壁爐前。他體格精瘦，平時看起來比實際年齡還要小幾歲。但現在他更瘦了一些，眼角的細紋更加明顯。平穩又優雅的步伐中添了一絲急躁，一絲焦慮。

「你怎麼來得這麼快？」英古蘭爵爺問道。

「我剛好在伊斯特萊，你的信害威克里夫差點中風。我阻止他親自過來一趟，也就是說我要擔任他的信使來此。」

「你又怎麼會在伊斯特萊？你什麼時候想過要去找威克里夫了？」

班克羅夫特是艾許波頓四兄弟裡頭最不喜歡和人打交道的一個。倫敦社交季期間，他偶爾會接受邀請，到兄弟家吃頓飯，但他極少主動提出邀約。除了討論女王密探的相關事務，英古蘭爵爺很少與他見到面。

「和你一樣，我有義務向公爵閣下報告近況——比起你，他很少命令我這麼做，不過偶爾他會這麼要求。我想不如現在就去拜訪他，或許就能擺脫聖誕節的家族團聚。」

「您想得真是周到。」福爾摩斯說。

班克羅夫特冷冷橫了她一眼，繼續對英古蘭爵爺說：「你不打算替我們介紹一番？」

「這位高尚的男士是夏洛克．福爾摩斯的兄長，雪林福．福爾摩斯先生。」

班克羅夫特瞪大雙眼，上下打量福爾摩斯一番，訝異之情溢於言表。「原來如此。像這種案子，我早該料到夏洛克．福爾摩斯也會派人來調查。福爾摩斯小姐，近來如何？」

「爵爺大人，我過得很好，感謝關心。要不要請人再送一壺茶進來？」福爾摩斯問。「您一定會喜歡這個蛋糕。」

她沒有碰過那塊蛋糕。看來戴著改變臉型的道具時不方便進食，不過福爾摩斯總會找到方法的。

「不用了。」班克羅夫特說：「艾許，目前的狀況如何？冰窖裡的屍體眞的是英古蘭夫人？」

「我希望不是。」

班克羅夫特揚手耙梳頭髮。「爲什麼？爲什麼會發生這種事？」

英古蘭爵爺記不得這位兄長何時語氣曾如此挫敗——或是如此不安。「我也很想知道。假如這是莫里亞提的把戲，我完全猜不透他有什麼打算。」

「警方呢？他們查到什麼了？」

「你還記得之前派你的手下昂德伍到豪斯洛區的茶館找福爾摩斯小姐那次嗎？」

「嗯，當時你也在場。」

「我們的會面讓艾佛利夫人和桑摩比夫人傳遍整個社交圈——警方完全受到這些傳聞引導。照這樣發展下去，我接下來就要流亡海外了。」

「那你的孩子怎麼辦？」

這個問題讓福爾摩斯瞥了班克羅夫特一眼。班克羅夫特對別人家的小孩幾乎沒有興趣，就算那些孩子是他的姪子和姪女。

「威克里夫一定會領養他們，把他們教成和自己一樣硬邦邦的高傲小鬼。」

班克羅夫特緩緩點頭。「你今年實在是不太順啊。」

英古蘭爵爺輕笑。「可不是嘛。」

「我看能不能親自檢查屍體。你們有興趣一起來嗎？」

福爾摩斯和英古蘭爵爺一同搖頭。

「好吧，你們去忙你們的吧。」他猶豫幾秒。「抱歉我無法做得更多，我們絕對不能洩露英古蘭夫人叛國之事。」

等他離開書齋，福爾摩斯開口：「他看起來有些心力交瘁。難道說我對男性的吸引力超出我自己的預料嗎？」

英古蘭爵爺翻了一下白眼。「妳的吸引力和妳的預料沒有出入——妳絕對不會低估自己。」

她微微一笑，拍拍他的手臂。「老實說，來的是班克羅夫特爵爺讓我有點失望。怎麼不是公爵呢？我好期待公爵閣下嚴厲的訓斥啊。不過現在我們只能自己撐下去了。」

□

崔德斯希望能有點空檔讓他好好思考。夏洛特．福爾摩斯的介入是個巨大的未知數。她也可能是相關證人，應該要接受訊問，但崔德斯總不能指著雪林福．福爾摩斯，要富勒總督察就這麼辦吧。

還是說他該這麼做？

這應是正確的決定，是恰當的決定。然而這代表他必須承認大力協助他偵破幾起重大案件的夏洛克·福爾摩斯不但是女性，還是個不見容於社交圈的墮落女子。光用想的就讓他腦袋抽痛。

或許無暇多想也是件好事。兩人才剛在牆上掛著好幾幅描繪田園風光畫作的藍白相間小客廳裡安頓下來，莉薇亞·福爾摩斯小姐馬上就敲門進房。

「福爾摩斯小姐，感謝妳騰出時間與我們談話。」富勒以最親切的語氣開場。

崔德斯沒有任何先入為主的想法，但他沒料到莉薇亞·福爾摩斯會是如此僵硬、不安的女性。要是她願意笑一笑，應該會是個美女，但看著她坐定，他發現笑容幾乎與她無緣。她上下打量富勒，眼中毫無信任。在她簡潔地一一回應問題的過程中，依然如此。

幾乎把冰窖裡的狀況全部問過一輪後，富勒說：「福爾摩斯小姐，我對妳的看法很感興趣。妳認識英古蘭夫人，請問妳是否知道有誰會想傷害她呢？」

「別人介紹我和英古蘭夫人認識。」福爾摩斯小姐強調兩人的交情不深，語氣中帶著一絲不耐。「我們或許算得上是點頭之交，但我對她的了解極少。」

「我以為社交界很小。」

「是不大。總督察，這感覺就像是隨意問路上的巡警對你有多少了解。」

「我了解了。不過我知道令妹夏洛特·福爾摩斯小姐是英古蘭爵爺的好友。這點沒有幫妳打進英古蘭夫人的交友圈嗎？」

「完全沒有。宴會都是由屋主的妻子發出邀請函，表示那是由兩人一同舉辦。英古蘭夫人從未邀請過舍妹——或是我——參加她的任何一場宴會。」

「妳認爲這是爲什麼？她是否嫉妒夏洛特小姐和她丈夫之間的友誼？」

「我對她的了解還沒有深到能談論此事。若她眞有任何嫉妒之心，我只能說那是無的放矢。舍妹和英古蘭爵爺的相處一向相當遵守分際。」

崔德斯忍不住插嘴：「但就我所知，夏洛特小姐已經因爲與已婚男性產生不光彩的關係，而遭到社交界放逐。」

福爾摩斯小姐瞪著他，表情從呆愣轉爲憤怒。她深吸一口氣。「該名男性並不是英古蘭爵爺。」

「福爾摩斯小姐，感謝妳的配合。」富勒安撫似地說道。

福爾摩斯小姐輕輕點頭，站起來，但她沒有往外走，而是站在原地。富勒與崔德斯和她同時起身，也跟著駐足，互看一眼。

「福爾摩斯小姐，妳是不是想起什麼了？」富勒問。

「沒什麼，只是有件讓我困擾的小事。昨天我發現艾佛利夫人在我房間裡找東西。後來她告訴我說她和她姊姊桑摩比夫人想要查明英古蘭夫人是否留下什麼與她下落有關的訊息。」

「昨天……是在找到英古蘭夫人的遺體之後嗎？」

「不，在那之前。她向我透露她們的意圖時，我們離冰窖還有好一段路。」

富勒認眞思考這個新的情報。「艾佛利夫人和桑摩比夫人認爲英古蘭夫人可能去了哪裡呢？」

「她們不太確定，但她們懷疑英古蘭爵爺把她關起來，或許就在這座莊園的某個角落。」

「既然她的遺體就是出現在這座莊園裡，她們的猜測也不算太過天馬行空。」

「警官，你錯了。英古蘭夫人的遺體出現在冰窖裡只是讓她們的猜疑更加荒誕。」

福爾摩斯小姐挺直背脊，嗓音清晰，比崔德斯的第一印象還要剛烈。「英古蘭夫人一聲不吭就前往瑞士，大家都覺得有點怪——甚至是非常怪。可是沒有人擔心她的安危，從來沒有人擔心過。就算大家都知道她曾經對他大叫，說嫁給他都是爲了錢，夫妻之間出現裂痕，也沒有人擔心，因爲他們了解他的爲人，知道他不會做出這種丟臉的事。」

「我們對旁人的了解或許沒有我們想像的那麼深。」崔德斯說。

「沒錯。不過在這件事情上，英古蘭夫人承認她就是衝著財產才嫁給他之後，什麼都沒有失去。她還是有零用錢，還是能在倫敦的頂尖裁縫店訂做禮服，她還是每年舉辦生日舞會。他繼續供應她身爲他妻子能享受的一切權益與地位——這是她能在社交界保有一席之地的唯一原因。因爲他沒有收回他的資源。」

「或許他維持高尚的外表，暗地裡卻計畫著最終復仇。」

「然後他選擇在冠蓋雲集的舞會當晚，讓他妻子以無法自圓其說的方式消失嗎？就算英古蘭爵爺心裡有鬼，你們認爲他就只有這麼點手段嗎？」

富勒想不出合理的答案。

「此外，在社交季結束後，這不是我第一次遇到艾佛利夫人和桑摩比夫人。我可以肯定地告訴兩位，上回見到她們時，她們對英古蘭夫人的死活根本不痛不癢。桑摩比夫人說她覺得英古蘭夫人是受夠了社交界，不只是因爲社交季末的疲憊，還有更深刻的原因。她妹妹則納悶大家是不是對她抱持著隱約的敵意。」

富勒挑眉。「隱約的敵意？」

目前爲止，兩名警官對英古蘭夫人的印象是她並非人見人愛的寵兒，可是這與四面受敵——無論敵意有多麼輕微——是截然不同的兩回事。

「家境不佳的女子才需要哄騙適婚男性上鉤。失敗的代價很高：她們得依靠失望的雙親、冷漠的兄弟度過餘生，可能要去當哪家夫人的女伴賺錢，或是地位更低下的家庭教師。英古蘭夫人要使出渾身解數嫁給最有錢的男人，不會有人批評半句，就算他剛好長相及性格都高人一等也沒關係。她的成功就像是童話故事，是人人嚮往的目標。」

「即便這個童話故事漸漸失去魔力，好吧，人生就是如此。她最不該的就是說出讓人難堪的內心話。女人爲了錢結婚，這是不能說出口的眞話，放在心底就好，還是要裝出對丈夫本人感興趣的假象。他付錢就是爲了這個。她絕對不該承認從未愛過他，更不該貶低他可能擁有的猶太血統。」

「我不知道社交界的女士們覺得批評猶太血統是不應該的行爲。」崔德斯說。

「什麼？她們才不在乎那個。她們只在意英古蘭夫人毀了美好的童話故事，還在上頭吐口水。她們在意的是這會嚇到社交界的男性。就連英古蘭爵爺這樣完美的男士也找不到眞心愛著他的妻子，那其他男士還有機會嗎？這個教訓讓他們更加謹慎，導致未婚女性更難找到好丈夫——也難以維持她們過往的假象。」

富勒眨眨眼。「這個論點還眞是悲觀。」

但也極具說服力。

「這是夏洛特的分析——她剖析事物的觀點很不一樣。我認爲大家不喜歡英古蘭夫人的原因是他們仰慕英古蘭爵爺，覺得他遭到虧待。也有人單純討厭她的行爲。她剛踏入社交圈時親切多了，但她越來越高不可攀——女性不喜歡太高傲的女性。」

「總而言之，這是艾佛利夫人和桑摩比夫人前陣子的立場——英古蘭夫人的際遇全是她自作自受。可是到了堅決谷，她們又關心起她是不是碰上了什麼災難。」

「去問問她們爲什麼有這個念頭，而且還強烈到願意冒險亂翻其他客人的房間。我知道的不多，猜不出個所以然，但我感覺災難在丹麥醞釀【註】。」

說完這句話，福爾摩斯小姐再次點頭致意，離開小客廳。

「嗯，證人會引用莎士比亞名言的案子總是讓人樂在其中，對吧？」富勒說。

□

爬上樓梯時，莉薇亞還是止不住發抖。雖然奈維爾太太的客人還住在大宅裡，但周圍感覺不到半

譯註：Something is rotten in the state of Denmark。莎士比亞悲劇《哈姆雷特》中的台詞。

點熱鬧氣息。那些射擊活動、猜謎活動、劇戲表演——老天爺啊，她寧可飾演威尼斯美女德絲妲孟娜【註】——全都亂了套而停擺，猶如被馬群踐踏過的蒲公英田野。

男士們打了一局又一局的撞球，在球桿敲打象牙球的清脆聲響間悄聲交談。女士們在彼此房裡穿梭來去；耳語間瀰漫著恐懼、猜疑、臆測。照舊執行日常勤務的低調僕役們像是消失了般不見蹤影。

起初，也有人來敲莉薇亞的房門。她堅持不應門，不想看到那兩個謠言夫人、接觸其他人的憐憫或刺探——英古蘭爵爺和夏洛特已經背負龐大的嫌疑，她不能再多說什麼了。等到門外恢復寂靜，她在鬆了一口氣的同時，也感覺到自己遭到世界遺棄。

在樓梯口，她遇上穿得像是要去騎馬的英古蘭爵爺。

「福爾摩斯小姐。」他柔聲道：「妳已經和警官們談過了？希望沒有耗費妳太多心力。」

「喔，還過得——」

她吞回這句話。她還撐得住。那他呢？他是不是即將踏上絞架？

「我八成會在晚餐前就忘記這件事。您沒事吧？夏洛特有沒有查出什麼？」

雖然莉薇亞不敢確定夏洛特在遠處的小屋裡能幫得上什麼忙。

「我很好，相信夏洛特小姐這次也能讓一切回到正軌。需要我為妳安排什麼嗎？」

「不用了，您有太多事——」

「福爾摩斯小姐，妳誤會了。除了讓警方為所欲為，關於英古蘭夫人之死，我確實什麼都做不了。如果能為妳做些什麼，至少可以分散一下我的注意力，那會讓我稍微有喘息的空間，無論是多小的雜事都沒關係。」

「喔。這、這樣的話，我最近的確有個煩惱。」

只是現在她更掛念爵爺的狀況。

「請說，讓我爲妳效勞。」

「喔，不知道夏洛特有沒有提過，我們有個從未踏入社交界的姊姊。」

貝娜蒂在三十年的人生中，至少有四分之一個世紀沒出過家門。就莉薇亞記憶所及，她的名字從未出現在社交場合中。當莉薇亞抵達倫敦時，旁人稱呼她爲福爾摩斯小姐，而非莉薇亞．福爾摩斯小姐，暗指她是福爾摩斯家最年長的未婚女兒，完全抹去了貝娜蒂的存在。就連記得住每一個人的奈維爾太太也總是說福爾摩斯家有三姊妹。

她只能祈禱即將揭露的事實不會讓英古蘭爵爺覺得太驚嚇。

「貝娜蒂小姐？是的，我知道她是妳們的二姊。」

謝天謝地。莉薇亞簡單說明貝娜蒂最近從福爾摩斯家搬到莫頓克羅斯療養院，那是一所專門收容上流家庭中與貝娜蒂狀況類似女性的私人機構。「我不信任雙親在這類重大事務上的決定，但我也不確定該不該信任自己的決定。夏洛特承諾要調查莫頓克羅斯療養院，但她現在應該是分身乏術。」

「我派我的律師去問問看，他可以假裝代表家中女兒需要這類服務的貴族家庭。或許這樣就能混

譯註：是莎士比亞悲劇《奧賽羅》的女主角，奧賽羅因聽信友人，以爲她背叛自己而殺了她。

進去。」

「您願意幫忙嗎？真是太好了！」

英古蘭爵爺微微一笑，彷彿是感染到她的喜悅。「就這麼辦吧，不過請妳要了解，這可能要耗費一點時間。」

「謝謝，爵爺大人，謝謝您！」

「不，是我要道謝，福爾摩斯小姐。對了，有人要我傳話給妳。」他看看背後，樓梯口沒有其他人，但他還是壓低嗓音。「請到育幼室一趟。我們的共同朋友想和妳說說話。福爾摩斯小姐，祝妳順心愉快。」

□

育幼室的裝潢用色活潑悅目，只是裡面空蕩蕩的，沒有半點聲音。莉薇亞在房裡轉了十分鐘，才聽到有人敲門。她衝上去應門——夏洛特，一定是夏洛特。

然而門外等著她的是一名打扮浮誇、身材福態的男子，胸口插著花，鬍鬚梳得整整齊齊，花俏的單邊眼鏡架在眼窩上。

失望與猜疑趕跑了她滿心的期待。「請問有什麼事嗎？」

「福爾摩斯小姐，這件事妳一定幫得上忙。」男子臉色凝重。「我是來詢問夏洛克．福爾摩斯故事的執筆進度。」

全世界只有三個人知道她正以薩克維命案爲藍本撰寫小說——夏洛特、華生太太，以及最近送給她月光石的神祕年輕人。

是他嗎？僞裝成這個樣子？

看她驚得呆了，男子走進育幼室，關上門。「莉薇亞，看來這件事妳不只和華生太太或我提過。」

這回他用的是她寶貝妹妹的嗓音。

莉薇亞的嘴巴差點合不攏。「夏洛特！」她設法壓低自己興奮的語氣。「夏洛特！到底——什麼——天啊——我——」

她放棄言語，直盯著對方。

男子——夏洛特——笑了。「莉薇亞，妳扮成男人的話一定會比我精實。要藏住我的胸部，只能弄出更誇張的肚皮。」

「妳的落腮鬍……八字鬍……」

「我知道。做得很棒吧，華生太太拿出來的一定是好貨。」

莉薇亞終於冷靜下來。「妳在這裡待了多久？」

「昨晚才來的。我待在這層樓，沒有其他客人。」

「妳查出什麼了嗎？妳知道是誰殺了英古蘭夫人嗎？」

「哎，就算是夏洛克．福爾摩斯，只看一眼也無法解開所有的謎題。」

「可是妳會查出凶手，對吧？妳不會讓……讓英古蘭爵爺出事的。」

即使隔著層層偽裝，依舊看得出夏洛特的表情嚴峻。「我會盡力而為。」

別忘了，我會好好照看妳。今年夏天夏洛特曾對莉薇亞這麼說，就在她將自己塑造成虛構的私家偵探夏洛克．福爾摩斯後。她篤定的語氣不容置疑，是最純粹的承諾。

現在夏洛特沒有給她承諾。在沉穩的話語背後，是不是帶著一絲驚慌？

對夏洛特而言，恐懼只是字典裡的一個條目——至少在莉薇亞眼中是如此。莉薇亞會為了千百種駭人的可能性大驚小怪，夏洛特只面對事實以及眼下的事件。她究竟知道了什麼？是什麼樣具體、無法否認的事實，能讓膽量堅硬猶如大馬士革鋼的夏洛特．福爾摩斯感到害怕？

「真的那麼糟嗎？」

夏洛特凝視她好一會。「英古蘭爵爺並非孤立無援，而且他也有自己的管道。」

又一次迂迴的回應。莉薇亞的心往下沉。

夏洛特走到育幼室中央。「好啦，妳跟警官聊得如何？」

「我遇到妳在薩克維命案合作過的崔德斯探長，那副假道學的模樣真是噁心。」

夏洛特歪歪腦袋，指示她繼續說下去。

「另一位總督察問起英古蘭夫人是不是嫉妒妳和英古蘭爵爺的友誼。我說她就算嫉妒，也只是無的放矢，妳跟英古蘭爵爺的相處絕對不會踰越最嚴苛的禮法。妳猜崔德斯探長怎麼說？」

「唉。」夏洛特輕嘆。

「他是這麼說的：妳已經因爲與另一名已婚男性產生不光彩關係，遭到社交界放逐。」莉薇亞幾乎吼出聲來。「我瞧不起他，眞不知道英古蘭爵爺怎麼會和那種人交朋友。」

「崔德斯探長自然也會納悶英古蘭爵爺怎麼會和我這種人交朋友。」

「我在我的夏洛克．福爾摩斯小說裡放了幾個探長角色。我要改變他們的設定，把他們寫成愚蠢的小人物，全部取名崔德斯。」

「這樣可能不太妥當。」

「是沒錯啦，但是光想就讓人心情暢快。」

「我看妳精神還不錯。」夏洛特的語氣有些嘲弄。「這是我最想看到的。」

「我不會有事的，我只是旁觀者。希望英古蘭爵爺……」

面對艱困的現實，她的希望薄弱到難以成型。

夏洛特按了下她的肩膀。「我會盡力而爲。請仔細告訴我，妳和倫敦警察廳的警官說了些什麼。」

莉薇亞絞盡腦汁敘述完方才的對談內容，包括她指控某人正處心積慮地陷害英古蘭爵爺，那個幕後黑手也策動了艾佛利夫人跟桑摩比夫人去揭露英古蘭夫人遭遇的「不公不義之事」。夏洛特點點頭，陷入沉默。

大約過了一分鐘，她說：「現在我得走了。警方會再找妳問話，到時候可以請妳幫我做件事嗎？」

□

「探長，你掛記著什麼事嗎？」

崔德斯一驚，察覺自己正按著太陽穴，在小客廳裡急躁地大步轉圈。越是深思，夏洛特・福爾摩斯在這裡扮演的角色就越加費解。儘管英古蘭爵爺堅決否認，但他或許想娶她的念頭卻是構成可能殺害英古蘭夫人的動機。要是崔德斯向富勒總督察揭露夏洛特・福爾摩斯正在此處，就在英古蘭爵爺身旁，這對英古蘭爵爺會有什麼影響？

案情發展肯定會急轉直下。

富勒抬眼望向崔德斯，眼神睿智如同貓頭鷹，但貓頭鷹也是猛禽的一種，而且格外凶猛。崔德斯被困在職業道德及他對英古蘭爵爺的忠誠之間，進退維谷。而且他瞞得越久，惹上的麻煩就越大。

「我在想英古蘭爵爺過去幾年的婚姻狀況。」崔德斯說：「在那樣的家庭裡，想必不會太愉快。」

「這就是把女人供奉在高處的壞處。把她們捧到天上，她們總會掉下來——同時把你撞倒。」富勒應道。

若不是富勒的見解刺中了他自己的痛處，崔德斯大概會笑出來吧。

他又按住太陽穴，用力搓揉。英古蘭爵爺崩毀的婚姻在他心中激起龐大的失望與共感。但他猛然想到，他曾在英古蘭夫人據傳與情人逃走前不久和她見過一面。那次會面相當短暫，不過那時他可有感受到英古蘭夫人會願意爲了一個男人犧牲一切？

完全相反，英古蘭爵爺的說詞越想越奇怪。

夏洛特．福爾摩斯有時給他一種冷淡的印象，但那只是有點不安的中立態度。而英古蘭夫人則是眞正的冷漠，有如毫無暖意的冰河，讓崔德斯納悶她的人生中究竟有沒有半點樂趣。看得出她的行爲全是出自憎恨，而非愛情。

不是愛情。

他發覺富勒還在打量他。不用再假裝自己正在集中精神沉思了，他像是要理清思緒似地甩甩頭。

「這案子還眞是麻煩。」

爲了引開富勒的注意，他指著攤在富勒面前、艾勒比警長紀錄的艾佛利夫人和桑摩比夫人的證詞。「總督察，我有個想法：艾勒比警長或許對這兩位夫人抱持著錯誤的印象。」

「喔？」

「他把她們當成鄉下的三姑六婆。」

「有時候三姑六婆也會碰上命案。探長，別擔心，我會把她們視爲正式的證人。」

「總督察，我完全不擔心此事。但我必須向您報告，在偵辦薩克維命案期間，英古蘭爵爺本人也曾向她們尋求情報——當然了，他沒提及會將情報交由倫敦警察廳使用。」

富勒敲敲面前的寫字桌。「所以說如果把她們比作鄉下的三姑六婆，就等於把大英博物館閱覽室比作一般圖書館？」

「正是如此。」

就在此時，他們口中的大英博物館閱覽室走了進來。這兩名四十出頭的女士神情機敏，與崔德斯從警以來遇過的大部分證人完全不同。艾佛利夫人和桑摩比夫人既不緊張也不寡言——她們準備要把所知的一切全都說出來，附帶幾套自己的推論。

在訊問途中，她們的發言跟艾勒比警長呈上的報告差不了多少——雖然他對她們的長舌頗有意見，還是詳實地紀錄一切。不過聽到桑摩比夫人提起夏洛特‧福爾摩斯和英古蘭爵爺在社交季末曾見過面，富勒的耳朵豎了起來。

今年夏天，崔德斯數度見過英古蘭爵爺和夏洛特‧福爾摩斯一同行動。從桑摩比夫人口中提到的地點來判斷，大概是三人在豪斯洛區尋獲屍體的屋外巧遇那次，儘管案子已經破了，崔德斯心裡總是不太踏實。

他還是搞不清楚兩人到豪斯洛的目的。而眼前這兩位夫人呢，嗯，她們已經不是在暗示了，而是用長篇大論來描述英古蘭爵爺有可能把福爾摩斯小姐收作情婦。

崔德斯不認爲是這樣的發展。他想到他和英古蘭爵爺首度造訪上貝克街十八號那晚，爵爺與福爾摩斯小姐之間的緊繃氣氛。英古蘭爵爺展現出的不贊同絕非虛假。或許那股氣氛並非源自譴責，但整體而言，兩人的互動缺乏情人間的濃情蜜意。

解決了薩克維命案，福爾摩斯小姐毫無預警地出現在就連他也才剛接獲通知的豪斯洛區凶殺案現場時，他著實嚇了一跳，同時也有點不悅。不過要是他們感情有什麼發展，他應該還是感覺得出來。話是這麼說，他無從得知社交季之後的變化，特別是在英古蘭夫人隨往日情人私奔之後。

「兩位夫人，妳們是否知道要如何找到這位福爾摩斯小姐呢？」富勒問。

崔德斯的良心一陣抽痛。他呼出一口氣，慶幸長官的視線沒有落在自己身上。但他知道自己是在刻意隱瞞情資，瞞得越久，罪行就越重大。

艾佛利夫人哼了聲。「總督察，我只能祝你好運了。她離家出走後，我們千方百計地想查出她的下落。」

富勒瞄了眼他列出的一長串問題。「夫人，若妳不介意，請問妳是否在英古蘭夫人離開後，立刻懷疑她遭逢不測，又或者是在意外得知福爾摩斯小姐曾與英古蘭爵爺見面後才起了這個念頭？」

「嗯，老實說都不是。去懷特島郡之前，也就是我遇到曾在豪斯洛茶館工作過的女僕前，我們收到一封信，質問我們明明長期關注社交界各種不合常理之事，怎麼完全沒注意到英古蘭夫人遠行的疑點。那封信責怪我們的本能直覺不夠敏銳。」

「我們原本打算不去理會。我們收過各種匿名的告密信函，也知道要如何分辨哪些值得進一步調查，哪些只是空穴來風——甚至不懷好意。」

「我們認為英古蘭爵爺是難得的好人，不必質疑他的眞誠，因爲他一向謹言愼行，絕不放浪形骸。然而他與福爾摩斯小姐的會面改變了一切。現在他有了除掉英古蘭夫人的動機，這個動機甚至比道德良知還要誘人——若他是自由之身，就能解救陷入困境的福爾摩斯小姐了。」

富勒總督察點點頭。他沒有問起福爾摩斯小姐是否需要——或是她是否想要——脫離遭到放逐的困境。「妳們與該名女僕確認英古蘭爵爺身旁女伴的身分後，隔了兩個禮拜才寫信向他提起此事。在這段空檔裡，妳們是忙著進一步調查嗎？」

「沒有。」艾佛利夫人答道。「事情就是這麼巧，家姊和我病倒了。當健康出現危機，再怎麼刺激的傳言都會失去吸引力。」

「原來如此。」富勒的語氣略顯懷疑，似乎是不敢相信這兩名女性會把任何事物看得比醜聞還要重要。「希望兩位已經完全康復了。」

「是的，我們健康得很。」

「眞是太好了。如果不會太麻煩妳們的話，我想看看妳們收到的那封信。」

艾佛利夫人離席，幾分鐘後又回到小客廳。兩名警官細細檢查那封信箋——紙張不錯，但也沒有特殊之處；倫敦尤斯頓車站附近的郵戳；文字是以打字機完成，每個字母大小均等，邊緣清晰，看不出特色。

「希望妳同意將這封信交給我們保管。」

「沒有問題。」

「兩位夫人，在妳們離開前，還有最後一件事想請教。妳們可曾聽說過英古蘭夫人婚前的往日情人？」

「有的，但也是最近，準確來說是今年夏天，才得知這個消息。」兩位夫人幾乎在同時翻開自己手中厚重的日記，找到相關紀錄。六月的最後一天。

「妳們相信嗎？」

桑摩比夫人闔上日記。「很難說。起先我們心想這確實很合理。但是綜合了所有蛛絲馬跡，我們自問——雖然很不想這麼做——英古蘭爵爺是否就是散播這個消息的幕後推手。」

崔德斯僵住了，他想起自己的疑慮：英古蘭夫人眞的肯爲了一個男人放棄一切嗎？

「他的目的爲何？」富勒問。

「如果旁人對她消失的理由——健康問題——起了疑心，那他可以改而提出其他理由。對爵爺來說是個羞於啓齒的說法，不過卻較合理、可信度高——她隨著眞愛遠走高飛了——也不會讓英古蘭爵爺看起來像個做了壞事的惡人。」

這正是英古蘭爵爺提出的解釋。這並不代表爵爺撒了謊——崔德斯誠心希望他說的是眞話——但現在崔德斯得和兩位夫人一樣抱持多疑的態度。

英古蘭爵爺眞的了解他身處何等劣勢嗎？

崔德斯想起稍早站在冰窖外，眼神失焦、只有菸草相伴的爵爺。

他了解。他比任何人都清楚他現在正在拯救自己的性命。

「既然兩位提及這些疑點，請容我再問個問題。」富勒說：「夫人，妳們是否想得出除了英古蘭爵爺，還有誰會想傷害英古蘭夫人？」

「若是他有理由和她離婚，我知道不少人會暗自竊喜，但老實說我想不到有誰會希望她喪命。」桑摩比夫人應道。

「夏洛特・福爾摩斯小姐呢？」富勒問。

桑摩比夫人露出古怪的表情。「我只能說福爾摩斯小姐對於英古蘭夫人從未展現出任何興致，無論是正面或負面。她的性子眞的很難捉摸。」

「英古蘭爵爺堅稱他絕對不會向福爾摩斯小姐求婚，即便他是自由之身。他也堅稱福爾摩斯小姐不會接受他的求婚，至今仍是如此。兩位對於這番說詞有何看法？」

「喔，福爾摩斯小姐過去確實拒絕了許多極度優秀的男士。」艾佛利夫人皺眉，搖搖頭。「假如她面對英古蘭爵爺的追求，我無法猜測她究竟會有什麼反應。」

「即使在身敗名裂的狀況下？」

「是的。總督察，福爾摩斯小姐眞的是個怪人，不是那種一時興起就戴上兩頂帽子出門的怪人，福爾摩斯小姐的古怪之處不太一樣，而且更加……嚴重。」

「既然沒有人能確定她會接受英古蘭爵爺的求婚——這不就降低了妳們聲稱的爵爺殺害妻子、以便向她求親的可能性？」崔德斯指出盲點。

他很希望是如此。

「探長，狀況與你的想像有些出入。首先，英古蘭爵爺可以做好遭到拒絕的心理準備。只要他沒與其他女性結親，他就能不斷追求，纏到她願意點頭。再來，福爾摩斯小姐目前的處境很爲難。她害雙親無顏見人，也嚴重傷害姊姊嫁入好人家的機會。這些她都很清楚。她也知道唯有嫁給名聲權勢兼具的男士，才能稍微彌補這些傷害。」

「最重要的是第三點，英古蘭爵爺可能也無法忍耐這份衝動。他急著迎娶英古蘭夫人的部分原因是她的脆弱，那副需要英勇騎士拯救她脫離貧困的模樣。他可以說服自己這是高尚的義舉，只是福爾摩斯小姐還無法理解自己身處的困境。」

「從我的角度來看，英古蘭爵爺不像是這麼浪漫的人。」富勒反駁道。「他看起來很擅長自制。」

「英古蘭爵爺擅長裝出冷靜的模樣。但他是墜入愛河的男人，被愛情蒙住雙眼的男人願意爲了深愛的對象付出一切。」

富勒瞪大雙眼。「妳們的意思是英古蘭爵爺愛上了福爾摩斯小姐？」

艾佛利夫人和她的姊姊互看一眼。「嗯？還不夠明顯嗎？」

第十二章

艾佛利夫人和桑摩比夫人的訪談並未就此結束。

富勒總督察繼續詢問她們認爲寄出那封信，怪罪她們沒有深入關切英古蘭夫人失蹤的人會是誰。她們說不出個所以然，只覺得對方的態度如此高傲，應該不是英古蘭爵爺家中的僕役。

「就算是資深僕役，就算是以匿名方式寫信，也不會用這種態度對貴族夫人說話，應該要更恭敬一點。」

應驗了雪林福．福爾摩斯技術高超的暗示，富勒最後問起兩位夫人是否知道有誰想對英古蘭爵爺不利。出乎預料的問題讓她們想了好一會，但還是無法答覆。

崔德斯盡責地記錄一切，不過他難以保持專注。

英古蘭爵爺。愛上了。福爾摩斯小姐。

這事不該帶來如此震撼。他不是打一開始就察覺到那兩人之間有些不對勁嗎？只是他不願往這個方向多想，不願相信體現了各種男性美德的英古蘭爵爺對福爾摩斯小姐抱持著超乎友誼的情感。

極度深厚的友誼是一定有的。還要加上充滿挫折感的保護慾、敏銳的個人意識，以及遭到猛烈壓抑的澎湃思慕。

他看上她的什麼地方？崔德斯認爲任誰都會敬佩福爾摩斯小姐的智慧。儘管百般不願，他到現在依舊同樣佩服她。他認爲福爾摩斯小姐的外表也算是賞心悅目，不過她的女人味只是皮相，在那層皮相下面……

薩克維命案偵辦終結前夕，福爾摩斯小姐平靜地揭露一層層假象，而他這個專業人士卻受到醜陋的眞相震撼，天旋地轉。這個女人沒有半點情感，對於最險惡的人心毫不畏懼，對於離家出走的決定毫不後悔，對於毀了自己名節的計策毫不羞愧。

她自然也不需要男人。

英古蘭爵爺還不如愛上美麗的禮服，或是廣告看板上一頭金色鬈髮的美女。

富勒起身送走艾佛利夫人和桑摩比夫人，崔德斯晚了一步站起。

富勒向兩位夫人道謝後，閒話家常似地補上一句：「我得承認夏洛特．福爾摩斯小姐讓我非常好奇。」

崔德斯的良心再次隱隱作痛。他爲何要保持沉默？他還能沉默到何時？

「要是你們能找到她，請和她說我們很想找她聊聊。」艾佛利夫人正經八百地應道。

等她們離開小客廳，富勒對崔德斯說：「聽聽那是什麼話。要是我們能找到她，不是等我們找到她。我們不是警官嗎？可別讓她們看扁了，一定要找到她。」

□

面談第一個發現英古蘭夫人屍體的少年可就沒那麼有趣了，整個面談只確認了他前一次被派去取冰的確是好一陣子之前的事情。但這不代表他沒進過第三個房間，總要有人去拿取或放置食材，只是不用走到冰穴旁。

換句話說，除了殺害英古蘭夫人的凶手，屍體可能放了好幾個禮拜都無人知曉。

富勒總督察很快地訊問過屋內的僕役，一次找來好幾個人。他們大多無法提供什麼有價值的情報，但兩名警官還是問出了一些蹊蹺。

第一，將近一個月前，屋裡發生了一場小火災。第二，英古蘭爵爺的三哥雷明頓爵爺近期二度造訪了堅決谷，第一次用的是假名。英古蘭爵爺親自到大宅門口接他，兩人隨即進書齋待了一整天，直到晚餐前才現身，而雷明頓爵爺直接離開。

負責送茶水及食物進書齋的男僕領班清楚看見訪客長相，因此當對方以屋主的兄長身分再度來訪時，他嚇了一大跳。雷明頓爵爺成年後幾乎都在國外兜轉，因此英古蘭爵爺的僕役並不認識他，不過他很快就向僕役們展現了親和力。

第三件怪事是法國廚師和管家的抱怨。被問起大宅裡是否有過任何異狀，兩人都提及少量食物憑空消失，持續了好幾個禮拜，而且是以不容易被人發現的方式短少。

「有一次我半夜到地下室的食材儲藏室，發現燈亮著。」管家桑本太太說：「我以爲終於逮到那個小賊，沒想到竟然是英古蘭爵爺跑來拿幾片薑餅當點心。」

「這事常發生嗎？」富勒問。

「確實發生過幾次。爵爺大人相當體恤我們，除非大宅有客人，不然我們晚餐後就可以休息了。夜裡他需要什麼，總是自己去張羅。」

富勒轉換話題。在他放管家回去工作前，他問道：「英古蘭爵爺喜歡薑餅嗎？」

「還好——爵爺大人對甜食不感興趣。這裡存放的餅乾都是給露西姐小姐和卡利索少爺偶爾打打牙祭用的，英古蘭爵爺不怎麼吃呢。」

聽到這個答案，富勒愉快地看了崔德斯一眼。崔德斯感覺到自己的胃袋擰成一團。

他們繼續找賓客訪談。

幾名男士剛從蘇格蘭回來，享受了愉快的高地打獵射擊之旅。另一人自稱是業餘天文學家，某天晚上在冰窖附近設置了自己的望遠鏡，但他沒有看到或是聽到任何派得上用場的動靜。

其餘的賓客大多是女士，前往奈維爾太太家做客前各自有自己的活動圈子。沒有人有害死英古蘭夫人的動機，許多人和她只是點頭之交。

奈維爾太太倒是別有一般見解：「她瞧不起我，我也瞧不起她。我這個老太婆也是有脾氣的，而且我看人很準，從一開始我就知道她不愛他。那個女人從來沒有把他放在心上過。」

「我沒邀她到我家過，她也沒邀過我。我們的圈子沒有太大的交集。英古蘭爵爺會來我家拜訪，以前我還會去社交季時，我們在倫敦也見過面，可是她從來沒有陪著他。」

富勒瞄了艾勒比警長的筆記一眼。「妳和英古蘭爵爺有些親戚關係，是嗎？」

「先夫的姊姊嫁給了英古蘭爵爺的舅舅。關係隔得有點遠，但我一向喜歡這個年輕人，還有雷明頓，另兩個哥哥就還好。」

奈維爾太太話鋒一轉，訓斥富勒怎麼能對英古蘭爵爺起半點疑心。「我不知道也不在乎是誰殺了她——要是沒有孩子，我會說這是最好的安排。可是絕對不是她丈夫下的手。」

她繼續替英古蘭爵爺說好話，等她說到一個段落，富勒問道：「夫人，妳一定從艾佛利夫人那邊聽說英古蘭爵爺和福爾摩斯小姐在夏末曾見過面，就在她離開社交界之後。妳認為那兩位之間是怎麼一回事？」

「我不會擅自臆測，總督察，但我可以告訴你，這位年輕女士什麼都知道。我從她還很小很小的時候就認識她了——她父親是我的表親——聽她和別人說起那些不可能預先得知的事情，眞的會讓人毛骨悚然。」

「如果妳不介意的話，可以透露是哪方面的事嗎？」

「某次她對已故的威克里夫公爵夫人——英古蘭爵爺的母親——說她很遺憾醫師說了那些話。公爵夫人那時剛得知自己體內有腫瘤，而且是致命的腫瘤，但她沒有告知任何人。誰都不知道，因為她自己也拒絕相信。」

「嗯。」富勒應了聲。

「正是如此。後來她才慢慢學會不要在別人面前說出那些可怕的祕密——最起碼不要常常這麼做。相信我，她的能力沒有隨著成長而消失。假如英古蘭爵爺眞的殺了自己的妻子，那他絕對不能出現在福爾摩斯小姐面前。就算他瞞得過每一個人，肯定瞞不過她。就算對方是她的好朋友，我也不認為她會縱容冷血凶手逍遙法外。」

□

兩名警官要求再與英古蘭爵爺見面，僕人帶他們到書齋。這回，英古蘭爵爺身旁沒人，披著厚重偽裝的福爾摩斯小姐不見人影。

富勒總督察一開口就是正題：「爵爺大人，您提到英古蘭夫人曾找夏洛克．福爾摩斯先生諮詢。我們想盡快與那位偵探談談。」

英古蘭爵爺點點頭。「這是當然的，我請他的兄長傳訊給他。」

「太好了。」富勒說：「我們還想見一個人——夏洛特．福爾摩斯小姐。」

「恐怕我不知道要如何轉告福爾摩斯小姐此事。」英古蘭爵爺的語調和表情沒有任何改變。

英古蘭爵爺視線對著富勒，但崔德斯覺得他自己才是爵爺注意力的焦點。

他不知道英古蘭爵爺和福爾摩斯小姐是否把他視為倫敦警察廳的爪牙，他也無法判斷福爾摩斯小姐是否早就察覺到他看穿了她的偽裝。不過英古蘭爵爺宣布雪林福．福爾摩斯是夏洛克．福爾摩斯的兄長——虛構人物哪來的親兄弟——這就等同於向崔德斯宣告福爾摩斯小姐的偽裝身分。

同時也是在請求他，看在友情的分上，不要拆穿她的身分。

因為在堅決谷調查謀殺案的不是只有富勒總督察一個人。

雖然福爾摩斯小姐孤身來此的行爲令崔德斯不安，但她並不是爲了談情說愛而來——至少這不是唯一目的——而是打算查出英古蘭夫人之死的眞相。

爲了讓她的調查能順利進行，雪林福．福爾摩斯的身分不能受到任何挑戰。

然而此舉完全違背了崔德斯身爲犯罪調查部警官的職責。反正已經違反了那麼多規定，他還不如順便去白金漢宮放個火算了。

此外，若是讓英古蘭爵爺瞞下去，他可能被控行爲失當，情節重大到足以終結他在犯罪調查部的職業生涯。

「爵爺大人，您眞的確定嗎？」他聽到自己這麼問：「您眞的無法聯繫福爾摩斯小姐？」

英古蘭爵爺直視他的雙眼。「我確定。」

假如英古蘭爵爺眞的殺了自己的妻子，那他絕對不能出現在福爾摩斯小姐面前。

崔德斯不再開口。

富勒嘆息。「眞是太可惜了。」

外頭有人敲門。英古蘭爵爺揚聲同意來人進房，莉薇亞．福爾摩斯小姐走了進來。

她的視線先是落在英古蘭爵爺身上，眼神充滿關切與同情。看到富勒總督察時，她提高了警覺。等她發覺崔德斯也在場，五官則因反感而扭曲。

除了照實說出她妹妹的醜事，他從未傷害過這名女子。

莉薇亞．福爾摩斯小姐的嫌惡不該對他產生任何影響，然而她的敵意猶如狠狠的耳光甩來，他內心有什麼東西隨著炫目的困惑而裂開。

她一向行得正坐得端，卻因爲妹妹魯莽的非道德舉動，幾乎註定要單身一輩子。她要氣的應該是那個妹妹——她應當要燃起熊熊怒火。但若是她能將怒氣化爲實際力量，崔德斯現在應該早已隨著玻璃窗框的碎片飛到屋外去了。

她的忠誠不限於夏洛特．福爾摩斯一個人。

現在她也是英古蘭爵爺的盟友。這名男子擁有高潔的品行，崔德斯漸漸理解到他絕對不會背棄夏洛特．福爾摩斯。

死都不會。

即便是脖子上套著絞繩。

「啊，福爾摩斯小姐。」富勒說：「我們正想見妳呢。」

「總督察，請問我能爲你效勞嗎？」莉薇亞．福爾摩斯的語氣中帶著戒備——以及明顯的焦躁。

「我們需要和夏洛特．福爾摩斯小姐談談，希望妳能提供協助。」

「但我已經說過夏洛特與這件事完全無關了。」

「即便如此，我們還是要問她幾個問題。」

莉薇亞．福爾摩斯小姐望向英古蘭爵爺，眼中帶著懇求，彷彿只要他一句話，就能讓眼前的警官打包走人。

「此時此刻，如果富勒能直接與夏洛特小姐說上話，這是最好不過了。」英古蘭爵爺的語氣極度溫和。「我不知道要如何找到她，如果妳有辦法，那就能省下許多麻煩。」

莉薇亞．福爾摩斯小姐仍舊躊躇不前。

「福爾摩斯小姐。」富勒的嗓音無比沉重。「容我提醒妳——」

「先生，我知道你代表法律。可是我真的不知道舍妹下落。我們都同意最好別讓我知道她的去處，以免無意間將她的所在地透露給我們的父母。」

「原來如此。」富勒皺起眉頭。

「不過在她離家前，夏洛特曾說假如我要聯絡她，可以使用她發明的簡單密碼，在報紙上刊登告示。我再和你們說密碼要怎麼寫。你們還需要我幫什麼忙嗎？」

富勒朝她前進一步。「福爾摩斯小姐，妳打算要離開嗎？」

「我們來到這裡只是因為奈維爾太太家臨時出了問題。現在她的屋子已經修好了，奈維爾太太邀請我回去小住。」

「其他客人呢？」

「大部分的人打算直接從堅決谷出發前往下一個目的地。奈維爾太太希望我再陪她一陣子，我答應了。」

「很好。希望妳可以暫時留在這一帶，或許我們還需要和妳談話。」

莉薇亞．福爾摩斯小姐露出如同薄脆冰層的微笑。「我會盡力配合。」

等她離開書齋，富勒開口道：「這位小姐真是情緒豐富。她妹妹和她相像嗎？」

這個問題是朝著英古蘭爵爺而去，爵爺以接近愉悅的語氣回應：「我想並非如此。」

「那您會如何形容夏洛特．福爾摩斯小姐？」

「她……無法用言語形容。」

富勒不認爲這算得上答案。「艾佛利夫人和桑摩比夫人說她古怪至極。您怎麼想？」

英古蘭爵爺從桌上拿起紙鎮，在掌中翻轉。「真要我說的話，我認爲在夏洛特．福爾摩斯眼中，這個世界肯定無比怪異、難以生存。」

□

夏洛特原本打算詢問附近的火車站，看看近日是否有棺木運送至此。不過等她回到村裡，又改變了心意。

一副棺材途經這麼小的聚落必定會引發議論。死者是誰？葬禮要在哪裡舉辦？這個人在本地有哪些親戚？運送屍體的凶手不會想回答這些問題。

接著，她思考要不要向車站附近的腳夫問起是否碰上超過一百磅重的行李。但這麼做也相當可疑，甚至會留下深刻印象。

那就是貨物了，裝在貨箱裡的貨物多重都很合理。更何況許多物品都是以這種包裝運送，不會引來太多好奇心……

「先生？先生？需要幫忙嗎？」

她微微一驚。對方是車站站務員，她這才發現自己想得太入神，已經在他的窗前站了好幾分鐘。她跺跺腳——月台的遮雨棚能擋住雨水，卻擋不住不斷滲入的寒意——湊向站務員。

「是的，兄弟，有件事要麻煩你。」

「沒問題。你要去哪裡？今天眞不適合出門，你說對吧？」

或許他天生就是如此健談，又或者是在狹小的崗位上待了一整天，也不是特別繁忙的車站，他急於找人攀談幾句。無論如何，他正巧應了夏洛特的意。

「天氣確實糟透了。」夏洛特眞誠地附和。「告訴你，我眞想捧著熱甜酒坐在火爐旁。對了，在下是雪林福．福爾摩斯，幸會。」

「瓦利．沃波爾，隨時聽候差遣。」

「我從堅決谷莊園那邊過來，你應該聽說那裡出了什麼事吧？」

瓦利．沃波爾瞪大雙眼，驚惶之餘又流露出濃濃期待。「眞是太可怕啦，她眞是個大美人啊。」

「眞的是天大悲劇。不過現在我們得要查明來龍去脈，英古蘭爵爺的親屬命令我來此協助，我知道最近有幾箱貨物從這個車站送往堅決谷。」

瓦利．沃波爾眨眨眼，不太能掌握貨物與英古蘭夫人聳動的死訊之間有何關聯。不過他還是乖乖回答夏洛特的提問。「是的，兩個大箱子。送到這裡時，因爲要由車站暫時保管，所以我負責簽收。但其實沒這個必要，英古蘭爵爺的僕人已經在車站等著了。」

「他們怎麼知道何時來此等候？」

「就我所知，販賣那些設備的倫敦公司預先寄了信，通知英古蘭爵爺他訂的貨大約什麼時候送達。」

「所以那些小伙子按時抵達，你們聊了幾句。」

「沒聊太久，畢竟他們還要幹活。」瓦利．沃波爾似乎有些惋惜。「不過沒錯，是聊了一會。」

看來他很期待有人作伴，夏洛特稍微提起堅決谷目前的狀況，就算莊園僕役來到火車站，也沒辦法說出這些內情。站務員張著嘴聽完，喉中冒出難以置信的咯咯聲。

她判斷已經透露夠多了，像是想起什麼似地停頓幾秒。「對了，除了你提到的兩個大箱子，英古蘭爵爺最近還有收到其他貨物嗎？」

瓦利．沃波爾雙眼一亮。「沒想到你會問起這個。」

□

富勒總督察號稱警場的獵犬，得到這個渾名的原因之一是他擁有過人能力，能從旁觀者之中嗅出誰掌握了寶貴證詞。

敏銳的直覺在他和崔德斯訊問戶外僕役時發揮得淋漓盡致。室內僕役與賓客是以團體方式接受問話，但這回他在見過每一個人之後，特地找來一名園丁仔細盤查。

這名年輕男子局促不安地走回小客廳，視線求助似地飄往崔德斯。他看起來很害怕，而且崔德斯認出他的神色間流露出罪惡感。

他有所隱瞞。

「基令先生。」富勒冷冷道：「我不認爲你說出了所知的一切。」

基令又望向崔德斯。「乖乖回答總督察的問題吧。」崔德斯說：「你瞞不過他的。」

「我沒有說謊，我眞的不知道有關英古蘭夫人死亡的事情。」

「或許你不知道。」富勒說：「但你知道別的事情，那件事對我們來說很有幫助。」

基令執拗地搖頭，鼻頭已經冒出汗水。

富勒的指節敲打椅子扶手，意有所指地看著崔德斯。崔德斯在心裡扮鬼臉。大家都說他的面容和善、易獲得信任，也就是說當扮黑臉的老長官需要有人扮白臉哄證人聽話時，崔德斯就得挺身而出。

他維持坐姿，上身靠向基令。「一名女性行蹤不明幾個月，屍體出現在她丈夫的莊園裡。基令先生，你會懷疑凶手是誰？」

「我不認爲是英古蘭爵爺。」

「我也不這麼想。我認識他——我們有好幾年的交情了，可是現在情勢對他不利。或許你能幫上忙……」

「我不知道能幫上忙的事情。至少，我不知道那有什麼用處。我只知道出了一件怪事。」

「就從那件怪事說起吧。」

「我要是說了就會惹上麻煩。」

「如果你真的惹上麻煩，我相信英古蘭爵爺可以幫你一把。」

基令還是有些猶豫。「會惹上麻煩的不只我一個人。」

崔德斯可以理解他的遲疑。「假如英古蘭爵爺出事了，他的孩子就得和監護人一起住，這座莊園很可能會封鎖起來，直到卡利索少爺年紀大到能夠接管。如此一來，僕役大多要被遣散了。這樣也沒關係嗎？」

基令縮成一團。「真的會這樣嗎？」

「我希望能阻止這種情況發生。你喜歡這裡嗎？」

「是的。」

「你希望一切照著原本的方式來嗎？」

「對。」

「那就讓我聽聽你隱瞞的祕密。我可以保證你不會後悔，我也保證會保護其他與這件事有關的人，不讓他們受到危害。」

「真的嗎？」

「真的。」

「那個——總督察呢？」

「我父親也曾在別人家幫傭，可以理解你們的生活有多艱困。」他口中的「那個總督察」說道：

「我不是來刁難你，或是爲了你犯下的小錯找碴。我來到這裡只是想查出英古蘭夫人究竟出了什麼事，就這樣。」

基令嚥嚥口水。「那是——在這屋裡工作的某個人。我們努力找時間見面，可是眞的很難。以前我會溜進屋裡。屋子很大，大多數房間都沒有人使用。」

「可是我們最後一次在屋裡見面時，差點被人發現。她說別再這麼做了。我嚇到腦子都傻了，答應她不再這麼做。然後，有一天，芬尼跑來見園丁領班迪恩先生。」

「芬尼就是那個發現英古蘭夫人的廚房幫工？」

「就是他。當晚大宅裡要舉辦餐會，他要進冰窖拿東西。可是法國廚師給錯鑰匙，他很怕那個法國廚師，所以想向迪恩先生借備份鑰匙。迪恩先生不認識芬尼——他才上工一個禮拜——所以他拿鑰匙給我，我陪芬尼到冰窖，教他怎麼敲下冰塊。」

「後來，我覺得冰窖是很不錯的見面地點。最外面的房間不會比室外冷上多少。」

「在這個季節還是不太適合脫衣服吧。」富勒插話。

基令臉紅了。「我們沒有脫衣服。」

「啊。」

「不是啦，我是說，我們沒有做那種事。我們只是想獨處一下，說說話。」

「你們聊了什麼？」

「她能看著別人的照片畫出漂亮的迷你肖像畫，然後我——」他再度臉紅。「我會寫詩。我們聊到以後可以開一間小畫室。她的肖像畫當然是主要賣點，我就替每幅畫寫幾句詩，客人在別的地方弄不到這種東西，可以當成獨一無二的訂婚禮物。」

崔德斯微微一笑。在大多數的情況中，基令這類小人物的自白難得包含了如此可愛的夢想。「我喜歡這個計畫。請繼續告訴我們冰窖怎麼了。」

基令稍微放鬆一些。「前天，我們預計在午茶時間後見面。」

這個時機不錯。基令一天的工作差不多結束了，假設他的戀人是負責打掃的女僕，勤務也大致告一段落。同時廚房裡已經開始忙碌，必要的食材早已取出。

「基本上都是我先進冰窖，確認裡外沒人，然後在附近樹枝上綁一條手帕。可是那天，我想開門時，鑰匙卻插不進去。天色有點暗，我又試了幾次，接著跪下來仔細檢查。那個鎖頭和之前的完全不同。」

崔德斯心跳加速。「不是同一個鎖嗎？」

「對。我叔叔是鎖匠——他在我十四歲那年過世，嬸嬸不得不把他的店鋪頂掉。雖然我沒當過他的學徒，還是看得出門上的鎖換了一個，形狀、重量全都不一樣。」

「你有試著打開那個鎖嗎？」

「沒有。發現鎖換掉之後，我怕是有人發現了我們的約會，用換鎖來警告我們。我跑到樹下，她剛好抵達。我和她說鎖換了——或許有人知道我們的事情。我們說好暫時別見面。她回到屋裡，我回馬房閣樓的房間。」

「就這樣度過了失眠的夜晚？」

「喔，沒有，吃晚餐時，我在僕人的用餐室見到她，但我們沒有交談。然後才是失眠的夜晚。」

「當你得知英古蘭夫人的屍體出現在冰窖裡時，你有什麼想法？」

「我一頭霧水。沒有人提到新鎖頭的事情。今天早上我起得很早，撬開迪恩先生收鑰匙的櫃子，檢查我拿來複製的冰窖鑰匙。他手邊的鑰匙還是原本那一把。如果說是正式換了鎖頭，我相信他也會拿到新鑰匙。」

崔德斯瞥了富勒一眼，發現後者對這個消息可說是喜不自勝。

讓上司心花怒放的案情發展，對英古蘭爵爺都會是壞消息。雖然無法明說，但崔德斯已經悄悄站到英古蘭爵爺這一邊，富勒的好心情像是往他肚子上痛揍一拳。

「謝謝你，基令先生。」富勒總督察說：「你眞是幫上大忙了。」

第十三章

雪林福．福爾摩斯大步走進堅決谷莊園的書齋。

儘管處境維艱，英古蘭爵爺心中依舊湧起了難耐的笑意。

基本上夏洛特．福爾摩斯的舉止總是很從容。只是少有人知道她閱讀的速度快到令人髮指，而且能在三秒內看穿任何一個陌生人。外人常誤會她天性慵懶，甚至是懶惰。

然而她把雪林福．福爾摩斯這個角色塑造成說話急切，走路帶了點跳躍感的模樣，也比她本人還要親切許多。假如英古蘭爵爺對她了解不深，或許不會覺得這個小伙子很滑稽，而只是覺得他有些古怪，但也足智多謀、小心謹慎、忠心耿耿。

「回來了嗎？」英古蘭爵爺起身。「我以為妳會在外頭多待一陣子。」

「跟我來。」福爾摩斯說。

英古蘭爵爺毫不遲疑地照做。

一名男僕在玄關等候，已經準備好帽子、大衣、手套。管家魏許先生也來了，旁邊還跟著艾勒比警長。

「您還記得幾天前收到的兩箱挖掘器材嗎？」福爾摩斯穿上連帽大衣。

英古蘭爵爺點頭。

那兩個大貨箱剛好在夏洛特・福爾摩斯和華生太太來堅決谷參觀那天送達。他和福爾摩斯在菜園裡散步時，她問起他怎麼沒去挖遺跡，他指著薰衣草乾燥房，幾個僕役剛收好那些他沒心情拆封檢查的箱子，最近考古這件事在他腦海裡的順位排到最後去了。

「嗯，村裡火車站的熱心站務員表示隔天又有一個寄給您的貨箱抵達。您知道這件事嗎？」

他的心臟猛烈跳動。「不知道。」

她轉向負責大半事務的管家。「魏許先生，您呢？」

魏許先生瞪大雙眼。「福爾摩斯先生，聽你一說，我確實收到這箱貨物的通知。就是奈維爾太太和她的賓客抵達的那一天。貨車和馬車來來去去，把客人、行李、廚房用的食材送了過來。兩名男子將你提到的貨物送進莊園，他們說器材公司漏寄了幾樣東西，因此這箱貨物是直接送來這裡，而不是在火車站轉運。」

「那個箱子在幾點送到？」英古蘭爵爺心跳加速。

「接近傍晚，或許再晚一些。我看爵爺大人對另兩箱貨物沒有興趣，我直接派人帶搬運工把貨箱運到薰衣草乾燥室。原本想向您報告此事，然而當晚實在是有些忙亂。隔天確實兩度想到要向您報告，可是第一次您帶男客們外出射擊，第二次您在休息，要求我們不要打擾。然後——然後冰窖就出事了，我就完全把貨箱的事情拋在腦後。」魏許先生的臉不安地泛紅。「爵爺，真的是非常抱歉。」

「就算你真的提了，我大概也不會多想。」英古蘭爵爺說：「別放在心上。」

他真的不知道若是得知此事，自己會有何反應，不過現在再多說什麼也無濟於事。他對艾勒比警長說：「警長，福爾摩斯先生和我要去薰衣草乾燥室。你方便隨我們跑一趟嗎？」

其實不用多問，艾勒比警長是一定會跟上的。英古蘭爵爺稍早出門騎馬時就發現只要他踏出自家大門，艾勒比警長或是他的手下警員都會跟在他身旁。

「爵爺，這是我的榮幸。」艾勒比警長的回應相當誠摯。也充滿感激。

英古蘭爵爺微微一愣。

先前告知英古蘭爵爺的自由會受到一些限制時，艾勒比警長一副局促不安的模樣。現在他則是慶幸對方主動提出邀約，如此一來，他就不用像個不速之客似地尾隨其後。

想到艾勒比警長心底還是相信他的清白，英古蘭爵爺感到一絲寬慰。

不過艾勒比警長並非相信他的爲人。他的信任也許是因爲不願相信住在人間樂園的貴族也有黑暗的一面；或者像是地方居民對鄉紳的忠誠，全力抵禦來自倫敦的蠻族。

無論警長怎麼想，英古蘭爵爺還是對他的支持不勝感激。自從桑摩比夫人攔住他，不讓他踏入冰穴的那一刻起，他便深深理解自己是這起謀殺案的頭號嫌疑犯。就算他想著手調查，掌握的情報也太過稀少。

還有那位富勒總督察，在貓頭鷹般的睿智面貌下藏著猶如野狼的凶殘。崔德斯探長渾身不自在，在同情與失望之間搖擺不定。最讓他難受的還是滿屋子惶惶不安的僕役。他們沒有說出口的疑慮使得大宅裡的氣氛凝重無比，讓人難以呼吸。

他們仍舊相信他——他們一點都不希望他是殺人凶手——可是他們也開始懷疑自己是否眞的那麼了解自家主人。

距離在廚房工作的少年芬尼一邊慘叫一邊衝出冰窖的那一刻，還不到二十四小時嗎？不被人當成謀殺案嫌犯的幸福感是如此的虛幻，但現在英古蘭爵爺只能無助地如此企盼著。

雨勢轉爲綿綿細雨，氣溫卻不斷下降。黑夜籠罩堅決谷莊園，殘存的天光被雨水沖得發白，就連最鮮艷的秋季風景也失去了彩度。

走到半路，艾勒比警長終於開口：「福爾摩斯先生，希望你不介意我這麼問，爲什麼我們要去檢查那箱挖掘器材呢？」

福爾摩斯拉低獵鹿帽的帽沿——其實是英古蘭爵爺的獵鹿帽，在她頭上很順眼，他喜歡看她戴著這頂帽子。「警長，恕我直言，顯然倫敦警察廳已經懷疑到英古蘭爵爺頭上了。」

「先別急著下定論。」艾勒比警長抗議道。「英古蘭夫人的屍體昨天才被人發現呢。」

「感謝你如此公正，警長。相信在場者中，沒有人比我這位朋友對英古蘭夫人猝逝一事更加困惑。先別管進駐大宅的調查人員和倫敦的報紙寫了什麼鬼話，以實際的角度來看，這個案件沒有半點合理之處。」

「英古蘭夫人沒在社交季後回到堅決谷，整個秋天都不在此處。那她的屍體怎麼會跑到冰窖裡？假設她並不是在活著時自行來到這裡，那麼一定有人將她的屍體運過來。他們要如何達成這個任務？」

「運貨的箱子！」艾勒比警長終於想通了。

「薰衣草乾燥室和冰窖之間大約隔了兩百碼。要搬運一具女性屍體雖然不太容易，但如果由兩名男子合作，甚至是一名壯漢，還是有辦法做到。」

「若是如你所說，我們應該會在乾燥室裡找到一個打開的空箱。」

「有可能。」福爾摩斯說：「至少會發現那棟小屋的鎖被人動過手腳。」

鎖住薰衣草乾燥室的掛鎖確實不見了。艾勒比警長大叫一聲，跪在地上查看。「門檻附近有一些鐵屑——還很新且光亮。魏許先生派來的僕人在送貨工人離開後重新鎖好門。等那些人回來開箱，他們一定是用了銼刀對付鎖頭。」

他興奮地打開門。

可惜薰衣草乾燥室裡沒有打開的空箱。

艾勒比警長不安地瞄了福爾摩斯一眼。不過開口的人是心臟狂跳的英古蘭爵爺：「只有兩個新的貨箱——這裡。」

正對著門的牆邊放了一堆貨箱，左右是擺了幾個小盒子的結實金屬架子，以及標示「易碎物品」和「此面朝上」的其他貨箱。英古蘭爵爺摸著那兩個貨箱。「其他都是之前收進來的東西。如果照著魏許先生的說法，第三個貨箱在英古蘭夫人被人發現的前一天送來——但那個貨箱不見了。」

「可是……在這裡開箱，單把屍體運進冰窖不是更輕鬆嗎？」艾勒比警長一臉茫然。

「你們看這邊的地板。」福爾摩斯往下一指。「艾許，你的僕人都這麼邋遢嗎？」

換在別處，在沒什麼人使用的庭院小屋裡有幾根稻草、一點木屑絕對稱不上邋遢。但這裡是堅決谷莊園，維持整潔不是目標，而是最低標準。英古蘭爵爺的心臟跳得更沉了。「通常不會。所有的資深僕役都把清潔衛生當成第二信仰，他們也是如此訓練新人。」

福爾摩斯點頭。「所以折回來的搬運工是在這裡拆箱。」

「那他們把貨箱子放到哪去了？」艾勒比警長問。「莊園的門房或許不會留意到有一個貨箱運進來。但要是他看到幾個人扛著貨箱離開，不會起疑心嗎？」

福爾摩斯轉向英古蘭爵爺。「之前來這裡拜訪時，門房給了我一張地圖。我記得地圖上不只標出一個出入口。」

「所以他們從別處離開，沒被其他人看到。」艾勒比警長驚嘆道。

「平時我會說不可能。」英古蘭爵爺盡力維持語氣平穩。「因爲能讓送貨車輛通過的另一個出入口沒有門房看守，幾乎都是上著鎖。可是既然他們手邊有銼刀，也能拿來用……」

「艾許，弄幾匹馬來，我們騎過去看看。」福爾摩斯說。

□

長年封閉的出入口從遠處看來沒有異狀，柵門關得好好的。不過等到他們靠近一些，卻發現左右兩扇門其實是被一截繩子綁在一塊，平時纏繞在上頭的鐵鍊與大鎖不知去向。

雨勢轉強，他們從馬房借了雨衣，可是英古蘭爵爺的褲管還是濕透了，他的指尖幾乎失去感覺。

「我不是專家。」艾勒比警長扯著嗓門，壓過雨聲。「可是我找不到我們的目標沿著車道把貨箱運走的證據，你爲什麼認爲他們把貨箱帶走了？」

「或許他們只是格外謹慎。」福爾摩斯應道。

「又或許是那個貨箱還有其他用途。」英古蘭爵爺繼續探查地面，靴子踩過泥灘。

「或許吧。」福爾摩斯說：「天色暗下來了，雨這麼大，我們什麼都做不了。先回屋裡吧！」

儘管他很想順著這條線索追出去——至少要找到他們前往何處的蛛絲馬跡，但她說得對。太晚了，現在什麼都看不見，再加上貼住雙腿的褲子，他可能會先得肺炎。

他扶她上馬。「做得好。」他的低語只有她聽得見。

「謝謝你，爵爺大人。」她壓低上身，悄聲道：「你知道我想要什麼報酬嗎？」

他的心跳漏了幾拍。「什麼？」

「三百鎊就夠了。」她隔著濕透的手套握了握他的手。「華生太太會寄請款單給你。」

□

富勒總督察再次找來第一個發現英古蘭夫人屍體的年輕僕人芬尼。聽到鎖頭不同的說法，他摸不著腦袋，堅持在他進堅決谷莊園的短暫期間內，冰窖只用過一個鎖，每回他進去都是用同一把鑰匙開門，包括他發現英古蘭夫人的那一天。

矛盾的證詞令崔德斯掌心冒汗。

富勒要男孩離開後，他向管家表示希望能看看英古蘭爵爺和夫人的私人居住區域。魏許先生沒有立場拒絕這項要求，提醒他艾勒比警長和他的手下已經調查過那些房間內部了。

「雖然如此，我們還是想再檢查一次。」

魏許先生親自帶路，僵硬的步伐傳達出他的不悅。

首先是英古蘭夫人的幾個房間，感覺從來沒人在此住過。所有家具上蓋著防塵套，在提燈的火光下，彷彿一個個龐大的鬼魂。應當存放大量華貴衣物的更衣室裡有四分之三的櫃子空空如也。正如她本人，她的衣服沒有從倫敦回到此地。

這一個區域的裝潢和大宅裡其他區塊不同，更加貴氣，卻較古板乏味。

「帝國風格。」富勒若有所思地說道：「我們看過的其他房間大多較有現代感。」

崔德斯想起艾佛利夫人和桑摩比夫人在訊問中曾提到她們懷疑英古蘭爵爺暗中施壓。她們舉了幾個例子，比如說英古蘭夫人在堅決谷莊園裡沒有留下任何痕跡——此處看起來完全屬於她的丈夫。

「英古蘭夫人對於居所的布置沒有興趣。現下的裝潢她已經很滿意了，她不希望旁人進來亂動，改變擺設。」魏許先生堅定地捍衛還在人世的雇主。

英古蘭爵爺的生活區域面積和過世的妻子一樣，然而相較之下既明亮又通風。屋裡的公共空間擺的都是大師的經典畫作，這邊牆上則是掛著考古遺跡的炭筆素描畫。崔德斯認出夕利群島，他們曾在那裡度過愉快的時光——他也是在那裡首度聽到夏洛克．福爾摩斯這個名字。

房裡最搶眼的一幅畫——掛在壁爐上——只簡單標示〈羅馬遺跡〉。崔德斯想起英古蘭爵爺曾寫了本小書，描述他十多歲時在叔叔的產業上找到一座小型羅馬遺跡，展開挖掘。

「探長，可以請你多拿幾盞燈進來嗎？」富勒在更衣室裡高聲道。

崔德斯找到一座大燭台，點燃上頭的七根蠟燭。富勒跪在寬敞房間中央的奢華地毯上，面前放著一個打開的鞋盒。

「若是兩位需要檢查更衣室裡的每一樣物品，相信爵爺大人的貼身男僕很樂意協助。」魏許先生焦慮到嗓子有些尖銳。

「謝謝，不過我們自己來就行了。」富勒的語氣明顯表明沒有否決的空間。接著，他低聲對崔德斯說：「我在最後面找到這個。你看。」

這雙靴子很舊了，看起來平凡無奇，不過崔德斯拿起靴子時馬上就理解了富勒的意思。鞋跟沾了一層煤灰。

冰窖地上也殘留著煤灰。

當然了，無法單憑這雙靴子證明英古蘭爵爺在英古蘭夫人的屍體被人發現前進過冰窖。假如在廚房工作的芬奇鞋底沒有煤灰，這才是新鮮事吧——他每天都得搬運足夠的煤炭，替提供八十名僕役三餐的爐灶生火。

但這又是一項不利於英古蘭爵爺的證據。

崔德斯緩緩吐氣，試著壓抑蠢蠢欲動的恐慌。夏洛特・福爾摩斯最好快點找到證明爵爺無罪的證據——倫敦警察廳的調查進度可說是一日千里。

看崔德斯領略了這雙靴子的重要性，富勒滿意地笑了笑，繼續搜查英古蘭爵爺的住處。

他們帶著靴子離開，富勒將它交給一名警員，因爲臉色陰沉的魏許先生說艾勒比警長陪著英古蘭爵爺以及福爾摩斯先生外出了。

「我們應該要再去冰窖一趟，對吧？」

他們披上雨衣，不過這段路並沒有因此舒服多少。駐守冰窖的警員退入第一個小房間，抱著屋裡提供的火盆坐在凳子上。

「總督察！探長！」他跳起來敬禮。

「這裡怎麼濕成這樣？」富勒問。「門板漏水嗎？」

「不是的，長官。艾勒比警長、英古蘭爵爺，還有——」

第二個小房間的門開了，艾勒比警長、英古蘭爵爺、福爾摩斯小姐魚貫鑽出。

「總督察，探長。」艾勒比警長的牙齒格格打顫。「兩位想再看看冰窖嗎？我們也是。」

「英雄所見略同。」嘴唇發青的「雪林福．福爾摩斯」補上一句。

富勒瞇細雙眼。「警長，快回屋裡吧，不然你要染上風寒了。爵爺大人、福爾摩斯先生，兩位也是。」

「感謝總督察關心。」福爾摩斯小姐說：「對了，我取得舍弟聯絡，他說他今晚飯後可以見我們一面。兩位警官這個時間還方便吧？」

富勒挑眉。「沒有問題。謝謝，福爾摩斯先生。不過我沒聽說夏洛克·福爾摩斯先生在這一帶。」

「他這幾天剛好來鄉間靜養。」牙齒直打顫的「雪林福·福爾摩斯」愉快地應道。「事實上我原本也是來拜訪他的。當然了，這裡出事後，我沒見到他幾面，不過等到所有不愉快都過去，我們有的是時間享受手足之誼。」

福爾摩斯小姐冷靜的模樣應當要讓崔德斯振奮不已才對，可是沒過多久就能見到夏洛克·福爾摩斯的消息令他腦袋一片空白。

客戶上門拜訪夏洛克·福爾摩斯時，福爾摩斯小姐會解釋他必須臥床休息，一切互動都是透過她進行。她不時進入隔壁房間徵詢他的意見，但那房間其實空無一人，夏洛克·福爾摩斯只是福爾摩斯小姐展現她推理能力的幌子。

富勒總督察絕對不會被這種把戲騙過去的。福爾摩斯小姐要如何在短時間內找來真正的夏洛克·福爾摩斯？此舉又如何瞞得過富勒多疑又銳利的雙眼？

「那麼晚餐後見囉？」福爾摩斯小姐問道。

「好的，就這麼說定。」富勒露出野狼般的笑容。「能見到夏洛克·福爾摩斯先生，我們實在是一刻也不想等呢。」

福爾摩斯小姐、英古蘭爵爺、艾勒比警長離開冰窖後，崔德斯才想到一個駭人的可能性。英古蘭爵爺表示他無法聯繫上福爾摩斯小姐，而他沒有戳破這個謊言……她該不會打算今晚解開偽裝？

或許這正是她的本意？

第十四章

「福爾摩斯，妳的茶來了。」

夏洛特勾起嘴角。這是一個男人最棒、最動聽的開場白。

她從更衣室探出頭，發現英古蘭爵爺已經在臥房裡，背對著她。他換上灰藍色的外套和長褲，黑髮還帶著水氣，指尖輕撫她掛在椅背上的雪林福．福爾摩斯外套翻領。

不會吧。她思考著還需要如何使力，把他推進她的罪惡深淵。

他轉過身，迎上走進臥室的她。她心想他應該會評論她的衣著——或者該說是衣衫不整，她只披著滿滿繡花的睡袍。不過讓他瞠目結舌的不是這點。

「妳的頭髮怎麼了？」

她都忘記他沒看過自己拿掉雪林福．福爾摩斯的假髮。「剪掉啦。我頭髮太多，塞不進假髮。」

「也不用全剪光吧！」

沒有他說的這麼嚴重——還剩下好幾吋呢。華生太太鄭重拒絕繼續往上剪。「我喜歡這樣，華生太太說這髮型更能強調我的眼睛。」

他搖搖頭，倒不是想指責她的行爲，只是完全無法相信自己的雙眼。「算了，先來吃點東西吧。」

他從沒讚美過她的外表——也沒有這個必要。她只想要他的友誼。

當然還有這個。

這個。

她走到托盤旁，上頭放著美到令人屏息的法式蘋果塔，薄如紙張的蘋果切片排成完美的同心圓，表面刷上閃耀著誘人光澤的杏桃果醬。

十年前，她捧著一本書，坐在他的挖掘基地旁，結果手邊存糧已經耗盡，她想來一片法式蘋果塔。身為朱爾．凡爾納筆下科幻研究的愛好者，他憤憤不平地主張法國人不是只會做菜。她順口提出兩項最卓越的法國技術——罐頭和牛奶消毒法——都與飲食有關，接著她以點字——又是法國人的重大發明——在他的筆記本裡留言：

你應該說：我會請教父的甜點師父做給妳吃。

她不知道他當時是否有費神去解讀這句話。他沒有請她吃過法式蘋果塔，直到現在。

可惜她現在一點都不想吃。

他凝視著她。她用湯匙背抹過蘋果塔上的果醬，迎上他的視線。他站得很直——不是因為心煩。而他胸口的起伏蘊藏著不安，焦躁。

「你在緊張什麼？」

他猶豫幾秒。「妳讓我緊張。」

「為什麼？」她一點都不緊張。「這種事你至少做過幾百次了吧。」

「沒有對妳做過。」

「過程應該沒有差別。」

他望向窗外，稜角分明的側臉對著她。「有時候很難和妳溝通。」

「你是說一直都是如此？或是大多情況下？因此我們從小就明智地決定不要隨便找對方說話。」

他拉上窗簾。現在還沒六點，屋外已經接近一片漆黑。「之後我們要以什麼身分相處？」

「就和現在一樣，朋友。」

「妳覺得這個——」他往床舖比畫。「不會帶來影響？」

「所以說……你認爲我們過往的交際輕鬆單純，不希望氣氛變得棘手而複雜？」

他哼了聲。「我只希望不會變得更棘手複雜。」

「哪裡複雜了？單純一點不好嗎？沒錯，我們的友誼遭逢的一些困境是源自我們想同床共枕，但你又不願這麼做。」

「好吧，隨便妳怎麼說。」

「如果不是這樣，你覺得是如何呢？」

他沒有回應，只是走到房間另一側，掏出懷錶，放到床邊小桌上。她喜歡這幅景象——他的懷錶放在她床邊的桌子上，他本人靠著床緣。她走上前，雙手平貼他的胸膛。

「謝謝。」

「謝什麼？」

「蘋果塔。謝謝你過了這麼多年還記得。」

「我從沒忘過——而且我絕對不能讓妳覺得班克羅夫特家的伙食比我家好。」

她笑了，雙手托著他的下巴，吻上他的唇。他站在原處任她上下其手。接著他展臂將她摟上床。

□

在餐桌上，富勒總督察和崔德斯聽艾勒比警長報告薰衣草乾燥室的門鎖和空箱失蹤，沒人使用的莊園柵門上的鐵鍊和鎖也不見了。

崔德斯原本只是隨意戳弄盤中食物，艾勒比警長加入飯局後，他才稍微有點胃口——所以說福爾摩斯小姐的調查有點進展了，謝天謝地。

他打起精神，朝牛排和腰子派出擊。

「然後我們回冰窖再看一圈。這時福爾摩斯先生問我最近這一帶是否還出現其他屍體，我說沒有這類風聲，他要我特別留意有沒有臉部遭到猛烈毆打、衣著昂貴的女屍，以及穿著普通、死前曾經失禁的男屍。」

「是嗎？」富勒厲聲問道：「福爾摩斯先生有說原因嗎？」

「我問他們是誰，和英古蘭夫人之死有何關聯。福爾摩斯先生說他知道的不多，無法清楚說明。只是根據他的推論，那兩具屍體一定在這裡——或至少會有該名女性的屍體。」

崔德斯想起福爾摩斯小姐在英古蘭夫人陳屍處旁邊找到的幾縷髮絲。

富勒又問了幾個問題，確認警長沒有更多情報後，他鄭重地道了謝，向警長道晚安。艾勒比警長敬禮離席，推開旅店有些沉重的門板，回到他在駐警處的房間。

外頭颳起狂風，今晚想必不好過。

崔德斯猶豫一會才開口詢問：「長官，你認爲福爾摩斯先生提到的兩具屍體是怎麼一回事？」

「很可疑的問題，不是嗎？我無法判斷這是不是他的圈套。既然他知道消息會傳回我們耳中，設局欺騙我們的可能性太大了。」

崔德斯努力忍住皺眉的衝動。或許他看不透福爾摩斯小姐的意圖，但他無法質疑她的能力。就算富勒沒與她合作過，但今天「雪林福．福爾摩斯」在冰窖裡展現的能力，應該會引來更密切的關注。

「其他的呢？」

富勒搖頭。「來路不明而送來的貨箱憑空消失，這太像藉口了。更何況誰都有辦法鋸開鎖頭。艾勒比警長是個好警察，不過老實說有點好拐。」

但只要問過站務員、魏許先生、隨貨箱進薰衣草乾燥室的男僕，就能驗證第三個貨箱的眞實性。

那麼富勒是在暗示這些相關人士全都受到有錢有勢的地方貴族收買嗎？

崔德斯什麼都沒說。顯然富勒一心只想把英古蘭爵爺送進法庭，在他搶眼的功績上再添一筆。

今晚福爾摩斯小姐揭露夏洛克．福爾摩斯身分的舉動可別害爵爺陷得更深。

崔德斯藉口要寫信給太太，先一步離席。他並非眞想這麼做，但是等回過神來，信已經寫好了。

親愛的愛麗絲，

德比郡又濕又冷。今天眞是漫長，而且還沒結束。

希望能寫些什麼讓妳安心，可是目前英古蘭爵爺的情勢不妙。對他不利的證據太多了，其他都是些無法當成證據的小事。

期盼明天能向妳報告好消息。

愛妳的

羅伯特

筆桿在他指間旋轉，他想再多寫幾句。以往他總有辦法振筆疾書，寫上好幾頁，詳細描述這天的大小事。但現在他覺得自己成了生鏽的水龍頭，只能滴出涓涓細流，偶爾爆發一陣。

他擱下筆，雙手抱頭。

□

「還有時間再來一次嗎？」福爾摩斯眼眸燦亮、臉頰緋紅。

英古蘭爵爺拿起床邊桌上的懷錶。離七點只剩三分鐘，他們要在七點半與克羅夫特用餐。就算他早已報備兩人不會盛裝出席，時間還是有些緊迫。「沒有，無論如何都來不及。」

她口中吐出甜美的輕嘆。「我覺得很舒服。你呢？」

他呢？要是還能更舒服，他肯定會瘋狂上癮。「挺不錯的。」

「我以爲你會有些生疏，畢竟你已經很久沒有——至少你是這麼說的。」

那根本是上輩子的事。他撫過她的手臂，讚嘆那柔軟觸感。「或許就像騎馬，學會了就不會忘。」

「我還有得學呢。」她的語氣好愉快。「不知道華生太太能不能分享她的智慧。」

天啊。「不如由我來透露我的喜好？」

「眞的嗎？」她的睫毛搧了搧，若她有意勾引，這長到沒有道理的睫毛保證會帶來致命一擊。

「爵爺大人，眞是意外，你以前只提過你不喜歡什麼。」

「既然如此……」他湊到她耳邊，悄聲說了好一會話。

等他直起身，她的眼神有些迷茫。「看你在外頭那麼古板，我期盼你私底下完全變了個人，擁有墮落的興趣。我得說你沒讓我失望。」

他橫了她一眼。「我還不到古板的年紀。」

「以年紀來說，你已經很古板了。」

「好吧。」他笑出聲。「是我活該。現在請告訴我，妳先前說吃不下東西，是在暗喻我不行嗎？」

「如果是呢？」

她勾起他一縷頭髮，輕輕搓揉，如此親密的舉動差點讓他喘不過氣——也差點讓他忘記自己原本要說的話。「拜託，請告訴我妳和羅傑·蕭伯里那次，他是不是不太行？讓我開心一下吧。」

「他最後還是克服了難關。」她淡然道。

「我知道——不需要提醒。我只是想聽到他硬不起來。」

「嗯……他說我嚇到他了。」他說她是他這輩子遇過最嚇人的對象。

「哈！」

她一手墊在臉頰和枕頭之間，露出饒富興味的表情。「你為什麼樂成這樣？」

「不知道。」他咧嘴而笑。「看來我雖然古板，但也不到無動於衷的程度。從今年夏天的那一天起，我一直想狠狠揍他一頓——每次遇到他都這麼想。」

「為什麼？在我滿十七歲後，你隨時都可以與我同床共枕啊。」

這就是癥結所在。他一直誤解自己的想法、自己的需求。

「或許我最想揍的是我自己。」他說。

她看著他，若有所思。沉默圍繞著兩人，不算緊繃沉重，卻帶著一絲憂愁。

他坐起來，又看了懷錶一眼。「現在該穿衣服了，不能繼續拖下去。」

在他即將離開床鋪時，她拉住他的手。「看吧，我們還是朋友，什麼都沒變。」

他回頭看她，看著他生命的支柱。她說得對，什麼都沒變。

除了他。

□

奈維爾太太和她的客人下午已經離開，年長的警察也退回他們村裡的住處，只留下一名年輕警員守著前廳。夏洛特和英古蘭爵爺走向客廳的腳步聲在走廊間迴盪。

班克羅夫特爵爺已經到了，正忙著研究堅決谷莊園的平面圖。他起身說道：「你們來晚了。」他們遲到了九十秒。

「抱歉。」英古蘭爵爺應道。「等會就要去接兩位警官來此。該吃飯了吧？」

班克羅夫特爵爺歪歪腦袋。「我已經要僕人把餐點全送上桌，用餐途中不用他們來來去去。」豪華晚餐通常是一道道菜依序送上，爲了從頭吃到尾，夏洛特願意坐上三個小時。一口氣出餐的方式則是讓用餐者自己動手。

三人進入用餐室，這大房間的天花板高達二十五呎，桌子坐得下六十名賓客。他們只占用了一個小角落，食物占據了較大的空間——班克羅夫特爵爺只接受最高超的廚藝作品，而菜色越豐富越好。

僕人幫他們舀好湯之後，英古蘭爵爺要他們退下。班克羅夫特爵爺幾乎在同時開口：「艾許，我聽說出現一張你寫的紙條，可能會牽連到福爾摩斯小姐？」

「我想是英古蘭夫人從我練習筆跡的筆記本剪下幾頁，送去給莫里亞提。」他的弟弟回答：「讓他和他的手下有辦法從攔截的信件中認出我寫的信，就算我改變筆跡。」

班克羅夫特爵爺在盤子裡裝滿牛里肌烤肉、龍蝦雜燴、蠔肉餡餅。「誰會在襪子裡塞著這種東西到處跑？警方看不出這顯然是陷害她丈夫的伎倆嗎？」

「我們當然知道。」英古蘭爵爺說：「可是倫敦警察廳只看得見他們想看的東西。」

「那群白痴。好吧，你們現在查到什麼了？」

這話是對著夏洛特說的，因此她向他報告薰衣草乾燥室裡多了一個貨箱，接著又憑空消失。

「原來她的屍體是這樣進入堅決谷嗎？了解。」班克羅夫特爵爺皺眉。「上回來這裡的時候，我試著調查除了英古蘭夫人，是否還有其他莫里亞提的爪牙成功混入這座莊園。調查結果讓我很滿意，但或許我錯了。」

「嚴格檢視莊園僕役的不是只有你。」英古蘭爵爺說：「我也花了幾個禮拜做這件事，但沒有發現莫里亞提的爪牙。」

夏洛特曾與所有的僕役談過話，她的判斷與兩人相同。「送貨過來的陌生男子很幸運，站務員是個大嘴巴，大概把他們需要的情報全都說出來了——而且他們抵達時還碰巧遇到奈維爾太太的客人大舉遷入。」

「以陌生人來說，他們對莊園還挺了解的嘛。」班克羅夫特指出重點。

「在尋獲英古蘭夫人的屍體前幾天，華生太太跟來這裡參觀，門房給了我們一張莊園地圖，上頭畫出每一條步道，背面則是大宅、庭院、周邊屋舍的小圖。或許把英古蘭夫人運進冰窖的人也來參觀過，輕鬆取得任務所需的情報。」

雄偉的鄉間莊園常會開放參觀——有的甚至會在莊園主人一家遠行的期間，開放遊客進入大宅的公共空間。發地圖給遊客不是罕見的措施，總要讓人知道參觀路線。

「可是他們爲什麼會挑上冰窖？不能直接丟在庭院裡？你們提到的冰窖有沒有標示在遊客拿到的地圖上？」

英古蘭爵爺和夏洛特互看一眼。

「您說得對，可能沒有這項資訊。」夏洛特說：「我不記得有在地圖上看到冰窖。」

「所以說爲什麼是冰窖？」班克羅夫特爵爺自言自語似地低喃。

「你下午在外面跑，查到什麼了嗎？」英古蘭爵爺問。

「我去看屍體了，沒有親眼看到我真的不太能相信。病理學家今晚抵達——倫敦警察廳堅持派自己人過來——驗屍將安排在明早進行，到時候看能不能查出些什麼。你們覺得她到底做了什麼，讓莫里亞提決定殺她滅口？」

「我認爲純粹是她沒有用處了，可是福爾摩斯不這麼想。她說就算無法接近你我，像英古蘭夫人這樣的女性相當有價值。」

「我站在福爾摩斯小姐這邊。如此一來，這件事背後的動機就更混亂了。」

三人沉默了一會。夏洛特大口大口進食。喪失食慾這件事已經把華生太太和英古蘭爵爺嚇壞了，她不希望班克羅夫特爵爺跟著懷疑她的精神狀況。

班克羅夫特爵爺打破沉默。「對了，福爾摩斯小姐，妳的喬裝實在是很優秀。」

「謝謝您，爵爺。男裝比我預想的還要有趣許多，現在我已經做過徹底的研究了。若您對於現今的男士時尚有任何疑問，歡迎與我討論。」她鄭重應道。

「如果有這個需求，我一定會徵詢妳的專業意見。」一向打扮得體的班克羅夫特爵爺態度同樣認眞。「妳過去處理其他案件時曾扮演成男性嗎？」

「還沒。不過華生太太和我認爲多做準備總沒有壞處，這種需求遲早會出現。」

「妳們爲什麼覺得來鄉間度假兩個禮拜，會需要帶上男性的裝束？」

「我沒有多想，但男裝就像是新玩具，我想隨身攜帶。」

「妳也練習過男性的談吐與舉止了。」

「華生太太是專業女演員，她的僕役長也曾登台演出，他們是最棒的教師。」

夏洛特的嗓音本來就不高，又學會如何將它壓得更低。她不需要在扮演雪林福·福爾摩斯期間全程壓低嗓音——男士的聲音也是有高低起伏——不過若有必要，她也是做得到。

「妳一定練了很久。一開始還以爲妳只是個怪人，在艾許提起夏洛克·福爾摩斯前，我壓根沒想到妳就是夏洛特·福爾摩斯。」

「喔，謝謝您，爵爺大人。」

「我的意思是，這樣的成果並非一朝一夕的努力。我也不認爲妳付出心力，就只是爲了飄渺虛無的未來需求。到底有什麼我不知道的事？」

夏洛特瞄了英古蘭爵爺一眼，後者咬下一口無骨烤兔肉，似乎正全神貫注地咀嚼。

「好吧，在英古蘭夫人的悲劇發生前，艾許和我正在討論聖誕節後要不要出國旅遊。在雙親的屋簷下，我極少踏出英國國境——真希望以前能有更多機會。至於艾許呢，他可以稍微擺脫社交界。」

「我的名聲已經一敗塗地，但他還有顏面要顧。既然孩子們也會同行，我們得要守住最起碼的分際。要是我能以男性的身分露面，那問題就解決啦。」

班克羅夫特爵爺切開雞肉派的雙手一頓。「你們打算去哪裡？」

這個問題是對著英古蘭爵爺提出，他喝了一小口葡萄酒，說道：「既然我們是在隆冬動身，自然要去暖一點的地方。西班牙、馬約卡島、埃及、黎凡特。我們抵達印度時，平地大概已經熱到難以忍受，不過山區應該還算怡人。」

他與夏洛特四目相接，唇邊勾起淡淡笑意。

「原來如此。」儘管二度追求夏洛特未果，班克羅夫特爵爺的語氣仍舊毫無波濤。

夏洛特自己挖了一份飄浮之島——泡在英國奶霜裡的球狀蛋白霜餅。「這個很好吃呢，而且不會太甜。」

「這是班克羅夫特從堅決谷挖角走的甜點師傅的副手做的。」英古蘭爵爺說。

「班克羅夫特爵爺，那位甜點師傅是否還在府上服務呢？」夏洛特問道。

夏洛特聽說旁人認為她是個難以看透的人，現在班克羅夫特爵爺的撲克臉一定與她不相上下。她在他臉上只看出對眼前餐點的專注。

他抬起頭。「是的。在我前往伊斯特萊之前，他替我做了最美味的柑橘塔。」

夏洛特轉向英古蘭爵爺。「我喜歡柑橘塔。」

「妳會吃到的。」他的視線在她臉上停駐幾秒。「福爾摩斯，如果妳吃完的話，我們該動身了。班克羅夫特，請慢用。」

□

「你覺得班克羅夫特爵爺為何不相信我願意投注時間心力鍛鍊變裝的技術呢？」福爾摩斯問道。她與英古蘭爵爺獨自坐在馬車裡。「這可是很有價值的專業技能啊。」

「因為啊，雖然妳的腦袋裡充滿驚奇——以及驚愕——但算不上是格外勤勉的人。受到時勢所逼，妳會努力一陣子，但妳寧可扮演《潘趣》畫報裡的悠閒大小姐，窩在躺椅上吃糖果、看小說，不過妳看的會是醫學期刊《柳葉刀》或是專利事務所的目錄。」

「假如沒別的事，要妳放下書本，從躺椅上爬起來，套上軟墊、衣服、假髮、改變臉型的道具、落腮鬍和小鬍子，乖乖練習如何扮演男性——班克羅夫特怎麼可能會信？」

「你認為他相信我是為了和你出國玩樂才這麼做嗎？」

他聳聳肩。

班克羅夫特的想法一直都是個謎。但他會想相信這個可能性，他可以輕易想像兩人並肩站在船頭的景象。無論海面風平浪靜，還是寒風刺骨；無論他們要前往何處，空曠的荒野或是摩肩擦踵的都會地帶。他只在意他倆終於在一起了。

她說的對，他依舊是那個浪漫的班克羅夫特。苦澀與甜蜜交織的想法，苦澀多於甜蜜。

他想問這樣的旅程是否眞有可能實現，但依她的性子，她不可能對未來給予承諾。至於他……在內心深處，他還是想要那些承諾。

或至少是明確篤定的回覆。

他望向車窗外夜色，以及看起來要下到年底的雨。過了一會，她帶著手套的手按上他的手背。她的話語迴盪在他耳邊。單純一點不好嗎？

不，世界上沒有一段複雜的關係，會因爲增加了實質的親密行爲而變得單純。但至少現在，在他們缺乏言語的時刻，他可以轉向她——親吻她。

而他眞的這麼做了。

□

崔德斯沒料到「雪林福」．福爾摩斯會坐在馬車裡——他以爲她會去準備扮演夏洛克．福爾摩斯的妹妹——或夏洛克．福爾摩斯本人。但她——還有英古蘭爵爺——誠摯地向兩名警官問好。

富勒總督察帶頭閒聊幾句，崔德斯等著他把話題轉向「雪林福」．福爾摩斯先前感興趣的屍體。

然而不知道他是眞的不感興趣，或是希望旁人這麼想，他的問題全都圍繞著莊園的經營狀況。

崔德斯參加過英古蘭爵爺的考古學講座，知道他有辦法讓聽眾如痴如醉。在這裡，儘管話題都是些日常俗事，但他描述起落在自己肩上的重擔，崔德斯還是聽得入神。

「您對您的莊園還滿意嗎？」富勒問道。

這個問題帶來將近半分鐘的沉默，英古蘭爵爺才回答：「我的教父尚在人世時，曾強烈暗示堅決谷莊園將會由我繼承。我很喜歡這個地方——平穩的鄉紳生活是我夢寐以求的一切。」

「可是這種生活需要超出我想像的大量決策。堅決谷的僕役都極度優秀，他們負責常規事務，至於其他常規以外的大小事全往上通報。英古蘭夫人對於經營莊園沒多大興致，因此所有事情最後還是落到我頭上。」

「起初，我對於這些決策沒有任何意見。但過了一陣子……」

馬車轉了個彎，掛在前方的提燈晃了晃，燈光照亮英古蘭爵爺的面容，下一刻他又沒入黑暗中。

「大約十八個月前，有人報告莊園的一扇柵門狀況不佳，應該盡快更換。我幾乎記不得那扇門的存在——還要管家拿了詳細的平面圖指給我看。那扇門位於偏遠角落，地勢相當崎嶇，除非是步行或騎馬才能抵達。」

「我要他們換掉那扇門，可是莊園管理員告訴我在這十年間已經換過一次。」

「管理員警告，要是換上同樣的柵門，過幾年恐怕又得再度更換。我們騎馬過去查看。他說得對，不只是柵門本身，所有零件都散了。於是我們決定改善那一區的設備，柵欄、門杜、柵門。木頭門板眞的沒多少用處，我們認爲鑄鐵柵門會是更好的選擇。」

「可是這扇鑄鐵柵門要長什麼樣子？我自認畫圖能力不差，動手畫了些設計圖，卻發現有的太花俏，難以製作，有的太容易攀爬。管理員發現我關注這件事，他提報了更多缺陷故障，從廢棄的樵夫小屋到人行橋面，全都破舊得不堪使用。」

「等到我回過神來，我已經花了三個禮拜，把這一個未來大概不會再度造訪的區域重新打理過——甚至還畫了幾十張新柵門的設計圖。」

「完成這些事之後，我沒有多少成就感。就連一點寬慰都沒有。事實上，我很震驚自己在一件雞毛蒜皮的小事上耗費這麼多時間。那是我根本不在乎，對其他人也不痛不癢的小事。除了我的莊園管理員，他畫掉了一堆代辦事項，獲得了腳踏實地的滿足感。」

「啊，我懂。」富勒隔了一分鐘才答腔。「日常生活中眞的很難找到純粹的喜悅。」

英古蘭爵爺點點頭，似乎在答謝他的理解。「我心目中的鄉間生活主體——或年輕時的想像——是家人與朋友，遠離城市喧囂。可是在堅決谷，家庭生活並不圓滿，我們的互動總是暗潮洶湧。」

「這座莊園確實很美，能把它照顧好也令我深深自豪，但無論是莊園本身，還是在這裡的生活，都無法帶給我多少喜悅，自然也缺乏你所說的純粹喜悅。」

無人開口。崔德斯的臟腑扭成一團。當一名男子披露出生活中赤裸裸的眞相，誰能說上話呢？

當然了，英古蘭爵爺需要讓富勒總督察認定他爲人坦蕩蕩，沒有任何隱藏。不過他剛才眞情流露的話，似乎有點太過了。

接著，崔德斯想起英古蘭爵爺身旁那人的存在。他這番話不是對著兩名警官說的，他是要說給她聽的，全都是爲了她。

她靜得像是吸入雨水的土壤。即使等到他說完，她還在聽。

是要聽他的呼吸聲嗎？

崔德斯突然間好想見愛麗絲，好想念她開朗的笑聲、帶著甜香的髮絲，還有她端上威士忌時，對他拋的媚眼——因爲她自己手中那杯倒得更滿。

好想她，眞的眞的好想她。他好想——

他心頭一震，想起她哪裡都沒去。她不像英古蘭夫人那樣爲了任何利益嫁給他，她甚至一點也不冷淡或疏離——所有的拘謹和遠離都是他自己搞的鬼。

馬車即將抵達目的地，富勒再次開口：「今天訊問艾佛利夫人和桑摩比夫人時，她們說了一件相當有意思的事情。她們說您愛著夏洛特．福爾摩斯小姐。爵爺大人，這是眞的嗎？」

崔德斯倒抽一口氣，在寂靜的馬車裡格外刺耳。

英古蘭爵爺是不是渾身緊繃？他有沒有提高戒備？「我沒往這個方向想。」

「這不是什麼需要想的事情，對吧？愛或是不愛，就這麼簡單。爵爺大人，您愛她嗎？」

崔德斯察覺不到夏洛特．福爾摩斯流露出絲毫興奮或是不安，她看向她的朋友，這個被逼著曝露心底祕密的男人。

他看著車窗外，望向近在眼前的小屋，金黃色燈光從每一扇窗戶溢出。「是的，我愛她。」

第十五章

「雪林福．福爾摩斯」並沒有鑽進屋裡，然後以她的眞實面貌現身。

在客廳迎接他們的是一名神色俏皮的年輕女子。「她是我們家的好友。」夏洛特．福爾摩斯說：「里梅涅小姐。」

里梅涅小姐與三名男性愉快地握手致意。「幸會，富勒總督察。崔德斯探長，夏洛克和我說過你的事蹟。還有爵爺大人，能再見到您眞是太好了。」

「里梅涅小姐，這是我的榮幸。」英古蘭爵爺微微一笑。

「推理大師狀況如何？」夏洛特．福爾摩斯問道。

「老樣子，身體不適就亂發脾氣。」

「上帝眞該想辦法造出脾氣溫馴的天才。」

「至少他是天才。許多男人腦袋裡沒什麼料，卻還要耍大爺脾氣。各位請坐。」

一名女僕端來盛裝茶具與茶點的托盤。里梅涅小姐替眾人倒茶。夏洛特．福爾摩斯和富勒各拿了一片餅乾。

「希望我這樣問不會太唐突。」崔德斯聽見自己這麼說：「福爾摩斯先生的妹妹今天不在嗎？」

「她去蘇格蘭訪友了。這也是夏洛克到鄉間休養的部分原因，少了她，他可沒辦法破案啦。」

「我也是爲了此事來到這裡。」「雪林福」．福爾摩斯說道：「總要有人扮演這位天才的耳目，還要解讀他的發言。」

「沒錯。」里梅涅小姐附和道。「今年夏天，福爾摩斯小姐也離開了倫敦一陣子，親愛的雪林福又分身乏術，我只好來幫忙兩個禮拜。」

富勒放下茶杯。「幫什麼忙？」

「我告訴客戶說我是夏洛克的妹妹。」里梅涅應道：「我覺得還滿好玩的，可以稍微擺脫切割屍體——」

「抱歉，里梅涅小姐，妳剛才提到切割屍體？」

「是的，我是巴黎大學的醫學生。現在我對解剖人體已經不算陌生啦。」

「原來如此。」富勒有點吃驚。

「剛才說過了，我回倫敦度假，以爲招待夏洛克的客戶、倒茶、聽聽他們的煩惱是個有趣的肥缺。我完全沒想到英古蘭夫人會上門來求助。」

既然英古蘭夫人認識夏洛特．福爾摩斯，派其他人飾演夏洛克．福爾摩斯的妹妹，這是很合理的安排。

英古蘭爵爺起身。「我去外頭走走。」

富勒等到前門關上才開口：「夏洛克．福爾摩斯先生身爲英古蘭爵爺的好友，得知夫人的要求後，沒有拒絕協助？」

「我得承認當時我嚇了好大一跳，還有點失望。不過如果英古蘭夫人流著血來求救，我不會拒絕治療她，夏洛克的思維也是如此，他不該因為她和自己好朋友的關係疏遠，就把她拒於門外。」

「英古蘭夫人流血致死，和英古蘭夫人想見往日情人——這兩件事不能相提並論。」崔德斯這幾句話其實是說給房裡的另一名女子聽，而對方正冷靜地翻動盤子上的餅乾。

英古蘭爵爺承認愛她之後，富勒又問他的感情是否獲得了回應。英古蘭爵爺沉默一會才說：我無法判斷。有時候我無法確定她真的能完全理解人類的情緒。

她坐在這裡，完美地體現欠缺同理心這個概念。即使她今年夏天無動於衷，她現在不是該愧疚自己以那種方式背叛他？

「總之，我們接受了英古蘭夫人的委託。」里梅涅小姐說。

她的說詞與英古蘭爵爺的說法相符，在調查有了進展時，英古蘭夫人突然取消委託。「我們鬆了一口氣，同時也起了疑心，因此最後決定向英古蘭爵爺報告此事，就怕出現對他不利的發展。」

崔德斯不知道里梅涅小姐究竟是誰，但他發現自己信了她這番話。英古蘭夫人是真的為了某個男人拋下一切——還是說背後另有玄機？

「他如何反應？」富勒問。

「和一般人沒有兩樣。」

「那是在……」

「英古蘭夫人生日舞會前一天。」

「她在舞會舉辦時消失無蹤。」

「是離開。」里梅涅小姐溫和而堅定地指正。

「夏洛克·福爾摩斯是否預測到她會……離開？」

這個問題是朝「雪林福」·福爾摩斯提問，他說：「我沒有接觸那個案子，不過我不認爲此事出乎他的意料。」

富勒喝完他的茶。「有辦法和這位厲害的私家偵探當面談話嗎？」

「除了親人朋友，夏洛克在那起不幸的事故後從沒見過客。」「雪林福」·福爾摩斯說道。「但他知道你們的來意非比尋常。請跟我來，不好意思，房裡很暗——他無法承受強光。」

所以說她要變魔術了，靠著煙霧與鏡子蒙混過去之類的。崔德斯鬆了一口氣。

他根本就不用操心——把英古蘭夫人的命案調查到水落石出之前，夏洛特·福爾摩斯得要運用各種幻術維持夏洛克·福爾摩斯的形象。

這讓他想到了自己一開始如此焦躁的緣故。

你有時候不太理性——比你承認的還要頻繁。

他沒有繼續想下去——這件事讓他不太舒坦，同時也因爲他們剛好抵達夏洛克·福爾摩斯的房間門口。

他憋住呼吸。她的把戲能騙過總督察嗎？

在走廊已經聞得到藥味，門一開，樟腦和苯酚的氣味撲鼻而來。房裡確實相當陰暗，崔德斯的視線率先飄向旁邊架上的檯燈，上下左右擺滿了各種藥瓶。

接著，他看見床上那名男子——差點驚叫出聲。

男子的面容看起來很恐怖，縱橫交錯的凹痕讓崔德斯聯想到被人胡亂犁過的紅土地。一道疤痕直直橫過他的鼻梁，另一道扯開他的上唇，露出缺牙的齒列。

旁邊的富勒總警督這輩子一定看過各種駭人情景，卻也幾乎控制不住臉頰的抽搐。就連深知這一切都是假象的崔德斯心中也浮現一絲恐懼與憐憫。

這是威力強大的舞台布置，靠著縝密的思維和專業技術才有辦法實現。崔德斯忍不住納悶福爾摩斯小姐究竟在盤算什麼。

她究竟還準備了什麼。

「雪林福」．福爾摩斯走到床邊。「夏洛克要向各位致歉，他現在只能透過觸摸來溝通，用的是簡化的摩斯密碼。他向兩位打招呼，詢問他能幫上什麼忙。」

「他願意與我們見面，我們銘感五內，也爲了打擾他的休養而深感抱歉。」富勒好不容易擠出回應。

「若他能分享任何見解，這是再好不過了。」

「雪林福」．福爾摩斯握起床上男子的手，等待幾秒。「他說：水箱。」

「他指的是奈維爾太太家水箱破裂，讓賓客不得不移動到堅決谷這件事？」富勒問。

「沒錯。」「雪林福」．福爾摩斯應道。

「謝謝你，福爾摩斯先生。請容我再提出一個問題。我們曾與英古蘭爵爺和里梅涅小姐談到英古蘭夫人的命案。但是到目前爲止，他們都沒提到任何人名，英古蘭夫人委託你調查時一定提供了對方的名字吧。」

「雪林福」．福爾摩斯重複剛才的動作，握起男子的手。過了半分鐘，她盯著他，微微挑眉。接著她回頭對著兩名警官說道：「夏洛克表示，那位男士名叫……莫里亞提。」

□

「雪林福」．福爾摩斯在客廳裡向兩名警官道晚安。「今晚我要待在這裡陪舍弟。」

富勒總督察和崔德斯走出門外時，英古蘭爵爺正在門廊等候，還有一名當地警署派來的年輕警員相伴。英古蘭爵爺手中沒菸，不過空氣中還帶著菸草味。

「爵爺大人，抱歉占用了您與友人相處的時間。」富勒說：「您想和夏洛克．福爾摩斯說幾句話嗎？我們可以在馬車上等您。」

英古蘭爵爺搖搖頭。「夏洛克．福爾摩斯已經盡力了。他知道我目前的狀況，也知道我有多感謝他。」

三人爬上馬車，崔德斯忍不住思考如果換成自己，他會不會同樣感激。畢竟若不是被人撞見他和福爾摩斯小姐一起外出，英古蘭爵爺或許不會背負這麼重大的嫌疑。假如他不愛她，要證明自己的清白是不是會輕鬆許多？

彷彿是聽見崔德斯的思緒，富勒說：「我們已經傳訊息給倫敦各家報社了，明天就會刊登出來。希望福爾摩斯小姐能立刻出面。」

「相信她會的。」英古蘭爵爺說：「遇到她的時候，請代我向她致意。」

「爵爺大人，您是否已經向福爾摩斯小姐傳達了您的情意？或者是您近日打算這麼做？」

「兩者皆非。」

崔德斯皺眉。

「那麼我必須先向您說聲抱歉。」富勒的語氣中毫無歉意。「我們會和她討論這件事，因此不太可能替您保密。」

「我敢說她早就知道了。」英古蘭爵爺應道。接著，他柔聲說：「我敢說她已經知道好幾年了，說不定比我還早知道。」

□

夏洛特褪去所有僞裝道具，打量自己的鏡影。

「喔，那些膠讓妳的皮膚都發紅了。」里梅涅小姐嘖嘖幾聲，誇張地檢查她全身上下。「來，這裡有玫瑰水，往妳臉上拍一些，應該能舒緩一點。再來點甘菊茶應該會有幫助。」

夏洛特鼓起臉頰，左右活動下頷。最慘的不是膠水，而是幾乎塞在嘴裡一整天的易容道具。眞希望不用再戴上這個玩意兒。

「里梅涅小姐，我還沒好好感謝妳在倉促之間趕來此地。」

夏洛特終於有時間回顧這一天——距離她們收到莉薇亞驚恐萬分的短信時，才過了整整一天又幾個小時？——其實這一連串的發展全都有跡可循。

第一，英古蘭爵爺會被逼著說出全盤實情，大致上以英古蘭夫人跑去找失蹤情人的腳杯為主，避免觸碰到她背叛爵爺、害死三名女王密探。

第二，她宣稱以夏洛克．福爾摩斯的名義進行的調查將會引導警官前來拜訪。

第三，警方會想與夏洛特．福爾摩斯談話。她與英古蘭爵爺的感情狀況將成爲調查的主軸，畢竟這個案子沒有多少他們發揮的空間。

夏洛特不介意和警方聊聊天，但是夏洛克．福爾摩斯就不同了。他們不看到活生生的大男人是不會罷休的。她無法同時以夏洛克．福爾摩斯的妹妹和夏洛克本人的身分登場，而華生太太去忙其他事情，分身乏術。

因此她請華生太太執行的任務之一，就是發電報給里梅涅小姐，請她以最快的速度回到英國。華生太太，可靠的、法力通天的華生太太，自然是完美達成所有目標。

「別謝我。要是妳們沒在第一時間通知我，我一定會氣壞的。而且就算妳們說我來了也沒用，我橫豎都會搭上第一班前往加萊的火車。」里梅涅小姐說。

她嘆息：「好想和艾許多說幾句話。可憐的艾許，他看起來——看起來是還好啦，只是有點……

心事重重。」

妻子的謀殺案及自己飄搖不定的未來，沉甸甸地壓在他心上。不過有部分的負擔源自他被逼著吐露對夏洛特的一片眞心，那個他無法確定「眞的能完全理解人類的情緒」的女人。

「福爾摩斯小姐，事情會好轉的吧？」

夏洛特對於人類情緒的理解夠深，知道這個女孩希望能安心，希望這個有本事一探究竟的朋友能給予保證。但就算他們搞清楚英古蘭夫人是怎麼死的，眞相有時候不會讓任何一方滿意。一探究竟有可能動搖人與人之間的牽繫，顚覆許多人的人生。

「妳要做好準備。」她說：「不太樂觀，這個醜陋的案件可能會走向更難看的盡頭。」

鏡中，里梅涅小姐露出驚懼的表情。

夏洛特暗暗嘆息。問題不是在於她無法完全理解人類的情緒。重點在於就算她懂，依然只能讓身旁的人失望。

□

英古蘭爵爺醒來時，窗外迷霧籠罩。他的懷錶標示現在是九點十五分，幾乎比他平日的起床時間晚上三個小時。

脫離古板的第一步就是變得懶散嗎？

他起床，換衣服，上樓來到福爾摩斯的房間。她當然不在，即便他希望她在。

愉悅的痛苦，痛苦的愉悅，兩者多到他難以招架。他們的關係一向沒那麼單純，因此他放任自己沉溺於喜悅與糾葛之中。

在他還有機會時。

然而，他心中所有的痛苦與愉悅並沒有阻礙他意識到另一個人曾進過這個房間。不是僕人——他們嚴格遵守命令，除了他或是福爾摩斯本人指示，絕對不會接近這一區。

那又是誰？班克羅夫特？還是別人？

他下樓吃早餐，凝視著迷漫的霧氣。

急促的腳步聲踏過前廳的大理石地板。班克羅夫特撞進早餐室，大衣沒脫，手杖還掛在前臂上。

英古蘭爵爺靠上椅背。他記不得上回是在什麼時候看到如此激動的班克羅夫特。「怎麼了？」

「你最後一次和她睡過是在什麼時候？」

英古蘭爵爺瞪著他的兄長，如此直白的提問使得他腦中擠不出完整的句子。

班克羅夫特似乎沒有察覺。「你的妻子。你們兩個最後一次同床共枕是什麼時候？」

喔，他指的是英古蘭夫人啊。「在我繼承之前。」

超過三年了，他漫長的禁慾在昨天晚間終於畫下句點。

「我剛看完驗屍。」班克羅夫特將手杖往地上一頓。「她懷孕了。」

第十六章

奈維爾太太家的水箱沒有遭人動手腳的痕跡。受雇監督水箱整修重建的瓊斯先生拿出水箱在破裂後拍攝的照片，展示給崔德斯探長與穿著全套雪林福．福爾摩斯裝束的夏洛特．福爾摩斯看，照片也拍到了進出的管線。

「一開始就做得不是很妥當。奈維爾太太幾個月前解雇了之前那位莊園管理員，因爲她發現他上任後沒多久就四處撈油水，難怪莊園裡用的都是最便宜的貨色，差額都進了他的口袋啦。而且他多年以來根本沒有好好巡視各處、維修老舊的設備。」

「新上任的莊園管理員人挺好的，但前任留下的爛攤子太大，他還沒處理到水箱——得要先換掉鍋爐。屋裡淹水也只是遲早的問題。」

拆卸下來的水箱殘骸確實狀況悽慘，布滿棕色鐵鏽，表面凹凸不平到怵目驚心的地步，其中幾處薄得像紙一樣。不過上頭沒有切口，也沒有鋸子、斧頭，或是其他破壞工具留下的痕跡。

若是水箱被人動了手腳，再加上那個送進堅決谷莊園接著又消失不見的貨箱，足以構成某人試圖陷害英古蘭爵爺的強力證據。

但現在看來水箱的破裂只是運氣問題，這套縝密的推論像骨牌般接連倒下。

崔德斯暗暗咒罵。福爾摩斯小姐想必也不樂見她的論點遭到推翻，不過她沒有表現出半點失望，只是神情凝重地摸摸落腮鬍，向瓊斯先生道謝。

之後，兩人回到奈維爾太太家的前廳，等待下一輪會面的對象。福爾摩斯小姐要求見她姊姊，崔德斯則是打算和奈維爾太太家的廚師談談。

「請問英古蘭爵爺還撐得住嗎？」他聽見自己如此問道。

「我沒碰過他撐不下去的狀況。」福爾摩斯小姐說：「期盼他能繼續維持。」

「他還好吧？」

福爾摩斯小姐思索一會。「有時候他能抱持希望，有時候他得要準備面對痛苦的未來。」

又來了，這種缺乏人性的距離感，絞刑台的吊索對她而言宛如無物。

你有時候不太理性——比你承認的還要頻繁。

他不敢探究，腦海裡的聲音說的是眞話嗎？假如福爾摩斯小姐展現出恐懼或痛苦，他會怎麼想？你會認爲她太情緒化，無法掌握這次左右你朋友性命的調查行動。

「衷心希望這個痛苦的未來不會成眞。」

福爾摩斯小姐看著他，點點頭。「無論發展如何，英古蘭爵爺和我都非常感謝你，探長，你給予我們不受限制地調查眞相的機會。」

有時他無法確定自己的沉默是基於義氣還是怯懦，不過她說得清楚誠懇，而他……非常感動自己的天人交戰並非徒勞無功。他確實幫了朋友一把。

腳步聲。莉薇亞．福爾摩斯小姐奔下正對前門的大台階，神情滿是焦慮與關心。然而她一看到崔德斯就愣住了。

「早安，福爾摩斯小姐。」他說道。

她橫了他一眼，刻意別開臉，視線只對著她的妹妹。「妳想見我？狀況還好嗎？」

崔德斯臉頰發燙。他沒有意識到自己的冒犯嚴重到她連最底限的禮儀都不屑給予。

夏洛特・福爾摩斯的眼中帶著溫和的責難，可是她還來不急開口，富勒總督察已經大步走進前廳。他向莉薇亞・福爾摩斯小姐敷衍地打聲招呼，開口說道：「兩位男士，借一步說話。」

「我馬上回來。」夏洛特・福爾摩斯對她姊姊說。

她姊姊點頭。「我在白色客廳等妳。」

「先生，我不知道你和福爾摩斯小姐認識。」等到福爾摩斯小姐消失在門後，富勒開口道。

夏洛特・福爾摩斯摸摸小鬍子尖端，上了蠟的鬍子閃閃發亮。「我只是代表英古蘭爵爺來此。他知道福爾摩斯小姐擔心他，希望讓她知道他目前還算安好。」

「真貼心。」富勒壓低嗓音。「現在我們談的是高度機密的調查情報，福爾摩斯先生，不過由於班克羅夫特爵爺也參加了驗屍，我猜你很快就會知道他查得的訊息——英古蘭夫人過世時懷有身孕。」

崔德斯倒抽一口氣。

福爾摩斯小姐依舊是那副難以捉摸的模樣，只問：「那死因呢？」

她極度沉著的反應惹得富勒多看了她幾眼。「病理學家提出和你類似的見解，她是死於注射進血管的過量酒精。他將會檢驗她血管中殘存的物質，確認成分。」

夏洛特．福爾摩斯點點頭。「謹慎是好事。」

「福爾摩斯先生，希望我這麼問不會太過冒犯。就你所知，英古蘭夫人肚子裡的小孩，有可能是英古蘭爵爺的嗎？」

「一切都有可能，只是這件事的可能性很低。他們是徹底互不往來。就我所知，這代表他們之間的情意早已耗盡。」

「謝謝你，福爾摩斯先生。我不該繼續占用你的時間了。」

夏洛特．福爾摩斯點頭致意。「祝兩位今天諸事順利。」

等她走遠，富勒對崔德斯說：「探長，你知道這代表什麼嗎？」

比起一開始的沮喪，崔德斯現在覺得安心不少。假如那個孩子的父親眞的不是英古蘭爵爺，那麼英古蘭夫人的身孕便驗證了他的猜測：她確實與往日情人私通。但富勒看起來樂極了——絕對沒有好事——他提高警戒。「什麼？」

「這代表比起英古蘭爵爺想娶夏洛特．福爾摩斯小姐的欲望，現在我們獲得了更強大的動機。探長，如果你失蹤的妻子懷著別的男人的孩子找上門來，你會如何反應？」

崔德斯眨眨眼，這個情境他連想都不敢想。

富勒心滿意足地點點頭。「就是這個。」

□

夏洛特一進白色客廳，莉薇亞馬上跳起來。「妳查到什麼了嗎？」

「還不夠。妳還好嗎？」

「我……老實說我不知道。」

今天早上，莉薇亞收到兩封信。一封來自英古蘭爵爺，和她說他已經寫信給律師，展開對貝娜蒂目前居住的莫頓克羅斯療養院的調查。另一封信沒有署名，也沒寫寄件人地址，上頭蓋著附近村子郵局的郵戳。

內容是：我四處尋找夏洛克・福爾摩斯的故事。還沒出版嗎？如果還沒的話，請加快腳步。

英古蘭爵爺讓她六神無主，夏洛特讓她擔憂，對自己感到洩氣，不過這封信讓她整個人輕飄飄的，她有辦法走過鋪了滿地的玫瑰花瓣，不會踩壞任何一片。

他知道她在奈維爾太太家，而且他人就在這一帶。他是來見她的嗎？他是怎麼做到的？她察覺到妹妹正細細打量她。「夏洛特，妳呢？」她臉頰發燙。「妳很忙嗎？」

「挺忙的。妳呢？」

莉薇亞諷笑一聲。「快要嫁不掉的老姑娘有什麼事情好忙？」

至少奈維爾太太喜歡有她相伴，福爾摩斯夫人絕對沒有這麼好相處。她很感激奈維爾太太知道她有多不想回家，特地邀請她留下，但她也希望自己不需要依賴旁人的善意來擺脫自己的雙親。

「妳的故事呢？」

「在冰窖看到英古蘭夫人之後，我半個字都寫不出來了。」她呼了一大口氣。「不過至少有來自英古蘭爵爺的消息。我請他幫忙調查莫頓克羅斯療養院，他已經依約寫信給律師。」

夏洛特點頭。「很高興妳向他提起這件事——讓他有些事情可以忙。」

「沒想到不需要特別向他介紹貝娜蒂的身分——在外人眼中，她就像不存在一樣。」

「我曾在一封信裡提到她。得知我們家不是三姊妹，而是四姊妹，他嚇了一大跳。」

莉薇亞嘆息。「可憐的貝娜蒂。希望莫頓克羅斯療養院不是什麼怪地方，只是提供和她類似的女性一個避風港。只是我真的好擔心，就算她遭到虧待也沒辦法向任何人訴說。」

貝娜蒂從未開過口，她也完全不懂讀寫。

夏洛特沒有回應。莉薇亞已經習慣自家妹妹聊到一半就陷入沉默的習性。她大概正在評估英古蘭爵爺的律師成功進入莫頓克羅斯療養院的可能性。

「無論是公立或私人機構，精神病院得要接受定期查訪。這是法律上的規定。」夏洛特終於開口：「莫頓克羅斯療養院無法完全脫離外界營運，我們一起期盼最理想的結果吧。」

期待英古蘭爵爺的律師手腳夠快。

夏洛特握了下莉薇亞的手。「好好照顧自己，我得要去倫敦查幾件事。」

夏洛特離開前，莉薇亞突然想到她想向妹妹問起那位假裝成馬隆・芬奇先生的男士。他究竟是誰？夏洛特對他了解多少？

然而等到她鼓起勇氣，夏洛特早已不見蹤影。

□

兩名警官只問了奈維爾太太的廚師幾個問題。是的，他們送了一塊冰過去，因爲奈維爾太太特別要求。

現在他們等著再次與奈維爾太太談話。富勒總督察去用洗手間，前廳只剩崔德斯一個人，這時夏洛特·福爾摩斯剛好從客廳走出。

她走向前門，經過他面前，點頭致意。「探長，祝你今天一切順利。」

「福爾摩斯先生。請稍等，我有個問題請教一下。」

「嗯？」

他不知道自己爲何要叫住她。就算開了口，他也難以將腦中千迴百轉的思緒整理成一個問題。

「我似乎深深地冒犯了莉薇亞·福爾摩斯小姐。」

她等他繼續說下去。

「我好像很擅長出口傷人。通常對象不是福爾摩斯小姐這樣的淑女……」他停頓幾秒，不確定要如何說出他想說的話。

「而是不值得尊重的女性。福爾摩斯小姐是代替她名聲掃地的妹妹受到我的冒犯。」

他想到要求協尋行蹤不明妹妹的費爾太太，他想到幾個月前遇到的酒吧老闆班伯太太。他希望她們只是例外，或許她們眞的是。問題在於他還可以輕易想到自己職業生涯中遇到的許多女性，她們就像是混在麥粒裡的沙子。

「身爲警官，我未來還會與更多女性關係人談話。激怒對方的能力……對我來說不太有利。」

她繼續等待。直到他顯然無法說出更多，她才開口：「我是否能假設你不了解自己的話語如何——或是爲何——引起那些令人不快的回應？」

他僵硬地點頭，暗罵自己爲什麼要找她搭話。

「我不能代替其他女性發言，不過針對福爾摩斯小姐，我或許可以提供一些解釋。她的妹妹夏洛特從小就了解自己不適合婚姻。她曾與父親達成協議，等到她滿二十五歲，要是她心意不改，他就會資助她上學、接受訓練，讓她未來能擔任女校校長，無論是地位，還是薪水都相當崇高。」

「到了那一天，她父親反悔了。夏洛特．福爾摩斯面臨抉擇，不是踏入她不想要的婚姻，就是永遠待在這個毫無信用的父親家中，抬不起頭。」

崔德斯壓根不知道她名聲掃地的背後有這段緣由。他無法想像她做這些事能有什麼好理由，因此他認定她與男人上床只是純粹取樂。

「這兩條路她都無法接受，於是她努力開拓出第三個選項。她要捨棄自己的處子之身，利用這個缺陷來勒索她父親，要他吐出教育費用。」

崔德斯的震驚與失望一定是表露無遺，因爲她露出諷刺的神色。「是的，很糟的計畫，但她無法動用其他資源。和她同樣階層的女性全都被塑造成空有外表的裝飾品。她很願意自食其力，可是她沒有什麼值得一提的謀生技能，而且她也沒有天眞到以爲自己可以從一介女工出人頭地——工廠的工資根本不夠女性過活，想必許多人也是爲了貼補微薄的薪資，才會兼差當妓女。」

崔德斯忍不住挑眉。他知道很多工廠女工也是妓女——但他總以爲是工廠的環境引來不知檢點的女性。

「到頭來，夏洛特・福爾摩斯只能繼續執行她的計畫，那似乎是所有選擇中，最能接受的一個。然而事情的發展與她預料的不同。她再度面臨窘境：若不想終身監禁在家，她只能逃走，到龍蛇雜處的倫敦碰碰運氣。」

「幸好有朋友協助，她沒有挨餓，現在的生活稱得上是寬裕。不過還是一樣，她只是在自己再也無法掌握人生的時刻，在最絕望的境地孤注一擲。」

「莉薇亞・福爾摩斯小姐沒有責怪妹妹，無論是一開始的決定，或是後續的發展，因爲她每天承受著同樣的絕望，那種不斷沉沒的感覺，無論發生什麼事，她都無法控制。」

「當你在她面前提到她妹妹的罪惡，那是一種羞辱人的心態。或許你沒有覺得自己有這樣做——或許你以爲那只是點出事實——總之實際情況就是如此。」

「莉薇亞・福爾摩斯小姐知道全盤眞相，聽到你如此斷章取義、簡化事實，隨意將夏洛特・福爾摩斯歸爲道德淪喪的女子……相信她覺得很不公平。同時你也提醒她，讓她重新意識到自己的人生有多麼缺乏選擇：她只能繼續聽從父母的要求，日漸枯萎；或者是蔑視一切成規，終身背負無恥蕩婦的惡名。」

福爾摩斯小姐語氣平靜，毫無敵意。但崔德斯的耳朵燒了起來——臉頰也是。他不確定自己是否理解她的每一句話，可是他終於知道自己向她提出疑問的理由了。

不是爲了查明女性反應背後的理由，而是希望她能以不偏不倚的理智，向他解釋她們就只是無理取鬧。

甚至是歇斯底里。

「謝謝。」他麻木地說道。

「抱歉，我常常會說出人們最不想聽到的話。」她輕嘆。「既然聊到這個話題，我還是補充一下好了，或許某些女性的反應與你的樣貌有關。你外表看起來坦率討喜，或許會讓談話對象期待你能理解她們。然而你的批判是如此尖銳強硬，就如同她們周遭的世界，讓她們處處碰壁的力量。」

他或許含糊地應了幾句話。她祝他一切順利，走出門外。

「是福爾摩斯先生嗎？」一分鐘後，富勒總督察現身，把崔德斯嚇了一跳。

「是的。」

「嗯。」富勒打量夏洛特・福爾摩斯的背影。「這個人比他的外表還要危險。」

□

被迫與警方再次交鋒，奈維爾太太沒有裝出愉快的神態。面對她的冷臉，富勒總督察跳過噓寒問暖，劈頭就問：「夫人，我得知妳下令送一塊冰磚到堅決谷。爲什麼？」

「那是英古蘭爵爺的要求。他說他們有個冰壺不見了，問我是否介意從我家廚房帶一個過去，讓我的客人能照常享受冷盤。同時也要我帶一些冰塊過去。」

崔德斯渾身發寒。自家的冰窖裡就有幾噸上好冰磚，英古蘭爵爺有什麼理由要鄰居送冰過去？

「他是否提到希望妳送冰塊過去的原因？」

「沒有。但我自然是欣然同意，和他答應收容我所有的客人相比，這只是小事一樁。我的廚房冰櫃裡原本就有塊冰磚，隨所有的食材一起送過去也不算什麼麻煩事，不然那些東西都要浪費掉啦。」

「上回妳怎麼沒提到此事？」

「你們沒有問。」

「奈維爾太太，在謀殺案調查過程中，向警方隱瞞證據是嚴重的罪行。我上回沒有問是因爲知道的不多，沒有朝這個方向調查，但妳知道這件事的重要性，卻沒有告訴我們。」

老婦人皺皺鼻子。「我爲什麼要提供證據，把無辜者送上絞架？」

「妳爲何依舊認定他無罪？」

「你們爲何認定他有罪？」

「單從妳剛才說的這件事來看，英古蘭爵爺顯然在隱藏什麼東西。他請妳提供冰磚，是爲了不讓他家的僕役接近冰窖。」

這是唯一的解釋，但是聽到它化爲言語，崔德斯依舊暗暗瑟縮了下。

假如英古蘭爵爺眞的殺了他的妻子，那他絕對不能出現在福爾摩斯小姐面前。

奈維爾太太曾說過這句話，但她顯然是在偏袒英古蘭爵爺。不過崔德斯緊抓著這句話，期盼能信任福爾摩斯小姐的正直。

奈維爾太太和他不同，氣勢沒被富勒的指控壓倒。「若是如此，英古蘭爵爺隔天不會動手腳讓大家都進不了冰窖？爲什麼那個僕人有辦法在二十四小時後輕鬆進入？」

「說不定他低估了廚房所需冰量，說不定他認爲妳提供的冰磚就足以供莊園內所有客人餐飲。」

奈維爾太太嗤笑一聲。「總督察，假如你太太的屍體躺在你家僕役必經之處，你會做出同樣的誤判嗎？英古蘭爵爺不是傻瓜。那些以他做了蠢事爲由而陷他入罪的推論，基本上都該被否決。」

□

兩人離開奈維爾太太家時，霧氣依舊瀰漫各處，不過等他們抵達堅決谷莊園，視野已漸漸明朗。富勒總督察沒有要求與英古蘭爵爺談話，而是先找上他的貼身男僕庫敏斯。

先前在訊問所有僕役時，已經與庫敏斯說過一次話。崔德斯翻閱筆記，看到富勒已經在邊緣寫下：需要再次面談。

「庫敏斯先生，你認得這雙靴子嗎？」

庫敏斯身材矮小，動作俐落，看了看他們昨天從英古蘭爵爺更衣室拿來的鞋盒內容物。「這是英古蘭爵爺的靴子。」

「你之前看過嗎？」

「是的。這雙靴子很舊，在我受雇替爵爺大人服務前就已經在了。」

「都是擺在更衣室裡嗎？」

「沒有。這雙靴子通常和雨靴放在側門附近，讓他想出門走走時可以取用。」

「你沒注意到它們沒在原處？」

「總督察，不是在公開場合穿著的靴子並非歸我管理。負責清掃的小男僕會清潔這些靴子，我偶爾會去查看，確認他們有沒有盡責。只是我一次通常只會繞去一扇側門，而這棟大宅有好幾扇側門。如果某次剛好沒看到某雙靴子，我會假設它放在其他側門旁邊。」

「你認爲這雙靴子爲什麼會被藏在更衣室裡？」

「總督察，我不知道。」

「你負責管理英古蘭爵爺的衣物，也就是說更衣室完全受你掌管。看到這雙不該放在該處的靴子，你沒有想過詢問爵爺大人嗎？」

「要是這雙靴子放在我負責的區塊，我應該會注意到。」庫敏斯說：「更衣室最裡面的四分之一空間是英古蘭爵爺收藏信函、日記、卷宗的地方。我不會進入那一區。爵爺給予我很明確的指示，就算我在他那一側看到什麼東西放錯位置，比如說領帶或是梳子這些原本在我這一側的東西，我也不能碰，讓爵爺大人自己整理好。」

「所以你曾在更衣室裡看到這個鞋盒，可是沒有靠近。」

「沒錯，總督察。」

「這個鞋盒在更衣室裡放了多久？」

「好幾年了。」

「好幾年？」富勒皺眉。「好，我再問個問題。它是什麼時候移到英古蘭爵爺專用的更衣室角落？」

庫敏斯咬住下唇。「兩三個禮拜吧，應該是三個禮拜。」

「而你沒有過問。」

「沒有。」

「這雙靴子底下沾了不少煤灰。你想它曾踏過什麼地方？」

「我想不出來，屋裡大概只有放煤炭的地窖會出現煤灰吧。」

「假如他去了一趟地窖，你一定會在更衣室裡看到煤灰印子吧？」

庫敏斯先生猶豫了。

「庫敏斯先生，容我提醒你——」

「總督察，我知道我必須照實回答。」

「英古蘭爵爺要求你隱瞞事實嗎？」

「沒有。艾勒比警長抵達時，爵爺大人命令所有僕役接受警方訊問時，要實話實說、盡力協助。」

「庫敏斯先生，那你為何不願說明？」

「不知道，總督察。不過你說得對，我最近曾在更衣室裡看到一點煤灰。」

「你是否向英古蘭爵爺提及此事？」

「沒有，我把污垢清掉，繼續做自己分內的事。」

「好了，庫敏斯先生，請問爵爺大人最近是否有過不尋常的行動？」

庫敏斯先生又猶豫了幾秒。「大約十四天前，我早上去確認某扇側門旁的靴子——我一般都是晚間做這件事——看到有雙雨靴沾滿泥巴。我唸了負責清掃的小男僕幾句，他發誓自己絕對沒有怠忽職守。前一晚上他刷過所有靴子，放回原位。」

「他說他那幾天都發現靴子在夜裡被人穿過，因此他每天一大早會先來清理。不過那天早上，魏許先生派了其他工作給他，他還沒來得及處理靴子。」

「原來如此。」富勒兩眼放光。「庫敏斯先生，還有其他事情要和我說的嗎？」

貼身男僕搖搖頭。

富勒請他離開，研究莊園的詳細地圖，與掛在書齋裡那幅一模一樣。接著他抬頭。「崔德斯探長，介意出門繞一圈嗎？」

□

離開前，他們找了負責清掃的小男僕來問話，確認他這幾個禮拜每天早上都會發現一雙需要好好清理的雨靴。

兩名警官由莊園管理員普列茲先生陪同騎馬外出。崔德斯的注意力不在飛掠的風景上。倫敦警察廳的調查進度突飛猛進，福爾摩斯小姐在做什麼？她是否找出了能拯救英古蘭爵爺的證據？

他們來到英古蘭爵爺昨晚提到的柵門。爵爺花了許多時間心力重建，卻得不到相對應的滿足感。距離柵門步行五分鐘處，有一塊空地，中央蓋了一棟小木屋。木屋占地不大，只比大型馬車寬敞一些，不過它樓高兩層，三角形的尖屋頂，開了幾扇圓形天窗，朝外的窗台上擺滿粉色與紫色的香雪球花盆栽。

管理員發現我關注這件事，他提報了更多缺陷故障，從廢棄的樵夫小屋到人行橋面，全都破舊得不堪使用。

崔德斯沒看到新造的人行橋，不過曾不堪使用的樵夫小屋顯然已經整修到完美狀態。如果是童年時期的他，一定會以爲自己進入了童話故事。即使身爲成年人，他心中依舊會湧現讚嘆與喜悅——如果不是在這個狀況下。

現在他只感受到萌芽的恐慌。假如英古蘭爵爺晚間就是來此拜訪，弄髒那些靴子，那麼他相信英古蘭爵爺不會希望富勒總督察得知這件事。

「挺不錯啊。」富勒對普列茲先生說。

「我有同感。」莊園管理員應道。「就我所知，孩子們很喜歡這裡。」

孩子們。老天爺啊，孩子們。

「我們可以看看屋內嗎？」

「當然。」

富勒細細檢視每一吋，崔德斯不得已，只能跟著照做。

小屋裡裝設了黃色格紋窗簾，籃子從屋梁垂落，擺上兒童尺寸的樸實家具。

他們都不是新手，自然看得出此處近期曾有人使用。兩人在床上和閣樓裡找到幾縷柔細的黑髮，有兩種不同的長度。一樓的小爐子有兩天內曾使用過的痕跡，表面沒有半點灰塵。旁邊架子上的罐子裡裝了幾片薑餅，根據管家的說法——想起這件事，崔德斯心一沉——英古蘭爵爺曾在半夜進儲藏室拿這些餅乾，即便他本人不是特別喜歡。

走向繫馬處的路上，富勒問道：「普列茲先生，想請教一下最近堅決谷莊園的煤炭地窖是否發生過不尋常的事情？」

「地窖的儲藏量相當充足。而且我非常感激英古蘭爵爺同意裝設昇降機，這樣僕人就不需要扛著煤炭上下樓梯了。不過除此之外——」

他暫停一秒。「我眞蠢，太習慣這座莊園的古怪之處——每一棟大宅都有不同的怪處——沒有早點想到。兩位也知道堅決谷莊園擁有引以爲傲的菜園，我還沒看過如此豐富的作物，每次來此都會繞過去看看。」

「菜園設置在斜坡上，可以獲得最充足的日照。可惜這代表溫室要設在坡地中段，離北側牆面有六呎的落差。牆後是鍋爐室。必須把熱水送進那幾間溫室，再讓冷掉的水回流，因此鍋爐埋在將近十八呎的深處，並安裝同樣長度的輸水管線。」

「現在差不多到了要啓動鍋爐的時節。一旦點燃鍋爐，就得要二十四小時全力運轉，也就是說每天要補三次煤，如果那天特別冷，傍晚要再補一次。以前這可是最不討好的差事，要沿著釘在牆上的老舊梯子，揹著沉甸甸的一大籃煤炭爬進黑暗的坑洞。」

「大概十五年前吧，有個年輕人跌下梯子，摔斷手腳。莊園的前任主人，英古蘭爵爺的教父叫我想點辦法——他可不希望自家莊園裡有誰因爲公務受重傷。實際上要怎麼做，他全都交給我處理——他不想煩惱那些細節——只要達成任務就好。」

「我煩惱了很久。結果是當時還在讀書的英古蘭爵爺放假來此，提議說既然已經有連接廚房與用餐室的地底通道，我們何不挖出支線，把煤炭地窖和菜園鍋爐也連在一起？」

普列茲先生說到興頭上，喜孜孜地描述隧道的興建過程。他向他們保證所有耗費的時間與金錢都很值得，讓溫室可以輕易維持高溫。

崔德斯看得出富勒對於隧道細節毫無興致，他只想親眼看看那些裝置。回到屋裡，普列茲先生欣然打開煤炭地窖裡的門鎖，開啓地板上的活門，帶兩人鑽進隧道。

莊園管理員自豪地撥動一個開關，刺眼的光線塡滿通道，崔德斯發現這裡比他想像的還要寬，足以讓三個瘦子並肩而行。

「電力，兩位警官——現代的奇蹟。」

「大宅裡其他區域都有設置電線嗎？」崔德斯問：「我不記得看到這類裝置。」

「僕役生活的區域和管家辦公室都有電燈，不過主屋裡沒有——英古蘭夫人對電器強烈反感，爵爺尊重她的意願。」

終於出現證詞，能夠反駁艾佛利夫人和桑摩比夫人的指控——英古蘭夫人在自己家裡感受不到溫暖與接納。

富勒似乎沒聽到這些對話，逕自說道：「若你同意，我們想走完這段通道。」

「沒問題。不過恕我無法繼續陪伴兩位，要是在封閉的地底環境待得久了，我會不太舒服。」

「普列茲先生，你已經幫上大忙了。我們可以好好照顧自己，不弄亂任何東西。」

普列茲先生回頭處理其他事務。兩名警官繼續往前走，過了一會就看到另一條交叉的隧道，想必就是連接廚房和用餐室的通道。接著通道明顯往下傾斜，崔德斯踩到一條條橫向凹槽，一定是用來減緩載滿煤炭的手推車往下滾動的速度。

傳說中的鍋爐映入眼簾，冰冷而沉默，要等到入冬才會啓動。他們還看到其他東西：擺滿物品的架子。

這些架子應該是拿來放置鍋爐運轉所需的工具和補給品，但它們全被塞到角落，現在架上被捲起的薄毯、衛生紙，還有瑞士巧克力、燉雞罐頭、煉乳等食物占滿。其中一角放了圖畫書、蠟筆、讓小孩塗鴉的手製筆記本。

富勒拿起一個小杯子，遞給崔德斯。杯子的內容物尚未完全乾涸，他聞了聞。可可亞，還沒放超過兩天。

富勒再度張望，點點頭。「現在該和英古蘭爵爺談一談了。」

崔德斯好怕再次進入書齋。這是結局的開端嗎？他究竟能做什麼？福爾摩斯小姐在哪？她是否爲了這一刻做了準備？

□

福爾摩斯小姐不在書齋裡，不過英古蘭爵爺並非獨自一人。他身旁還有一名男子，儀態優雅，但似乎少了點表情。

英古蘭爵爺轉向那名男子。「這兩位是倫敦警察廳的富勒總督察和崔德斯探長。兩位警官，這位是班克羅夫特．艾許波頓爵爺。」

那就是他的兄長了。男子與他們握手。

「英古蘭爵爺，可以借一步說話嗎？」富勒問。「我們想討論一些敏感話題。」

「班克羅夫特爵爺對目前狀況已有全盤了解。」英古蘭爵爺態度強硬。「對他不需有任何隱瞞。」

「很好，那麼，爵爺大人——」

房門被人撞開。

「總督察！探長！」艾勒比警長大喊：「我們在莊園裡找到另一具屍體！是男性的屍體！」

第十七章

「那是福爾摩斯先生的想法。還記得他要我留意一具衣衫襤褸的男性屍體嗎？」艾勒比警長一口氣說完，興奮得像是找到甜食儲藏櫃的小孩。「他也說那具屍體很可能不會離冰窖太遠，因此今天早上，等到霧氣散去，我心想，不然就找找看吧。就是這麼神奇，我們不到一個小時就找到了。」

死者衣著破舊，不到流浪漢的地步，較像是游手好閒的鄉下人。他遭人勒斃，頸子上的痕跡依舊清晰。雖然味道已經散了，他確實在死前尿失禁，正如夏洛特·福爾摩斯的預言。

尋獲屍體處離冰窖走路約十五分鐘，要是拖著屍體就要走上更久——還沒乾透的褲子上的擦痕顯示屍體曾遭拖行。

富勒總督察的表情難以參透。他派一名警員去通知倫敦來的病理學家別急著走。接著他檢查屍體與周遭區域。班克羅夫特爵爺四處走動，觀察各處細節。英古蘭爵爺靠在樹下抽菸，似乎對這一切視而不見。

過了半小時，一行人退回書齋。

富勒不浪費一分一秒。「英古蘭爵爺，請您告訴我們死者是誰。」

「他和我說他名叫喬治·巴爾。」

「您爲什麼要殺害他？」

「最後一次見到他時，他還活得好好的。我沒有做任何會導致他死亡的事。」

「很好。請告訴我們您爲何認識他。」

「奈維爾太太的客人進駐我的屋子的前一天，或者該說是當天，因爲那時已經是凌晨一點。我走在通往溫室鍋爐的隧道裡，他從隧道盡頭現身。電燈開著，整條隧道相當明亮。他一看到我就轉身，爬上梯子。」

「我追了上去，在冰窖附近逮到他，將他制伏綁起。」

「您隨身帶著繩索？」

「剛好手邊有一些牢固的細繩。」

「爲什麼？」

「或許你們從我的僕役口中聽到前陣子堅決谷莊園發生火警？」

「聽說有這回事。」

「我幾乎能肯定那場火是爲了引開大家的注意——同一天晚上，有人試圖綁架我的孩子，被我制止，因爲我沒有衝向起火處，而是直奔育幼室。」

「艾許，你沒和我說。」班克羅夫特爵爺沉聲道。

英古蘭爵爺搖搖頭。「你要擔心的事已經夠多了，我不想增加你的負擔。」

「所以您已經提防著您的兒女可能會遭到綁架？」富勒問。

「我不認爲英古蘭夫人使得出更高明的招數。」

「因此您讓雷明頓爵爺帶著他們遠行，您認爲他們離開堅決谷比較安全。」崔德斯說。

「是的。我相信雷明頓有辦法逃過英古蘭夫人派去的人。」

可是既然孩子不在莊園裡，睡在那棟童話小屋的人又是誰？在鍋爐旁喝可可亞的人又是誰？那些夜裡，英古蘭爵爺又做了什麼？

富勒的腦中顯然也浮現同樣的疑問。「爵爺大人，您半夜爲何要進隧道？」

英古蘭爵爺聳肩。「最近我睡得不好，有時深夜會在莊園各處走走。」

「好吧。您制伏這名男子，把他綁起來。然後呢？」

「我試著問話。起初他什麼都不說，後來他說他名叫喬治·巴爾。住在村外，主要靠姊姊的接濟過活。他聽說堅決谷莊園收藏了極有價值的藝術品，也聽說偷取藝術品可以輕易得手。」

「幾個禮拜前，他在村子酒吧遇見堅決谷的一名男僕，趁著半天假期出來喝一杯。閒聊之間，他對男僕說據傳大宅晚上鎖得很牢，外人絕對無法進入。他說男僕那時已經喝了不少，宣稱換作是他，他會溜進鍋爐室，爬下梯子，沿著隧道抵達煤炭地窖。巴爾先生決定他要靠這招一夕致富。」

「感覺他蠢到了極點，不過我不敢信任自己的第一印象。因此我決定先驗證他的說詞。既然都來到冰窖附近了，把他關在裡面似乎頗爲理想。」

「我先把他綁在樹上，堵住他的嘴巴，到園丁領班的棚屋拿冰窖鑰匙。棚屋裡有一大堆掛鎖，我拿了一個。我不希望在確認巴爾先生到底是不是愚蠢的村民前，讓廚房幫工不小心撞見他。」

「我把他關進第二個房間，在冰窖門口掛上另一個鎖頭。到了早上，我想拿點水和食物去給他，但是戶外的僕役在冰窖附近工作，我要是進了冰窖一定會被看到。這時，奈維爾太太家的水箱破裂，我面臨著大批需要關照的客人，整天下來根本騰不出時間。等我在大部分的人都上床睡覺後溜出門外，卻發現某位男士在冰窖旁二十呎處設置望遠鏡。」

「我等了一個小時，他毫無離開的意思。到了凌晨三點我又出門，終於沒看到他的身影。可是冰窖門上的鎖頭卻不翼而飛，這讓我大吃一驚。我走進冰窖，那名男子只在第二個房間留下濃濃臭氣。」

「您沒有繼續深入冰窖？」

「沒有。我第一個想法——同時也是唯一的想法——就是他是英古蘭夫人派來的人，而且他不是獨自闖入，一定有個同夥把他放走了。進入冰窖深處對他們沒有半點好處，因此我從沒想過要檢查裡面的房間。」

「然後呢？」

「然後是誰進入冰窖都沒差了。我掛上原本的鎖頭，將備份鑰匙還回園丁領班的棚屋，回到主屋去。」他又往桃花心木書桌上敲敲手指。「那天下午，英古蘭夫人的屍體在冰窖裡尋獲，離我凌晨時所在的位置不到二十呎。」

□

窗外是晴朗的藍天——霧氣完全消散，將會是寒冷而乾爽的一天。外頭燦爛的陽光只讓擺滿提燈和燭台的書齋裡更顯陰沉。

英古蘭爵爺說出實情後，整個房間陷入沉默，就連爐火也安靜許多。富勒總督察擦擦眼鏡，班克羅夫特爵爺吃完一片蛋糕，又拿起另一片。英古蘭爵爺喝了一點茶，手很穩，表情平淡，表面上對自己的命運無動於衷。

崔德斯握住筆記本邊緣，忍住手指的顫抖。夏洛特・福爾摩斯在哪？他和英古蘭爵爺相信她能查出來的無罪證據在哪？

富勒擦完眼鏡，滿意地掛回鼻梁上，貓頭鷹似的目光落向屋主。「英古蘭爵爺，我認為事情是這樣的：您殺了這名男子。」

英古蘭爵爺和班克羅夫特爵爺沒有任何反應。崔德斯用力咬牙，拿手帕擦乾汗濕的掌心，繼續抄筆記。

「這事可能發生在兩種不同的情境之下，而兩者都與您的孩子有關。」富勒繼續道：「我不相信您的兒女與令兄雷明頓・艾許波頓爵爺遠行，我相信他們還在這座莊園裡。喬治・巴爾碰巧撞見您要孩子躲藏的地方——也就是溫室鍋爐和煤炭地窖間的隧道——或許還要加上他們的家庭教師，這也難怪他會讓您如此戒備。」

「您追趕他，並將他制伏，分歧點就在這裡。您可能當時就將他殺害，不過我認為您沒有那麼做。把他鎖進冰窖裡、調查他真正身分這部分是真話。」

「接著，英古蘭夫人悄悄潛入莊園。或許她的夢中情人不如她的預想。或許她只是為了孩子們而回來，包括她肚子裡的那個。但她知道您編造了她到瑞士休養的藉口，這是個很容易推翻的說詞。而她現在想回家陪伴她的孩子，在良好的環境下養育即將出生的寶寶，脫離見不得人的逃亡生活。」

「她的行爲激怒了您。您正打算揭露事實，以她拋棄您的理由提出離婚，下半輩子不需要背負這個擔子，說不定還有機會迎娶夏洛特．福爾摩斯小姐。您假意接受英古蘭夫人的請求，讓她服用大量鴉片酊——病理學家也在她體內驗出這項物質——拿純酒精注射到她體內。」

「解決了這件事，您開始思考要如何利用情勢。若是能妥善操作，讓社會大眾認爲她在海外死去，這是再好不過了。如此一來，您只要將她的屍體用棺材運回莊園，舉辦葬禮就好。」

「可是要怎麼把她送去歐洲大陸再運回來呢？您得安排諸多事宜。當務之急是保存她的屍體，而且能夠搭配您捏造事實的說詞。您想到冰窖裡那傢伙，想到冰窖可以讓她的屍體維持良好狀況，不至於破壞您的計畫。」

「也就是說，您必須讓可憐的巴爾先生閉嘴，因爲他目睹您將英古蘭夫人拖入冰窖內。」

崔德斯費了好大的工夫才忍住對著富勒瞠目結舌的衝動。他把已知的事實編排成最駭人聽聞的故事，然而更可怕的是他能夠想像陪審團被這番說詞說服。

「我都不知道最近倫敦警察廳有聘請小說家協助辦案。」班克羅夫特爵爺冷冷說道：「還是不入流的那一種。」

崔德斯原本對朋友的兄長只有敬畏之情，不過現在漸漸轉化成更親近的好感。班克羅夫特爵爺對於比不上自己的人通常毫不留情，但至少他現在是爲了捍衛英古蘭爵爺而開口，而那是崔德斯無法實行的任務。

富勒的氣燄依舊高漲。「爵爺大人，眞相往往比小說還要離奇。」

「總督察，假如一切如你所說，那麼在滿屋子客人，廚房需要用冰塊的狀況下，我爲什麼還把原本的鎖頭掛回去？」

英古蘭爵爺的語氣平淡，換作是崔德斯，他絕對無法如此冷靜。

「爵爺，恕我直言，我們無法證實是您把鎖頭歸回原位。很可能是另外某個人發現門上的鎖頭不對，順手換回原本的鎖頭。」

「荒謬。」班克羅夫特爵爺說道：「你的意思是我弟弟在滿莊園的客人眼皮下做這種事？」

「這比雪林福．福爾摩斯先生的主張還要合理許多，他想說服我是幾個外來者在滿莊園的客人眼皮底下幹了這些好事。」

就連班克羅夫特爵爺也一時語塞。

崔德斯望向書齋的門。夏洛特．福爾摩斯爲什麼沒有昂首闊步地走進來，眞凶乖乖跟在她背後？要是雪林福．福爾摩斯那兩道愚蠢的小鬍子出現在此，他一定會承認那是世界上最美麗的景象。現在就出現吧。

英古蘭爵爺也望向門邊，接著視線回到敵人身上。「總督察，你要逮捕我嗎？」

「不，還沒有，爵爺大人。」富勒的嗓音裡添上微乎其微的得意。「但我必須要求您待在大宅裡，等候進一步通知。」

□

華生太太看完福爾摩斯小姐發來的電報，以創紀錄的時間換好衣服，衝出屋外。她運氣很好，搭馬車前往薩默賽特府的途中一路順暢。在那裡，她使出渾身解數，同樣在創紀錄的時間內完成調查。

接著她飆往帕丁頓車站，福爾摩斯小姐已經在月台上等候。

她戴著雪林福的落腮鬍，難以估測她的雙下巴增生——或是削減——到了什麼程度，那是福爾摩斯小姐判斷何時該克制食慾的基準。不過華生太太非常懷疑她的胃口是否尚未恢復。她看起來沒有多大差別，只是似乎消瘦了些——而且非常、非常疲憊。

兩人握了下手。

「夫人，妳還好嗎？」福爾摩斯小姐悄聲問。

即使是在平時，華生太太對各種瑣事也是敏感至極，她這幾天整夜難以成眠，努力與思緒角力，試著獲得些許平靜。唉，就算成功了，幾分鐘後她的思路又往別的方向跑，擔心事態會惡化到無法挽回的地步。

「好得很。」這是眞話。和英古蘭爵爺相比，她們的運氣還算不錯。

或許他終於有機會翻身了。今天華生太太執行的任務保證是她這輩子做過最有價值的好事之一。

「妳怎麼會知道？」她問：「妳怎麼知道我可能會在英國戶政總局找到一些東西？」

「我不知道。我是在今天早上得知解剖時發現英古蘭夫人懷有身孕，才想到那個方向去。」

華生太太倒抽一口氣。「那——那是什麼意思？」

「那是我希望能在牛津郡找到的答案。」

停在月台邊的火車恰好在此時鳴笛。

華生太太還在顚簸中。「英古蘭爵爺知道嗎？他是怎麼想的？」

「我想他現在一定知道了——班克羅夫特爵爺也在驗屍現場。但我從倫敦警察廳那邊得到這個消息後，還沒有見到他。」

「喔，可憐的孩子。現在的情勢眞是難捱。」

「嗯，很快就會改變了。」

「希望如此！」華生太太激動極了。

「夫人，留意妳的願望。」福爾摩斯小姐的語氣中夾了一絲歉意。「不是沒有惡化的可能性。」

□

今年夏天，夏洛特來到牛津郡調查馬隆・芬奇先生的下落，同時也經過英古蘭夫人的娘家。當時她和華生太太僅隔著柵門往裡看，並沒有眞正拜訪住戶。

現在她——或者該說是雪林福．福爾摩斯——要代替英古蘭爵爺上門了。

屋子保養得很好，裝潢精緻，只是欠缺歷史感。她能想像英古蘭夫人的雙親脫離了長達數十年的貧困，匆忙換掉所有舊家具——無法典當的那些——買來嶄新又體面的好東西。

等待僕人通知屋主的空檔，她閉上雙眼。現在她既疲憊，又清醒到渾身不舒服的地步，太過豐沛的感官訊息將她淹沒。

她很小的時候就知道一件事：在空腹狀態下，她的感知能力會更加敏銳，有時候強烈到她必須遮住眼睛，手指塞進耳朵；輕微的暴食可以將感官麻痺到尚可接受的程度。

在幼童時期，她本來很討厭葡萄乾，可是家中廚師特別愛做水果蛋糕，裡頭會放上半磅的葡萄乾。後來多吃一片水果蛋糕帶來的療癒效果讓她漸漸把葡萄乾與舒適感連結在一起。

過了青春期，她的感官稍微沒有那麼敏銳了。若是一兩天不用餐，只靠水及少許白吐司過活，不會讓她陷入焦慮的困境。她得出結論：十五道菜的大餐是徹徹底底的享受。

前提是她的腸胃願意配合。

現在就連白吐司都會搞得她肚子裡翻江倒海。一波波恐懼伴隨強烈的反胃感襲來——跟班克羅夫特爵爺共進的晚餐簡直是一場苦行。

她告訴自己，恐懼是不必要的情緒。她已經做好準備，了解全盤情勢，決定要格外謹慎。再多的恐懼都無法引導或是保護她自己。

恐懼不斷滋長，完全無法理喻。降低這衝擊的唯一方法，就是讓肚子盡量接近空空如也的狀態。

她希望這次會面能有所幫助，否則她面對的挑戰將會更加險峻。

「福爾摩斯先生。」男僕說道：「葛瑞維先生現在可以見您。」

夏洛特把所有不適推到一旁，換上雪林福．福爾摩斯的愉快神情。「啊，太好了。」

艾登．葛瑞維先生是英古蘭夫人的弟弟、家中長子，他以極度焦慮的神色迎接夏洛特。「請告訴我姊夫他還撐得住。得知此事後，我很想直奔堅決谷莊園，但他特別交待我留在家裡。他認爲我到現場會遭受極大壓力，可是坐在家中咬著指甲等待通知，各家報社卻已經刊出一切匪夷所思的難堪新聞，這實在是太難捱了。」

夏洛特接過茶杯，沒有另外加料——一塊方糖和一匙奶水足以讓她的胃袋再次抽痛。「他還挺得住，只是醜話說在前面，他隨時都有可能被控殺害令姊。」

葛瑞維先生僵住了。「不對，這不可能！他絕對不會做這種事。」

「唉，所有間接證據都對他大大不利。這麼轟動的案子，警方很樂意把他送上法院。我們唯一的希望是他們不敢倉促行事，生怕會搞砸。唯有如此，我們才能爭取到一點時間。」

葛瑞維先生十指扭成一團。「這份打擊實在是難以言諭，艾許和他的孩子肯定會受到極大影響。至於哈特雷與我呢，那是——我無法說明艾許對我們有多麼重要。我知道我們該感謝愛莉珊卓，她嫁給他，爲我們換來好日子。不過老實說，家姊根本沒有關心過我們，每次都是艾許花時間聽我們說話、幫我們忙。是的，他只是出錢沒錯，但他還展現了深刻的善意。」

「舍弟比我還崇拜艾許。要是艾許出了什麼事，他一定會崩潰的。愛莉珊卓與他的情感出現裂縫時，我們都嚇傻了，怕會失去他的關愛。謝天謝地，他沒有這麼做。可是想到現在他可能會失去——」

葛瑞維先生呑呑口水，說不下去。

「身爲英古蘭爵爺的朋友，我與你同樣擔憂此事。」夏洛特說：「我想幫助他避開最糟的結果，因此我才來找你，葛瑞維先生。你願意幫我嗎？」

「當然！我能幫上什麼忙？請別客氣，在我能力所及的範圍，我什麼都願意做。」

他眼中閃過抓住最後一塊浮木的光芒。儘管情勢嚴峻，夏洛特還是爲英古蘭爵爺感到高興。他無法在妻子心裡點燃愛火，但他散發的溫情已經眞誠而深刻地感染了其他人。

「我需要調查令姊的一些事情，大多是你能夠直接回答的，不過這棟屋子的某處應該能找到我要的東西。」

葛瑞維先生一躍而起。「現在就開始吧！」

跟著他前往書房途中，夏洛特問起英古蘭夫人最後一次回娘家的日期。那是在他們的雙親過世後，她回來找一些文件紀錄。

「她結婚後就很少回來了，我沒看過她幾次。」葛瑞維先生略帶歉意。

英古蘭夫人留在娘家的痕跡也不多，夏洛特瞥見一幅英古蘭爵爺的油畫肖像及幾張放大的照片——只在一張合照中找到英古蘭夫人的身影。彷彿他是家中受寵的兒子，而她只是個遠親。

華生太太曾向夏洛特提過少女時期的英古蘭夫人，她是從葛瑞維家的女僕口中聽來的。女僕對英古蘭夫人的主要印象是她處於事事不順心的年紀，有時候會轉化成憤怒。

和華生太太原本的想像不同，英古蘭夫人的憤怒並不是因爲她想嫁給別人，而是因爲她的人生一直都不屬於自己。

夏洛特並不覺得英古蘭夫人哪裡可憐，她只是另一個無法插手自己命運的女人罷了。但她偶爾會想到過去的愛莉珊卓．葛瑞維小姐，被雙親送到倫敦，要求她笑，說她受到某位多金男士喜愛是值得慶幸的事，說婚姻會帶給她全天下女人渴望的一切。

了解她的人應該看得出這樣的人生只會扼殺她。然而他們使盡全力推她前進——還說得清楚明白，要是她走上不同的道路，就等於是嚴重背叛了自己的家族。

或許她本來就是個怪物，不過全世界化身爲怪物的女性都無法逃脫身爲女性背負的期望。

□

夏洛特的火車駛進帕丁頓車站時，已經過了十一點。她叫了輛雙輪小馬車前往聖約翰伍德區的一間小屋，華生太太稍早給了她這裡的地址。

華生太太前來應門。「我想我們成功了。」她悄聲道。

「這裡確實很適合金屋藏嬌。」夏洛特悄聲回應。

華生太太笑了笑。「親愛的，我很樂意爲妳效勞。」

站在華生太太背後的是法蘭西絲・馬伯頓，她是史蒂芬・馬伯頓的姊姊——雖然夏洛特從沒相信過他們是眞正的手足。

「來吧。」馬伯頓小姐說。

客廳裡，一名女性坐在高背椅上，身上的暗色衣裙是舊貨，也不是流行款式，但材質與作工都很紮實。夏洛特進門時，她抬起頭，一隻眼睛是天藍色，另一隻則是混濁泛白、無法視物。

夏洛特逃家的第一天，曾在街上遇到帶著孩子的乞婦母女，她們困苦的模樣使得她忍不住分出一點微薄的生存資金，後來才發現自己的錢包被扒走了。

就是那個乞婦。坐在婦人對面的史蒂芬・馬伯頓起身。「希望妳這趟旅程一切順利。」

夏洛特擠出聲音——或者該說是雪林福・福爾摩斯的聲音：「託你的福，確實很順利。」

緊張焦躁的情緒多半與她無緣，但她感覺到心中湧現強烈的焦慮。

「這位是維妮・費爾太太。」馬伯頓先生介紹道。

前天晚上的幾家報紙刊出一則告示，尋找家裡姊妹或女兒，年輕黑髮女性，已失蹤超過十四天。前來回應的就是維妮・費爾太太，她已經寫信給夏洛克・福爾摩斯，希望他能協尋她失蹤的妹妹。

可惜夏洛克・福爾摩斯最近太忙，無法接下其他案子。

「費爾太太，雪林福・福爾摩斯爲妳效勞。」夏洛特對這個從她身上摸走一鎊的婦人開口。「近來如何？」

「這個小伙子說你查出我妹妹發生什麼事了。」

她的嗓音濃重，字句似乎都是從喉頭硬生生挖出。她的神情也同樣凝重，不過完好的那隻眼裡帶著戒備，目光灼灼。夏洛特忍不住深深吸氣。

光是看到費爾太太，她心裡便警鈴大作。那是過往艱困時光的記憶迴響，來自夏洛特最接近絕望的時刻。那一鎊是極度重大的損失，更還害她失去希望。

但她現在立場不同，而且時間緊迫，她必須保持專注，別讓腦袋被過往的恐懼吞噬。她必須對費爾太太投注完整的關注，她必須對英古蘭爵爺付出最大的努力。

她必須確保清晰的思緒，判斷什麼是危險，什麼不是。

「或許我們能幫忙。」她應道。「妳帶來相片了嗎？」

費爾太太打開破舊的手提袋，抽出兩張小照片。夏洛特接過後才發現這些不是照片，而是明信片——或者該說是從明信片上剪下的年輕女子面容。

明信片有很多種：有的是明媚風光，有的能勾起愁思，有的則是火辣猥褻。不用多問就知道這是哪一類明信片。

上頭的女子充滿生命力，眼神淘氣，粗糙的畫質也難掩她髮絲的光澤。

「這些照片是在她幾歲時拍攝的？」

「都是今年拍的。她二十五歲，明年一月就要二十六歲了。」

所以說她的年紀與英古蘭夫人相仿。「妳說她已經失蹤超過三個禮拜？」

「上回見到她幾乎是一個月前的事情了。她和我說要離開倫敦一兩天，不過會趕回來陪我女兒過生日。我不希望她走。有時候拍明信片的女孩子會受邀到鄉間參加全是男性賓客的宴會——那些宴會對女孩子沒什麼好處。」

「她說不是那種宴會，她之前也幫過這位男士。她說他很支持她的理想——這讓我更擔心了。」

「告訴你們，她已經厭倦靠著拍照娛樂男性過活了。這類工作薪水不高，有些雇主還想輕薄她們。她要自己買設備，學習怎麼操作，從快門到顯像都自己來。她想要招攬最漂亮的女孩子替她工作，總有一天，她要擁有一台自己的印刷機。」

華生太太有些坐立不安。夏洛特對這個夢想並不特別反感。有史以來，色情產業就與人類難分難解。一個女人若不介意讓人拍攝裸露照片，或許會想把自己的掌控權——以及獲利——提升到頂點。

「原來如此。」她說：「她的事業心眞是了不起。」

費爾太太描述妹妹的計畫時，神情中帶著挑釁，然而夏洛特的稱讚似乎出乎她的意料，令她有點慌亂。「我——我也是這麼想的，但我不相信她口中那位男士的誠意。男人看到明信片上的女孩子，除了她的外表，他們注意到其他部分的可能性——」她搖搖頭。「總之，我們起了點爭執。我說她不該去，她說她會好好照顧自己，不需要一個獨眼老太婆指東畫西。」

「她沒有來參加我女兒的生日，我以爲她還在生我的氣，但隔天我仔細一想，不對，我的咪咪才不是這種人。她的脾氣一下就過去了，而且她好愛好愛這個外甥女，世界簡直是繞著她打轉。我去她租的房間，可是房東太太已經把房間租給別人，因爲她沒留下半句話就消失超過一個禮拜。」

「她朋友不知道她會去哪裡。她答應她們等她一回來就要開自己的攝影工作室，而且她不是那種隨便毀約的輕浮女生。我到倫敦警察廳找人幫忙，那個裝腔作勢的探長說咪咪那種女生，和男人搞在一起、失蹤一陣子也不是什麼稀奇事。」

「我和他說或許他對她這種女生一無所知。像她這種女生有固定碰面的家人朋友，有房租要繳，有約好的事情要做。像她這種女生擁有對自己來說很重要的紀念品——她知道要是自己跑了，房東太太會把她房裡的東西隨便賣給舊貨商。就算和男人跑了，她連回來半天的空檔都沒有嗎？沒時間處理自己的財物，向家人朋友說明她的去處？」

「那簡直就是對牛彈琴——那種男人空有耳朵，什麼話都聽不進去。我去了好幾次還是沒用。只有一位好心的警長說我應該要寫信給夏洛克．福爾摩斯。我寫了，但他不在城裡，我還是不知道咪咪到底出了什麼事。」

「夏洛克是舍弟，我代表他前來此處。過去幾天，我忙著處理某件棘手的案子，不過看來我們註定要見面。」

「是嗎？」費爾太太語帶質疑。

「是的。妳，或是令妹的朋友，曾親眼見過她口中的那位男士嗎？」

費爾太太搖頭。「她們都沒見過，我也沒有。」

夏洛特又問了幾個問題，可是費爾太太說不出與該名男子相關的情報，而她的耐性越來越薄弱。

「我知道的全都和你說了，現在你能告訴我什麼？」

她的質問接近咆哮。沒想到在街頭行乞的婦人能在短短幾個字裡面凝聚如此威嚴。不過費爾太太並不是普通的窮困乞丐——兩人首次見面後，夏洛特已經推理出這一點。或許她存在於倫敦的暗處，但她沒有迷失，甚至還在裡頭開闢出自己的小小領地。

這回，夏洛特沒有退縮。「恐怕我只能帶給妳壞消息。」

「無論是好是壞我都接受。」

化身為私家偵探夏洛克．福爾摩斯之後，她傳達過不少次壞消息，但這回或許是最殘酷的一次。儘管費爾太太一心只想得到消息——任何消息——她的絕望中依舊參雜著一絲希望。現在夏洛特要捻斷那一條細絲。

「除非還有其他臉上有美人痣的黑髮女子，和她在相同期間失蹤，否則令妹應該已經過世了。」

在咪咪．杜芬那張有點缺乏特色的標緻臉蛋上，美人痣是她與眾不同的魅力，讓人聚焦在她線條分明的下巴和弓形嘴唇上。而這也是她厄運的來源。費爾太太說得對，那名男子對咪咪．杜芬的理想野心毫無興致。

費爾太太十指箝住椅子扶手，手背的血管清楚地浮出。「發生了什麼事？她在哪裡？」

「她的屍體尚未尋獲，可能要花點時間，因為殺害她的人必須讓她的屍體遠離現場。至於前因後果呢，她和另一個人長得很像，那位男士希望其他人以為那個人遭到謀殺。」

「他可能是在明信片上看到她的臉，認為她可以打造成他理想中的屍體。他找到她，對她灌迷湯，接著帶她到他打算殺害她的地方。」

「那是哪裡？」費爾太太嗓音嘶啞。

「抱歉，目前我無法透露。做出這些事的男士極度狡猾危險，光是查出杜芬小姐的身分，已經讓在場的各位身陷危機。妳知道越少越好。不過我向妳保證，我會盡快告訴妳更多內情，在尋獲令妹的屍體、送回妳身邊後，這件事才算結束。」

費爾太太愣愣地坐著，華生太太端了一杯白蘭地給她，費爾太太抖著手喝下。等她喝完，她放下空杯，起身往外走。

馬伯頓先生跳起來。「我去確認她平安回到家。」

「謝謝你。」夏洛特低喃。

直到此時，她才敢給自己一點空檔，面對費爾太太激起的回憶波濤——以及仍舊在她心底餘波蕩漾的恐慌。

□

華生太太隨費爾太太和馬伯頓先生一起離開，她沒有說明原因，不過此時此刻，能夠給予費爾太太一點安慰，或者至少不讓她太過難堪的，也就只有華生太太了。

「儲藏室裡有東西吃。」馬伯頓小姐淡然道：「酒精爐隨便妳用。」

「謝謝。」夏洛特說：「謝謝妳幫了這麼多忙，馬伯頓小姐。」

馬伯頓小姐嘟起嘴。「福爾摩斯小姐，妳知道我反對涉入此事。」

「我也對令弟說我不會在家姊面前替他美言。」

「要是和我們一起過活，她一分鐘都撐不住的。」

「弱者的韌性往往令人吃驚。對某些人來說，比起刺激的冒險，日常生活才是最大的挑戰。」從某個角度來看，莉薇亞最大的優勢就是她遭到眾人忽視、低估。人們只花幾秒鐘就判定她的身分、能力，可是要看透一個人沒有這麼簡單，特別是莉薇亞這樣拚盡一切努力，渴望成就更多的人。

「不過呢，我希望她永遠不要想著要自行得知真相。我想妳從令尊口中得知他跟我見過面了？」

「沒想到我才休養幾天，大家連戒備都不知道怎麼寫了。」馬伯頓小姐顯然是家中負責維持規矩的人。

「他有沒有跟妳說他自稱莫里亞提？」

馬伯頓小姐聳肩，以稱得上優雅的姿勢傳達出莫可奈何的不悅。「他生來就是莫里亞提家的人，他想自稱是誰是他的權利。」

「詹姆斯．莫里亞提發現自己的妻子與兄弟私奔，想必是深受恥辱。」

馬伯頓小姐再次聳肩，這回的動作較強烈。

「恕我直言，史蒂芬．馬伯頓究竟是妳弟弟，還是堂弟？」

「我們沒有血緣關係，克里斯平．馬伯頓先生是我的繼父。」

如此輕描淡寫地迴避問題。她知道自己真正的出身嗎？史蒂芬．馬伯頓知道嗎？無論如何，莉薇亞繼續和他扯上關係太危險了。

夏洛特嘆息。「令弟不該繼續送家姊禮物和信件了，但我相信妳已經針對此事白費了一番唇舌。」

「他的頑固實在是不可理喻，拒絕答應我別再聯絡她。可以請妳告訴她，他對她來說太年輕了嗎？」

既然莉薇亞從未承認她見過那名男子——更別說是愛上他了——夏洛特難以提出忠告。「我再看看能做些什麼。妳離開前，我有件事要問。」

「嗯？」

「昨晚，史蒂芬・馬伯頓先生扮演夏洛克・福爾摩斯時，他對倫敦警察廳的警官說英古蘭夫人的老相好是莫里亞提。英古蘭夫人對莫里亞提沒有那方面的心思——就我所知是如此——但他們兩人關係匪淺也是事實。不過我還是很訝異他會提起這個名字，讓警方知曉。」

馬伯頓小姐穿上大衣。「至少在正經事上，史蒂芬不會衝動行事。我們全家人討論過了，大家的意見一致。如果倫敦警察廳還不知道莫里亞提這個名字，他們也該知道了。要是他們早就知道，那現在該對他提高警覺了。」

第十八章

離開牛津郡。葛瑞維先生向您致意。福爾摩斯。

英古蘭爵爺現在要記住數百件大小事，還有數十件任務等著他完成，但他卻站著不動，把這通電報讀了一遍又一遍，腦海全被福爾摩斯占據。

兩人相處的時間很短，特別是這幾年。即使在他們年少時，也只是在彼此身旁度過漫長的沉默時光，他忙著挖掘遺跡，她則是在一個下午看完兩本和磚頭一樣厚的書——這也不是常見的狀況，除非兩人剛好同時出現在他伯父或是奈維爾太太的莊園裡。

關於她要他寫信給她的那一天，他記得清清楚楚。那年夏天，他挖到一處羅馬村莊遺跡。她以勒索的方式拐到他的吻——之後隨心所欲地造訪遺跡，而他幾乎沒理會她。好吧，他是沒向她搭話，不過他總是暗地裡觀察這個如謎一般的女孩。

在每一個孤獨的夜裡，他想起那個吻的頻率超出自己的想像。

我明天早上就要走了，某天下午她突然丟來一句。這是我的地址。

他秉持禮儀，收下那張紙片，腦中殘忍地想著：我才不會寫信給妳。

然而兩個月後，他還是寫了。在學校的宿舍裡，板球練習取消了，屋外颳著雷雨。那封信比他預想的還要長，沒提到什麼個人的事情，只是枯燥地總結他在挖掘羅馬遺跡期間的研究成果，以及日後如何改進紀錄和挖掘手法的計畫。

她的回覆隔了十六天送達——對，他眞的數了——文風與他類似，記錄她這幾個月讀的教育理論與實務書籍，最後隨意寫到她相信自己能成爲優秀的女校校長。

他回信告訴她，說他沒見過比她還沒有校長氣質的女生，接著稍微離題，寫了他觀察身旁住宿生是如何組成派系。

她在下一封信中承認她想當校長的理由並非打算陶冶年輕女孩的身心，而是因爲女校長的年薪高達五百鎊。同時，她對人的了解遠遠不足，所以他用人類學口吻描述男學生的行爲對她幫助很大。

之後，兩人每週魚雁往來。等到他們再次相遇，他發現那些規律、豐富的信件無法轉譯成對話，沉默依舊占據大半時光，對此他稍受衝擊。不過他們的沉默一點都不難熬，也不會讓他渾身不自在。

他們的信件沒有中斷——即使眞見了面，他們還是會把信件直接遞給對方——直到他們爲了未來的英古蘭夫人起了爭執，福爾摩斯警告他別相信完美女性的假象。他等到度完蜜月才愉快地得知自己即將成爲父親。

接下來幾年，兩人的書信與時鐘一樣規律，只是他從未提到自己內心的混亂，沒有提到分崩離析的婚姻，當然也不會提到他突然間理解了自己對福爾摩斯抱持的情感——長久以來的情感。

等到她離家出走，他們的信變得時有時無。接著是英古蘭夫人的離去。現在唯一阻止他們跨出友誼界線的，只剩他的躊躇，他好幾次盯著空白信紙，不知道該寫什麼。

現在他們已經跨過那條界線了。

現在沒有她的每一刻都漫長如同永恆。

等待，他凝視夜色，對自己說。耐心。

但他已耗盡一輩子的耐性，他已無數次懸崖勒馬。他的克制、他的意志，早就磨得一點不剩。只剩下需求。

□

崔德斯探長抵達倫敦時，已過了深夜十二點。他走進黑暗寧靜的屋子——最近他感覺這屋子不像是自己的地盤，似乎再也不屬於他，他也不屬於此處。可是今晚——今晚他覺得自己像是回到了家。

愛麗絲已經在床上睡著了。他躺在她身旁，仰望天花板。夏洛特・福爾摩斯的話語在他耳中迴盪：你外表看起來坦率討喜，或許會讓談話對象期待你能理解她們。然而你的批判是如此尖銳強硬，就如同她們周遭的世界，讓她們處處碰壁的力量。

他的妻子也是如此嗎？儘管她父親是個値得敬佩的好人，卻拒絕思考讓她掌管考辛營建公司的可能性，令她挫折不已。而她以爲自己愛上了不一樣的男人，卻發現她父親的心胸還比較開闊。

她是什麼時候察覺此事的？

他驚覺她其實從以前，從很久以前，或許從她嫁給他之前，就已經知道了——因此她從未提起自己過去的野心。

那她為什麼還要嫁給他？

白痴，因為她愛你啊。腦海中的聲音說道。

或許她說服自己兩人還是可以幸福快樂地在一起。或許她認定既然沒有機會掌握考辛營建公司的大權，他永遠不會看到——也不會反對——她的這一面。或許她認為要是兩人好好相處一陣子，他會漸漸信任她，無論有沒有野心，她還是自己深愛的那個女人。

可是她錯了。

她是如何背負著他的批判度日？那些他以為藏得很好，但夏洛特·福爾摩斯卻說任誰一眼就能看穿的批判。

痛苦化作玻璃碎片切過每一個器官，每一條神經。他覺得自己什麼都不懂——打從一開始就什麼都沒搞懂過。

他絕望地翻身轉向愛麗絲，一手環上她的身軀。

她背對著他。兩人以往總是緊貼著入睡，但正如在各處滋長的距離感，在床上也不例外，最後他們各自面對著牆壁，背後是空虛的溝渠。

他將額頭靠上她的肩膀，吸入她肌膚的香氣。就算知道他不是她理想中的男人，愛麗絲卻還是愛著他。

她輕輕嘆息，轉向他這邊。

下一刻，兩人吻得難分難捨，濃情蜜意宛如新婚之夜。

之後的一切也如同新婚之夜一般放縱不羈。

□

莉薇亞起得很早，外頭天還沒亮，她已經在桌前坐了好幾個小時，與夏洛克．福爾摩斯小說的第二部分搏鬥。

那位不知名的男士表現出的熱烈支持並沒有促使她下筆如神，但是讓她更情願多撞幾次牆，看能不能撞出靈感。

她才剛寫完新的大綱，樓下突然爆發一陣混亂，接著奈維爾太太前來敲她的房門。

「喔，親愛的，我又有壞消息了。」

莉薇亞一陣耳鳴。*英古蘭爵爺。不！*「是——怎麼了？」

「妳絕對不會相信的，煤炭地窖裡出現一顆炸彈。」

「一顆什麼？」

「別擔心，我們沒有受到直接影響。那顆炸彈在廚房的煤炭地窖裡，離主屋挺遠的。」

「喔。」莉薇亞的手還是抖個不停。

過去幾年來，愛爾蘭共和軍在英國——主要是倫敦——各地放置了數十顆炸彈，藉此表達政治訴求，那似乎成了現代生活的一部分。不過莉薇亞聽說的炸彈，無論是已經爆炸或是遭到拆除，全都設在重要處所，比如說軍營、火車站、報社辦公室等等。唯一成爲目標的私人住宅也是屬於某位強烈反對愛爾蘭自治的國會議員。

「爲什麼?怎麼會有人在這裡放炸彈?」

「沒錯!」奈維爾太太嚷嚷：「要是我能投票，一定會投給格萊斯頓先生，把自治權還給愛爾蘭人。」

「喔，奈維爾太太，我很遺憾發生這種事!」奈維爾太太拍拍她的手臂。「我派人去找警察了。就我所知，他們可能要發電報叫愛爾蘭政治保安處派人過來。但現下我們得要再次轉移陣地。」

不是堅決谷莊園。

一個念頭竄入莉薇亞腦袋，她必須立刻付諸實行。「我——我眞的不能繼續打擾了。已經給妳添了夠多麻煩，我早該直接從堅決谷回家的。我現在就回去。」

「瞎說什麼呢，親愛的，和我去旅店吧，我知道妳不想回家。」

莉薇亞確實不想，可是有時候人總有逃不開的責任。「如果妳不介意，我明年會多待一個禮拜。奈維爾太太，妳知道我有多愛這個地方，只是現在我不走不行。」

□

隔天早上，崔德斯幾乎無法面對餐桌另一側的妻子。他吃著吐司和煎蛋，臉頰的高溫就是無法退去。昨晚他們做了三回合，他無法相信他們竟然在彼此身上玩了那些花招。

但他們沒有交談，半句話都沒說。

她整理完晨間送達的信件，率先打破沉默。「探長，我沒料到你會這麼快回來，案子已經解決了嗎？」

她小心翼翼的語氣給了他一點勇氣。「還沒。我們是來倫敦和夏洛特・福爾摩斯小姐談話的。」

前一天他們接獲通知，福爾摩斯小姐回應了警方刊登在報紙上的留言。她答應今天早上十一點與警察廳的人見面，地點就在她和英古蘭爵爺被人目睹同行的豪斯洛區茶館。

崔德斯簡直無法置信。英古蘭爵爺被軟禁在家，福爾摩斯小姐竟然認為她現在有必要大老遠跑去倫敦與警方見面？他試著說服自己或許到了約好的時間，她會呈上重大證據，洗刷英古蘭爵爺的罪名，但這份希望漸漸萎縮。

「啊，那個神祕兮兮的福爾摩斯小姐。」愛麗絲額頭微微皺起。「報紙上都是她的名字——和英古蘭爵爺放在一塊。某些報導把她寫成如同耶洗別再世的蕩婦。」

還有一些報導用了更不堪的字眼。

這位墮落的小姐臉皮還眞厚。富勒總督察評論道，他愉悅的心情實在是難以忍受。好啦，我們就搭下一班火車回倫敦。

總督察，既然你確定英古蘭爵爺是因爲她懷了別的男人的孩子而殺了他的妻子，那還需要向福爾摩斯小姐問話嗎？崔德斯問道。

他很想待在這裡，或許有辦法找出對英古蘭爵爺有利的證據——或者至少多陪他一會。至少可以換個環境，不是嗎？富勒如此回答。在親切語氣下隱藏著的無情讓崔德斯領悟到抗議也沒有用。

「我對這位夏洛特．福爾摩斯小姐倒是很好奇。」愛麗絲繼續說道。她笑了笑。她和他一樣局促忸怩嗎？「今晚你會回來和我分享精彩的談話內容嗎？」

「我覺得我們今天下午就會回堅決谷莊園，不過任何安排隨時都有可能改變。」

他覺得富勒離開堅決谷是為了給英古蘭爵爺逃跑的機會。所有不利於英古蘭爵爺的證據全都是旁證，要是他站上證人席為自己辯護，陪審團相信他的機率還是不小。但若是英古蘭爵爺逃離警方的控制，在社會大眾眼中，他就與有罪無異，審判的結果恐怕不會太樂觀。

英古蘭爵爺是個聰明人，無論現在情勢有多險峻，他應該不會落入如此刻意的陷阱吧？

「對了，妳的工作還順利嗎？」他問道。

她的叉子停在半空中。

自她從過世的兄長手中接下考辛營建公司後，他從沒問過她的工作狀況。他不知道誰擔任她的顧問，或是有誰處處阻撓。這個占據她人生的要素在他眼中是她自己的事，與他無關。

「探長，你真的有時間聽我說嗎？」她的語氣有些猶豫。

她給了他拒絕的機會。

他放下刀叉，說道：「嗯，我現在挺有空的。」

□

艾佛利夫人離開堅決谷之後，隨即住進倫敦的克拉里奇飯店。現在她收到一張拜帖，上頭寫著有位夏洛克．福爾摩斯先生想與她見面。夏洛克．福爾摩斯先生靠著一起三人死亡的命案聲名大噪，艾佛利夫人馬上就知道他一定是爲了英古蘭夫人之死而來。

然而當她的訪客踏進豪華套房的客廳時，對方竟然是與艾佛利夫人年紀相仿的中年美女，說不定比她大上幾歲。

「我是哈德遜太太。」她報上姓氏。「代表夏洛克．福爾摩斯先生來此拜訪。福爾摩斯先生遭逢不幸的變故，無法離開病榻。因此他的朋友和家人得要替他跑腿。」

換作是其他情境，艾佛利夫人一定會馬上詢問哈德遜太太和夏洛克．福爾摩斯的關係，搞清楚她究竟是朋友還是家人。但今天早上她沒那麼多耐性。「沒問題，哈德遜太太。我想妳是代表英古蘭爵爺來此？」

夏洛克．福爾摩斯曾擔任警方顧問，不過富勒總督察在艾佛利夫人眼中不像是能容許旁人插手他的案子的個性。

「沒錯。希望妳能看看這位年輕女子，看妳是否認得她。」

她遞出兩張頭像，艾佛利夫人一眼就看出那是從明信片剪下的圖片。

「這是——」她震驚到一時語塞。明信片！從這女孩慵懶挑逗的表情來看，明信片的全貌絕對不適合出現在大庭廣眾之下。「這個女孩是我在懷特島郡的考斯渡假時，幫我打掃房間的女僕。」

「就是她拿報紙幫妳打包紀念品時，認出照片中的英古蘭爵爺，我沒說錯吧？也是她提到夏季在豪斯洛的茶館工作時，目擊英古蘭爵爺和夏洛特．福爾摩斯小姐？」

「是的。妳是怎麼找到她的？和案子又有什麼關聯？」

「針對此事，我無法再多說什麼。現在我只需要妳協助確認這件事。」婦人起身。「夫人，謝謝。」

艾佛利夫人一躍而起。「妳要再多告訴我一些啊！」

哈德遜太太轉身，以憐憫的眼神望著艾佛利夫人。「夫人，如果妳想多知道些什麼，建議妳在城裡多留幾天。妳會聽到更多關於夏洛克．福爾摩斯的消息。」

□

艾勒比警長衝進堅決谷莊園富麗堂皇的前廳，要求與英古蘭爵爺見面。

「爵爺大人還沒下樓。」應門的男僕說道：「他在樓上的私人區域時，我們不該打擾他。不過既然是警方的事情，我可以問問魏許先生能否敲門。」

英古蘭爵爺在艾勒比警長心目中不是那種快到早上十點還不肯離開房間的人。「他不會是生病了吧？」

「稍早看到他的時候，他還很健康。」

「你什麼時候見到他的？」

「七點半。昨晚他要求廚房做一個柑橘塔，今天早上我把塔送去他的居所，當時他看起來很好。」

「好吧，你快去找魏許先生。和他說我有消息要向爵爺大人報告——他一定會想知道這件事。」

這個消息肯定會讓他樂壞了。

在奈維爾太太家發現的炸彈外表確實可怕，但只是個不會爆炸的假貨——裡頭沒有硝石和磷，塞滿了煤灰和類似小蘇打粉的粉末。

福爾摩斯先生曾懷疑水箱被人動過手腳。當他們發現事實並非如此時，便認定有人想陷害英古蘭爵爺的論點出現漏洞。不過有了這個假炸彈——絕非巧合——他的理論有機會起死回生。

千百道思緒在艾勒比警長腦海裡亂竄，他在前廳來回踱步，留守的警員投以驚訝的目光。他應該要發布通告給附近的警署，要求他們協助尋找另一具失蹤的屍體。他可以再次訊問所有僕役，看看到底是誰把原本的鎖掛回冰窖門上。要是沒有人承認，那就證實了英古蘭爵爺的說法，是他做了這件事。他可以——

「艾勒比警長。」

說話者是正經八百的魏許先生，比起爵爺，他讓艾勒比更加緊張。「是的，魏許先生？」

「很遺憾，英古蘭爵爺不在他的私人居所內。」魏許先生說：「也不在屋裡的任何一個地方。」

艾勒比瞪著管家，管家也瞪著他——然後吞吞口水。

他第一次發覺原來在某些情況下，魏許先生也會緊張得六神無主。

「先生，你確定嗎？警方曾明確指示爵爺大人不得離開這棟大宅。」

「我可以確定。我問過戶外的僕役，他說英古蘭爵爺在今早七點五十分左右要求備馬，無論是他，還是馬匹都沒有回來。」

艾勒比可是帶來了天大的好消息啊！只要英古蘭爵爺再有耐性一點，只要他對這個世界更有信心。

現在他成了逃亡者。若他就這樣遠走高飛，那或許不會有事。但假如他被逮到了——

那麼，等著他的就會是絞架。

第十九章

富勒總督察和崔德斯提早十五分鐘抵達豪斯洛區那間茶館，不過福爾摩斯小姐已經坐在店裡了。崔德斯感受到上司稍縱即逝的困惑，他也有些訝異，因為前來赴會的福爾摩斯小姐打扮得格外簡約。

裙襬上沒有一排又一排的蝴蝶結，袖口沒有拖著好幾呎長的蕾絲。他只看過她被斑斕的色彩、過度的裝飾包裹，彷彿她的裁縫只要能多縫上一把亮片就能多收點錢。相較之下，她這套樸素的裙裝簡直和修女服一樣古板。

不過呢，要是他從富勒的角度來看，他會看到一名年輕女子，打扮相當合宜，眼神清澈嚴肅，儀態顯示出超齡的莊重。

她身旁有另一名女士陪伴，那人年紀是她的兩倍，但風韻猶存。她的穿著華麗許多，不過那些花巧的裝飾透露的是富裕，而非放蕩。

在公開場合與女性同坐一桌讓崔德斯有些不自在——而且還是兩位女士。當然了，社會風氣在變，但是男女公然共餐——他從來不是這麼前衛的人。

假如福爾摩斯小姐能給他一點情勢好轉的暗示，只要能知道英古蘭爵爺把自身命運託付給她並非徒勞，這些不自在也都值得了。

然而福爾摩斯小姐臉上沒有半點認出他的跡象——崔德斯想到兩人其實從未正式見過面。雙方互報身分，福爾摩斯小姐介紹身旁的女士是華生太太。「她資助我的生活所需，我擔任她的女伴。」

兩名警官互看一眼。什麼樣的女士會找來墮落女子當女伴？

華生太太盈盈一笑，說道：「我以前當過演員，那些應徵女伴的好人家女孩通常不會看上我提出的職缺。福爾摩斯小姐和我是完美的搭配。」

福爾摩斯小姐對著她的「金主」點頭致意。

崔德斯忍不住讚嘆福爾摩斯小姐的人脈。這個逃家的年輕女子爲何能在短時間內建立起如此可靠的社交網絡？

熱茶、切片蛋糕、迷你三明治一會就送上桌，四人聊了幾句天氣，接著富勒就開工了。

「福爾摩斯小姐，感謝妳答應與我們見面。我想妳應該聽說英古蘭夫人過世的消息了？」

「是的，我看過報導了。」

崔德斯微微一驚，立刻意識到在她回答之前，他完全沒想起她就是雪林福．福爾摩斯，那個陪同警方進冰窖檢視英古蘭夫人屍體的人。

「妳不是直接從英古蘭爵爺那邊得知此事嗎？」富勒狐疑地問道。

「他和我並沒有固定聯繫。」

福爾摩斯小姐扯謊的功力可說是出神入化，每一個字都無比自然，蘊藏著說服力。她溫和而堅定地擋回富勒的疑問。

是的，今年夏天她和英古蘭爵爺在這間茶館裡巧遇。

眞有這麼巧嗎？再怎麼巧也不會比這裡的女服務生剛好跑去幾百哩外的旅館爲艾佛利夫人打掃房間還巧。

英古蘭夫人的敵意？沒這回事。不被她喜愛才是常態——她對外界的反感是不分對象的，並沒有針對任何一個人。

多年好友成了殺害妻子的頭號嫌疑犯，福爾摩斯小姐不爲他擔心嗎？不會，她完全信任倫敦警察廳會查明眞相。

「如果眞相對英古蘭爵爺不利呢？」

「那有誰幫得上忙嗎？」

崔德斯只盼望這不是她的眞心話。她疏遠的語氣令人沮喪。

富勒稍稍靠上前。「福爾摩斯小姐，妳是否察覺到英古蘭爵爺對妳懷抱情意？」

華生太太倒抽一口氣。

福爾摩斯小姐幾天前就知道這事了——如果依照英古蘭爵爺的聲明，她已經知道好幾年了——現在毫無動搖。「他確實對我有些感情。可是愛情？我還以爲他這輩子已經享受過足夠的浪漫愛情了。」

富勒靠上椅背，凝視著她，腦中肯定是回想起艾佛利夫人評論她有多古怪。對於這個或許缺少人性的女子，古怪已經是讚美了。

「福爾摩斯小姐，妳現在的情勢很棘手。」富勒開啓了新的話題。

「是嗎？」

她的反問讓富勒停頓更久。她的表現一點都不像身陷麻煩的女性。除了超乎尋常的鎮靜，以及她的金主華生太太顯然對這個「女伴」有些敬畏。

「因爲妳的選擇，妳永遠無法回歸家庭了。」

「總督察，你沒見過我的雙親。我不知道有多少人會想永遠成爲他們家的一份子。」

「令姊呢？」

「你們透過我製作給她使用的密碼聯繫我，我想你們已經見過她了？」

「是的。」

「你們是否感受到她認爲這些事情都是我的錯？」

「沒有。」

「那麼我所處的情勢究竟哪裡棘手了？」

富勒啞口無言。

「兩位想必難以理解這個概念，名聲掃地反而讓我進入了嶄新的世界。我更喜愛現在的生活，擁有隨心所欲的自由。多虧了親愛的華生太太，我也不缺錢花用。是的，根據我的估測，我目前的狀況是值得旁人羨慕的。」

富勒攪了攪茶水。「很好。但是如果妳嫁給英古蘭爵爺，妳的地位不就更讓人稱羨嗎？」

「怎麼說？社交界於我如浮雲。我對理家沒多大興致，更沒考慮過生兒育女。現在我是自己的主人，爲什麼要找個爵爺、找個老爺來壓在自己頭上？」

「英古蘭爵爺在妳眼中沒有任何魅力嗎？」

「肯定是有的，我曾向他求歡三次。」

就連富勒也不由得瞠目結舌。「不是求婚，是求歡？」

「是的。從以前到現在，我一直認爲他會是個很好的情人。」

「可是妳沒考慮和他結婚，以最確實的方式讓他成爲妳的情人？」

「沒有。我的目的非常單純，沒有理由和男人結婚。」

「英古蘭爵爺知道嗎？」

英古蘭爵爺是再清楚不過了，但崔德斯還是屏息等待她的答案。

「他比任何人都明白。我想不想嫁給他，這只是個假命題。無論如何，他不會娶我的。」

「因爲妳向他三度求歡？」

福爾摩斯小姐勾起嘴角，似乎覺得富勒的問題有些可笑。「因爲他不相信我會愛他，而且他這個想法沒有錯。我發現愛情是個難以捉摸的概念——扯上婚姻的話更是如此。男人女人都會改變，感情也會變，然而我們卻得要基於一時的情緒，締結一輩子的契約。」

「婚姻不是這樣的。」崔德斯脫口而出。「走入婚姻的人知道改變遲早會來，重點是要與對方一同承受生命中的起落。」

「探長，是這樣嗎？還是說走入婚姻的人，期盼的是一切都能停留在結婚那一天？我觀察過的婚姻大多沒這麼樂觀，因爲至少會有一方因爲時間帶來的改變而後悔。」

她直視他的雙眼，彷彿早已知曉他與愛麗絲重新建立起的脆弱情感。彷彿她早已觀察到他的恐懼，知道他怕自己無法讓這份情感開花結果，也怕它終將磨損斷裂。

他別開臉，感到無比的羞愧，因爲他無法爲自己的婚姻，爲婚姻的美好辯護。

她的視線回到富勒身上。「不是的，總督察，英古蘭爵爺不會娶我的——即便是爲了愛。」

她停下來想了幾秒。「特別不是爲了愛。」

□

「三次？三次？」一搭上馬車，華生太太立刻叫出聲來。

夏洛特抖順裙襬。「嚴格來說是兩次半。第二次我只是需要一個工具來解決我的處女之身，他不肯聽話。」

羅傑．蕭伯里因爲個性極度軟弱而聽從了她的命令。

華生太太嘆息，似乎是難以相信現下的話題，即使提起這件事的人是她。「希望妳別計較我無可救藥的好奇個性，請問另兩次是？」

謀殺案調查眞是神奇，能讓倫敦兩名高階警官深入探究夏洛特與英古蘭爵爺之間的情感——或者該說是欠缺的情感。現在輪到華生太太執意過問，想多知道一些她朋友和女伴間究竟是怎麼一回事。

「第三次是在上貝克街十八號，在妳提出拿夏洛克．福爾摩斯的天賦來賺錢的高明主意之前。他提議資助我移居美國，那裡沒人認識我。我說只要他讓我當他的情婦，我就答應這個提案。他拒絕了。」

就算當時他不用擔心危害到她，反正她已無路可退了。那個男人老在不必要的時刻執拗到極點。

「那第一次呢？」華生太太有點喘不過氣。

「在我滿十七歲前不久。當時我們認識了一陣子，我判斷他會是個不錯——至少是夠有意思——的情人。」

「可是你們還那麼小，根本還是兩個孩子！」

夏洛特心想，度過了如此多采多姿的歲月，華生太太還眞是容易害羞。至少在夏洛特面前是如此。

「十六歲女孩子嫁人的消息時有所聞，而且他那時候已經失去童貞了。我可沒有威脅要對他辣手摧花。」

華生太太格格輕笑。「他拒絕了妳的提案。」

「在我奉上包裝精美的避孕套之後，沒錯。」

華生太太雙手掩嘴，再次羞得無力招架。「妳是從哪弄來那種東西的？」

「我應該向妳提過家姊和我只要逮到機會，就會潛入家父的書房？」

華生太太點點頭。

亨利爵士與福爾摩斯夫人從未向孩子說起眞正有重要性的事情，比如說他們家已經接近破產。兩個最小的女兒互相合作，養成自己查明一切的習慣。

「我每次都會翻閱家父的日記。某次他紀錄了購買保險套的店家名稱及地址，我寫信給那間店，詢問是否能郵購。他們很樂意幫忙，於是我寄出郵政匯票，在家附近的郵局領取包裹。」

「妳才十六歲就做出這些事？」

「沒有，是在前一年，我十五歲的時候。」

「妳沒在十五歲那年就向爵爺大人求愛，眞是不可思議——同時我也鬆了一口氣。」

「我有想過，不過那時候我還不夠好奇。」

「雖然妳已經買了保險套？」

「全部列出來的話，其實是保險套、海綿，以及灌洗用的針筒，就怕部分精液沒被前面兩道防線擋住。店家還免費附上一本約翰．克萊倫的色情小說。」

華生太太倒抽一口氣。「妳怎麼處理那個東西？」

「我看完了，然後用市價的兩倍賣給羅傑．蕭伯里。」

華生太太嘴唇動了動，沒有發出半點聲音。

「我知道。」夏洛特搖搖頭。「蕭伯里先生確實沒什麼出息。」

「英古蘭爵爺知道這件事嗎？」華生太太的嗓音像是被什麼東西嗆到。

「是他居間促成那次交易——還從中間抽成。」夏洛特笑了笑。「當年他還沒現在這樣古板。」

她並不會緬懷過去的他——那時他充滿豪情壯志，但也天眞又傲慢。逆境並不會讓每一個人成長——否則世界上便充滿毫無缺陷、眼界卓越的男男女女了。不過英古蘭爵爺寬容而克制地承受了那些不幸，選擇成爲更好的男人。

夏洛特評論他個性古板，絕對不是希望他恢復以往的性情——她喜歡他現在的模樣——她只是打從心底期盼他能讓自己快樂。

或者至少別背負那麼沉重的擔子。

她不知道這份期望是否能實現。

「他對妳懷抱愛意，這眞的不會改變妳的想法嗎？」華生太太語氣虛軟，情緒卻很高亢。

夏洛特嘆息。「這不是會不會改變想法的問題，重點是他和我對人生的期望可說是天差地遠。比起需求不同的兩個人卻要維繫情感，讓有同樣需求的人墜入愛河實在是簡單多了。」

華生太太一時屏息。「福爾摩斯小姐，妳這是——妳的意思是，妳愛著他嗎？」

夏洛特沒有回應。

她說的已經夠多了。

□

莉薇亞好佩服自己，簡直佩服到要五體投地了。

她趁奈維爾太太忙著處理那顆炸彈，婉拒了派遣女僕陪自己回家的好意。「妳比我還需要她。這條路線的車我搭過太多次，女士車廂從沒出過任何問題。別擔心，我的雙親什麼都不會知道。」

她難得成功說服奈維爾太太。

然而當她租來的馬車駛近莫頓克羅斯療養院時，那股火熱的自信漸漸散去。和她上次來訪時相比，庭院失色不少，與記憶中陽光普照、修剪整齊的樣貌差得多了。所有窗戶都被遮板蓋住——現在還是大白天呢！沒有半點光芒從從窗戶邊緣透出，也就是說在這個冰冷灰暗的日子，屋裡沒有任何一根蠟燭、一盞燈是亮著的。

沒有人應門。她拉了好幾次門鈴，連睡美人都該被吵醒了。

還是沒有人現身。

想起通往柵門的小徑，她跑了過去，推開柵門，敲響一棟小屋的門。終於有人回應她了，對方是名雙手沾滿麵粉的婦人。

「午安，小姐。」婦人小心翼翼地打招呼。

「午安。請問隔壁屋裡的人都去哪裡了呢？要如何稱呼妳？」

「葛涅特。他們都去南法過冬啦。」

南法，莉薇亞夢寐以求的度假勝地。一瞬間，她好羨慕貝娜蒂，不過下一秒她自問以雙親支付的微薄酬勞，貝娜蒂怎麼可能出國旅遊呢？莫頓克羅斯療養院再怎麼仁慈，也不太可能這麼做吧？

「那些無法照顧自己的女士們都去南法了？」

葛涅特太太一臉困惑。「隔壁家裡只有一位女士，她可以把自己照顧得很好。」

「只有一位女士？」

「還有她的丈夫和幾個兒子，不過屋裡的女性只有她一個人。」

莉薇亞耳朵嗡嗡作響。「可是我上禮拜來過這裡，親眼看到屋裡有好幾位女士。」

「上禮拜我和我家老爺去看孫子了。小姐是不是找錯人家了？」

葛涅特太太的語氣充滿同情，這只讓莉薇亞的嗓音拉得更尖。「就是這棟屋子！」

「好吧。」葛涅特充滿歉意地說道：「那家人兩個禮拜前動身。我不知道上禮拜屋裡爲什麼會出現好幾位女士，我眞的不知道。」

□

夏洛特在聖約翰伍德區的小屋下車，昨晚她在這裡和費爾太太見面，之後也在這邊過夜。她向華生太太揮手道別，目送她離開。

一進屋，她一口氣摘下帽子及假髮——這回是女性的假髮——坐到梳妝台前按摩頭皮。鏡裡的她看起來瘦了一些，她的下巴層數是否已經降到一點二層了？

鏡中浮現另一張臉。「在數下巴厚度嗎？」

「我？你竟敢說我是眼中只有自己的自戀狂！」

英古蘭爵爺笑了。「和警方談得如何？」

「你應該能想像。」她轉過身。他離她很近，這是她最喜歡的距離感。「你不該出現在這裡。」

「我知道。」

她嘆息。「說說我離開後發生了什麼事吧——我猜你來這裡不是只想和我睡覺。」

他靠得更近了。「妳猜錯了。」

□

「和妳躺在同一張床上，我到現在心裡還是不太安穩。」英古蘭爵爺說。

「我只是覺得大白天的躺在床上很奇怪。」福爾摩斯應道：「不過我不介意。」

她愉快地凝視他——如此親愛的眼神令他心跳加速。他們之間只有幾吋距離，他以一邊手肘撐起上身，她靠著枕頭，一手墊在臉頰下。他撥開落在她前額的髮絲，小心避開她的肌膚。

「我曾聽令姊說妳不喜歡與人相擁，這是眞的嗎？」

她想了一會。「有時候莉薇亞需要有人讓她抱著，我是唯一合適的對象。小時候，我常常掙脫她的懷抱，逃到房間角落。但我只是不希望這個擁抱長到沒有盡頭，並不代表我無法忍受。後來我學會數到三百，也就是五分鐘——之後我發現她大概只需要一半的時間。我可以忍受兩三分鐘的擁抱，只是莉薇亞到現在還有點猶豫——我逃出她擁抱的舉動依舊讓她害怕。」

換作是他，他也會心懷恐懼。

老實說他有時候也會被她嚇到，即便她什麼都沒做，只是盡責地扮演摯友的角色。

她揚手，遲疑幾秒——彷彿是認定會被他推開——接著才伸長手臂，以手背觸碰他的下頷。「我知道我說過了，但你眞的不該過來。」

「我知道，我瘋了。」

她嘖了一聲。「不過我想我並沒有那麼生氣，特別是在你……你做的那件事叫什麼來著？」

「小姐，我爲妳做的事不只一件。」

「你知道我指的是哪一件。我想就連索多瑪與蛾摩拉的居民都做不出那種事。」

「別瞧不起索多瑪與蛾摩拉：羅得的兩個女兒在索多瑪待過之後，連亂倫都沒放在眼裡啦。」

她笑出聲來，過了好一陣才緩過氣。「天啊，你在床上發揮的幽默感眞是不得了。」

現在輪到他咧嘴而笑。「或許是因爲滾床單後讓我放鬆不少。」

「既然你都這麼說了……」她壓到他身上。「時間還夠我們再做一次嗎？」

□

「我沒有。」夏洛特抗議。

「妳有。」英古蘭爵爺堅持道，且差點笑出來。「妳對我說我長得很怪。妳說羅傑·蕭伯里的長相很完美，但我的臉怎麼看都不對勁。」

「沒有，我寫的是每個人的臉在我眼中都很怪。羅傑的臉也一樣，因爲他的五官接近完美的對稱，這是很罕見的狀況。」

「這和他擁有完美的長相有什麼不同？」

她愉快地打量他的臉龐，因爲上頭有太多吸引她的要素，羅傑．蕭伯里根本比不上。「爵爺大人，我近來有沒有向你提過，蕭伯里先生與你相比，實在不是個合適的情人？」

俊朗的笑容緩緩擴散到他整張臉。「抱歉，剛才有千萬朵花在我的靈魂裡綻放。」

她也露出微笑。「不知道爲什麼，我開始沉溺在你這種卑鄙的言行中了。」

她不太清楚自己是否想理解完整的人類情緒——每一種情緒之間的差異是如此細微。然而這種溫暖、愚蠢、共享的喜悅，她並不介意反覆體驗，直到她能理解它在這個世間的定位。

唉，他們不能繼續縮在這個小小天地裡、避開現實了。她的情人立刻回應她稍早的請求，說明堅決谷莊園裡發生的一切，以他的離去作爲高潮結局。

「情勢變化比我想像得還要快。」她低喃。

「假如我不趁著這個時機離開，妳就要到監獄裡探望我了。」

她豎起一根手指，劃過他的前額。「富勒總督察深信你殺害了懷上其他男人小孩而來向你求助的妻子。如果英古蘭夫人眞的以這種狀態、這種理由回到莊園，你會怎麼做？」

「光想就讓我作惡夢。」

「可是你終究還是會接受那個孩子的吧。」

他深深地嘆息。「當然，我也是這種狀況下誕生的孩子。」其實差得多了。他雙親對此事的理解正如富勒總督察的猜測，完全沒有他在婚姻中遭逢的尖酸批評。但他永遠不會怪罪孩子，一定會盡全力確保那個孩子生活在善意之中，生活絕無匱乏。

她一手按住他的手臂。「聽我說一件事。我在認識你的前一年認識了羅傑．蕭伯利——當時我還漫不經心地想著或許有一天我會吻他，試試看那是什麼感覺。不過我一見到你，馬上就知道那個人是你，絕對不是他。」

「絕對？」

「絕對。與他相處時，我從未允許他親吻我。不過這不是重點。」

他的唇緩緩吻過她。「老實說，福爾摩斯，我真不知道妳怎麼有辦法每次都能語出驚人。」

「艾許，別小看我了。」她告誡道。「好啦，當時我對『有一天』的概念是滿二十歲，或是差不多成熟的年紀。然後，你還記得在令伯父的莊園發生的墨水事件嗎？」

「什麼墨水事件？」

「兩個男生打造出能把墨水噴往遠處的裝置。他們決定拿某個女生來做實驗，可惜出了差錯，墨水反而淋了他們一身。」

「喔，那件事啊。對，我還記得。」

「我打量他們手上的墨漬，面積大到無法以寫字時的意外來自圓其說。當時，在事發之前，我看見你的手上除了在羅馬挖掘遺跡時沾染的泥土，還有明顯的墨漬。等到事件發生，大家嚇得六神無主，除了我之外，只有你沒有笑。」

「妳不佩服我的冷靜嗎？」

她愣了一會，注意力被他遙遠的側臉吸引，即使如此靠近，他們還是離得好遠。「我忙著研究他們做的玩意兒，確認他們的目標究竟是哪個女生。你知道他們想拿莉薇亞下手嗎？」

「假如目標是妳，我才不會大費周章，啓動他們的裝置，毀了我的上衣。」他嘆息。「我不認爲莉薇亞小姐會在意這種事。」

「確實，她只是會深深受到羞辱及傷害。總之，隔天早上醒來時，我發現我心中充滿想要吻你的邪惡衝動。我連一個禮拜都不想等，更別說是七年了。」

他凝視她好半晌，輕聲說道：「謝謝。」展臂將她擁住。

這個擁抱持續了兩分鐘，沒有多出半秒。

□

「多待一會吧。」她說：「你哪兒都別去。」

英古蘭爵爺不記得福爾摩斯曾用這種語氣說話。聽起來很接近……焦慮。他扣上褲子吊帶，拿起背心。「我出門時身上只有這套衣服與柑橘塔，雪林福．福爾摩斯的衣服對我來說應該不太合身吧。」

「我可以派人送華生醫師的衣服給你——華生太太還收著不少他的遺物。」

他搖搖頭。「妳甚至沒問起柑橘塔的下落。妳到底是誰？妳對夏洛特．福爾摩斯做了什麼？」

她爬下床鋪，披上睡袍。「那麼，柑橘塔在哪？」

「我收進儲藏室了。」

「謝謝。」

「區區柑橘塔，不足掛齒，況且我的動機不單純：我要擠下班克羅夫特，成爲妳最愛的高級糕點供應商。」

「班克羅夫特爵爺的動機也不比你單純。我想的不是柑橘塔，而是索多瑪與蛾摩拉居民沒有幹過——或者是眞的幹過——的好事。」

這番話或許可以解讀爲挑逗，然而她的語氣完全不是如此。她的表情更是緊繃、眼睛半閉著。

他捧起她的臉幾秒。「還是擔心到無法思考？」

這是當然的——還得要讓他提醒柑橘塔的存在。

她沒有回答，在房裡走來走去，等他穿好衣服。

「沒事的，我會帶點東西回來給妳吃。哈洛德百貨的午茶套餐如何？還是妳希望我光顧油膩膩的烤肉專賣店？」

她依舊沉默，隨他來到玄關。兩人靜靜地對望片刻，她的沉默少了些緊繃，多了些留戀；他長嘆一聲。

「我會在午茶時間前回來。」他說。「妳想不想試試公立學校的男孩子自己弄的午茶？炒蛋、罐頭豆子、塗滿奶油的吐司？」

她的嘴角稍稍往下勾。「哈洛德的套餐也帶一份回來吧，就怕你的廚藝不怎麼樣。」

「我會的。福爾摩斯，有沒有人和妳說過妳是浪漫的化身？」

說完，他吻了她，走出屋外。

□

啊，倫敦。吵鬧、臭氣熏天、過度擁擠的倫敦。他對都會地帶沒多大好感，但今天他能寫出十四行詩，不對，他要寫整整五段的頌詩來歌詠瀰漫四周的毒氣和藏污納垢的路面。

在寧靜的鄉間待了一陣子，他需要看看滿街的行人來紓解那股難耐的孤寂。在堅泱谷莊園接受眾人注視，到了倫敦，他只是個混雜在數十萬人之間的陌生人，大家只顧著自己的事情，這感覺實在是太美好了。

他抵達艾比路，向一輛雙輪小馬車招手。這時有人拍拍他的肩膀。他轉過身，迎上一臉震驚的崔德斯探長和笑容可掬的富勒總督察。

「爵爺大人。」富勒總督察的語氣活像是滿口雞毛的狐狸。「抱歉打擾您散步，要請您隨我們走一趟。」

第二十章

堅決谷莊園

三天前

「留意你在我面前說出口的話。我完全不排除有這個可能性：當英古蘭夫人前來綁架露西妲和卡利索，你殺害了她，無論是無意還是有心。」

沉默。

英古蘭爵爺心想，他究竟摔得多嚴重，就連福爾摩斯都懷疑他可能殺人——甚至是謀殺。不過她肯定推敲過了所有可能性。

「她沒有來綁架孩子，我也沒有殺她。」

「那你的兒女身在何處？」

「我說過了，他們和雷明頓在一起。」

她緊盯著他，他沒有移開目光。在她面前，他不需要遮掩——除了某些情感——就算必須完全坦誠，他還是想顧全自己的尊嚴。

「昨晚我去了你的居所，更衣室角落塞了一雙靴子，鞋底卡滿煤灰。幾年前，你在信中提到因爲你的建議，大宅地底下新開了一條隧道，連接煤炭地窖和溫室鍋爐。你到底——」

她一頓。

「原來如此。你希望某人認定你的孩子還在這裡，爲什麼？曾經有人打算綁架他們嗎？」

他吐出憋住的氣。直到這一刻，他才意識到她方才的懷疑有多麼沉重。「意圖綁架他們的犯人放火引開注意，不過他們沒有成功。」

「那是什麼時候的事？」

「一個月前。」

「雷明頓什麼時候來的？」

「過了幾天。其實他稍早曾自行來訪，但這次是應我的請求前來。」

她托著下巴。「我難以相信你眞的讓孩子從你的眼皮下離開，其他人想必也抱持著同樣疑惑。」

「那正是我所希望的，我讓童話小屋和隧道保留近期有小孩子居住過的跡象。」

她緩緩點頭，拿湯匙攪拌夏洛特蛋糕上的巴伐利亞奶油，接著切開底層的海綿蛋糕。情勢惡劣到她只顧著將甜點解體，完全沒想到要往嘴裡送？方才的安慰瞬間煙消雲散。

你應當要害怕，稍早她曾這麼說。我也是。

方才他漂浮在焦慮與痛苦的汪洋之中，她的說詞似乎沒有帶來應有的衝擊。現在他終於理解，儘管自己命在旦夕，他很可能只看見事件最淺顯的表面。

她的視線離開支離破碎的夏洛特蛋糕。「你還有些事瞞著我。莉薇亞的信中描述了今天下午與你會面的驚恐過程。起先她只說得出冰窖這個詞，她說你的神態疲憊但很冷靜。直到她提起英古蘭夫人的名字，你才眞正陷入震驚。因此我很想知道冰窖裡還發生了什麼事？」

光是看了她姊姊的來信就能推斷出他的反應，他應該可以把解謎的任務託付給她吧。他提到那個自稱喬治・巴爾的男子，說他可能只是個小賊，說那名男子被關進冰窖，等他調查清楚對方的眞實身分再決定下一步。

「當我站在第二個房間，納悶喬治・巴爾是如何逃脫之時，英古蘭夫人的遺體一定早就放在冰穴上了。但我沒有繼續前進，因爲冰窖的每一扇門外都有巨大的門閂，下一扇門的門閂沒有移動過的跡象。福爾摩斯小姐跑來找我，結結巴巴地提到冰窖時，我想我眞是太蠢了，沒有確認得更仔細。要是巴爾有人協助，要是對方判定巴爾已經沒用了，他很可能會殺了巴爾，把他拖進冰窖深處，拖延被人發現的時間。沒想到……」

她一湯匙壓扁夏洛特蛋糕的殘骸。他抓住她的手腕。「住手。我現在眞的嚇壞了。」

他感受到她手臂的肌肉緊繃，似乎是想縮手，不過下一秒，她乖乖放下湯匙，伸展手指。

他呼出一口氣，鬆開手。「我什麼都說了。現在輪到妳和我說妳有什麼事情瞞著我。」

「我？」

「對，妳。今天所有的事情裡頭，最難以解釋的就是妳的反應了。妳從來沒有怕到吃不下東西。到底怎麼了？」

「我就不能單純地關心你嗎？」

「福爾摩斯，妳和我說我妻子投入莫里亞提麾下時，吃掉了六顆馬卡龍。」

「是沒錯。那些馬卡龍太美味了。」

「這個——」他指著甜點的殘骸。「美味的夏洛特蛋糕，換在其他時刻，妳會連吃兩塊，而且還是在吃完魏許先生送上的蛋糕之後。」

她盯著盤子上的一團混亂。「好吧，有幾件事我還沒搞清楚，但我可以清楚告訴你有人想要陷害你。如果冰窖裡真的還藏著同夥，最大的嫌疑馬上會落到英古蘭夫人頭上——至少我們這些知道真相的人會這麼想。即使你斷言那具屍體就是夫人，我敢說你內心深處依舊認定她是幕後黑手。」

她說得沒錯。

「我知道你不清楚她是否恨你恨到非得要動用這種手段。我深信她很樂意看你走上末路，但還不至於拚上自己的性命。因此我們得要排除她身為首腦的可能性。」

「她是個卒子——可能是棋盤上最重要的角色——不過這是別人的棋局。於是我想問，這盤棋一開始就犧牲英古蘭夫人，最終目的究竟是什麼？」

他邊吃邊聽——他從午餐後餓到現在。但野味鹹派在他的胃袋裡結塊，沉重如石塊。「什麼？」

她起身。房裡放了一壺水，她把水壺擺到壁爐上。「英古蘭夫人出現在冰窖裡讓情勢更加撲朔迷離。不過如果要我舉出這個陰謀的動機，我會說是芬奇先生。」

「令兄芬奇先生？」

她點頭。

馬隆．芬奇先生曾是莫里亞提的手下，但他選擇脫離組織。英古蘭夫人裝成芬奇先生過去的情人，要求夏洛克．福爾摩斯找到他，因爲她知道他是夏洛特．福爾摩斯的同父異母兄長。

「就只是爲了抓回叛徒，妳不覺得有點極端嗎？」

她回到桌邊。「要看他從莫里亞提身上偷走什麼東西了。」

福爾摩斯曾說根據史蒂芬．馬伯頓的情報，芬奇先生離開時也順便帶走了莫里亞提的貴重物品。

「到底會是什麼東西？在明年的即位紀念日暗殺女王的計畫？」

「芬奇先生是莫里亞提的解碼員。我認爲他帶走了正在破解的密文，內容應是較私人的情報。」

她拈起一縷髮絲，然後讓頭髮滑落指間。她目前頭髮長度不夠，只在髮尾帶了一點捲度。若要他想像她剪去大部分鬈髮，他覺得她會變得像是小男生。沒想到短髮只是更突顯了她的眼眸和唇瓣。

「我一直沒機會向你提起這件事。」她繼續道：「今年夏天我最後一次見到你那天，我也和芬奇先生見面了。」

「妳找到他了？」

「其實不到幾天前，你與我還和他共處一室呢，只是當時我沒察覺他的眞實身分。」

是他到她父親的律師辦公室找她那天。當時有另四名男性在場，他們想要強行綁架她，讓她回到痛苦萬分的家庭懷抱。「妳是說令尊帶來的馬夫？幫妳和莉薇亞小姐送信的那個人？」

「他就是芬奇先生。我問過他拿了什麼，他拒絕告訴我。」

「妳確定他目前還沒被逮到嗎？」

「我有理由相信。儘管在我們見面的那一夜，他差點被人抓走。若不是馬伯頓先生及時現身，會有什麼後果就難說了。」

「意思是妳和莫里亞提的人馬接觸過？天啊，福爾摩斯——」

「我沒事，好得很。最重要的是——芬奇先生尚未落入莫里亞提手中。」

「之後呢？莫里亞提的手下還有繼續騷擾妳嗎？」

「應該沒有吧。只是——」她指了指頭髮和一身男裝。「我開始學習如何扮成男性，想在短時間內學好。馬伯頓先生穿上女裝來找我們——確實毫無破綻。那天夜裡，我們都靠著扮成異性溜走。」

「我就在納悶妳是如何、爲了什麼才會練習到這個地步，畢竟妳不是——」他閉上嘴。「我一定漏掉了什麼。爲什麼會有人想藉由誣陷我犯下謀殺案，來對芬奇先生下手？」

她什麼都沒說。

過了半晌，他開口道：「妳的意思是他們認爲妳知道，只要讓我陷入危機，妳就可能把芬奇先生送入他們手中？」

她依舊沉默。

「他們是對的嗎？」

「錯了，我不知道芬奇先生的下落。」

「妳知道我的重點。他們透過我來對妳施壓，這樣說對嗎？」

這回她的沉默持續了更久。「隱身幕後的對手抱持著這份期望，因此我們必須做兩件事。首先，我們要讓他們繼續相信這個假設，因此我們必須盡快成爲情人——請相信我，這個提議並不是要趁機占你便宜。」

他哼了一聲，但她凝重的語氣阻絕了一切輕浮想法。

「再來，我們或許要在某個時間點犧牲你，應該要說是不這麼做不行。不是犧牲你的性命，只是你的自由——暫時而已。一定要看到你因爲謀殺妻子，還有那個可憐的白痴村民，遭受警方拘留，否則我們的對手絕對不會露出馬腳。」

他好想抽根菸，讓腦袋恢復清晰，神經穩定下來。腦袋總是清晰無比、神經從未動搖的福爾摩斯——他情願相信仍是如此，只要她清掉那團該死的夏洛特蛋糕——細細打量他，彷彿聽得見他的心跳和血液奔流聲。

「我擔心了一陣子，就怕會發生這種事。」她繼續道：「我沒料到英古蘭夫人會死，也沒料到他們會透過你對我施壓。只知道這份壓力終究會降臨，讓我在無意間透露芬奇先生的下落，只要一瞬間說溜嘴就好。我知道要是追捕他的人找不到他，我就是最後的線索來源。」

「我最怕的就是他們拿家姊來要脅，特別是貝娜蒂，她無法保護自己，就連生活都無法自理。最後我只能把她從雙親手中偷出來，靠著華生太太在演藝界的朋友相助，打造出虛假的祕密私人精神病院。其中有一位幫手嫁入豪門，提供她的鄉間別墅作爲場景。」

縱使今天遭受接連轟炸，他還是嚇傻了。「妳把貝娜蒂小姐接到身邊？」

「我把她安置在小屋裡。而且我沒辦法離開她太久——自從我離家之後，她惡化得很厲害。」

「莉薇亞小姐知道嗎?」

「還不知道。要是我告訴她實情,就得要警告她也有遭到綁架的危險。莉薇亞平時已經夠焦慮了,我不想增加她的負擔。」

水滾了。他泡了茶,替兩人各倒一杯。他的手還很穩,目前還很穩。「可是到頭來,他們沒有挑上令姊來對付妳。」

「或是華生太太。於是我知道我們的對手並不重視友誼或姊妹情誼,但至少他們體驗過愛情——甚至是對性愛的執著。」

他回想她過去透露的情報——事隔多年,莫里亞提依舊四處追捕膽敢離開他的妻子。「莫里亞提會對某個女性特別執著?」

「芬奇先生告訴我莫里亞提結過三次婚。要是一個男人自願踏入婚姻這麼多次,他不是完全不了解自己,就是對愛情這種關係極為重視。」

兩人默默喝茶。

「你對我的要求有什麼想法?」十指在她下頷組成尖塔。

他愣了幾秒才理解她的疑問。「喔,我願意放棄守貞的誓約,然後去坐牢,別擔心。」

她微微一笑,這個表情總會令他心中警鈴大作。他放下茶杯。「說到這,我還是不覺得妳什麼都說出來了。還差得遠呢。」

她凝視他片刻。「你說得對,我確實沒說出一切。」

第二十一章

「所以說……妳一開局就犧牲掉我了。」英古蘭爵爺對大鬍子訪客說：「妳的棋局進展如何？」

「爵爺大人，請耐心等待。」她回應：「對了，那天我差點餓死，痴痴等著你帶茶點及晚餐回來。我還得要自己去一趟哈洛德百貨買午茶套餐。」

她當然知道一旦他踏出那屋子，馬上就會被警方盯上——他離開堅決谷莊園的時間經過精心計算，讓富勒總督察及時得到情報，在她離開茶館後派人跟蹤她的馬車。她原本還認爲他來得太早——原訂計畫是要他在堅決谷待到不能再待。不過等到他說明當時情勢，她認同他選擇了最恰當的時機。

現在他被關在牢裡，陪伴他度過漫漫長夜的只有那份哈洛德百貨的午茶套餐。

他曾經待過更惡劣的環境——或許是顧慮到他的階級，這間牢房不算髒，氣味甚至不會太臭。但他從未陷入比現在更惡劣的情勢，即使他是自願擔任誘餌。

他把命運託付給她，但要是她下錯一步棋……

「別擔心。」她繼續說下去：「我也拿了兩份套餐給警衛，他們不會和你搶的。」

都到了這個節骨眼，他哪有心情顧慮這籃外帶點心。「我的也分給他們吧。」

「沒吃過牢飯的爵爺大人才會說這種話。上頭不會准許你提出的保釋申請，請以性命保護餐點。」

他觸摸裝餐點的籃子，指尖陷入柳條編的外表。他好想離開這裡，他好想看看自己的孩子。該死，他好想找一面牆躲在後頭，不用接受每一個巡邏警衛的好奇目光洗禮。

「過來。」她說。

他起身，走向她。「我好怕。」

怕死了。

「你應當要害怕，我也是。不過請別忘了——」她的手鑽過欄杆，牢牢握住他的手，眼神澄澈而平靜。「我是這盤棋的皇后——而且我絕不輸棋。」

□

莉薇亞揪住信封。

昨天她看穿莫頓克羅斯療養院的恐怖眞相。她回到家，身心陷入麻木的絕望，聽了大半天母親憤怒的批評，責怪奈維爾太太不夠體貼，沒派個女僕陪莉薇亞回來。

她寫了封信給夏洛特，懇求她做些什麼。什麼都好。她希望能躲過福爾摩斯夫人的監視，把信寄出去，又怕脾氣暴躁的福爾摩斯夫人會把她關在家裡一兩天。

不過早上的郵件裡有一封夏洛特的信。便箋上寫著她們發明的密碼——不是夏洛特要她交給警方的那一種，而是姊妹倆從小使用的凱薩密碼變化版。

經過解讀，夏洛特的訊息是這樣的：

親愛的莉薇亞，

抱歉。貝從一開始就和我在一起，請別再擔心了。下次見面時我會解釋。

夏

註：在那之前，先別理會月光石先生。

□

崔德斯探長盡全力確保英古蘭爵爺被關進乾淨的牢房，受到應有的尊重。但他依然無法抑制那份內疚，彷彿設計讓朋友遭逢牢獄之災的是自己，而非富勒總督察。

「爵爺大人，您不能放棄希望。」他說。

英古蘭爵爺的氣色不算太差——才過了一天，只是遲早的問題。「我沒有，有幾位朋友正在替我奔走。」

「艾勒比警長正在盡全力尋找夏洛克．福爾摩斯提到的另一具屍體。」崔德斯覺得自己蠢透了，連要怎麼幫英古蘭爵爺都不知道。

「在我離開此處前，請代我向他致謝。他真的是一位非常善良的警官。」英古蘭爵爺笑了笑。「探長，你呢？崔德斯太太近來如何？考辛營造公司在她的掌管之下還順利嗎？」

「我想是如此。只能說至少以目前的狀況來看，營運沒有什麼問題，畢竟她的經驗相對來說不太夠。不過她學習的速度令我大吃一驚。」他舌尖嚐到一絲甜蜜，過了一會才意識到那是自豪的滋味——過去他總是以自豪的口吻提起自家妻子，現在他終於找回了那種感覺。「管理如此龐大的公司光想就讓人喘不過氣，但她完全是樂在其中。」

「很高興聽你這麼說。希望在不久的將來，能邀請兩位到堅決谷莊園小聚。」

他想像朋友重獲自由。想像他們夫婦倆手挽著手，走在美麗的莊園裡，聊天歡笑。他沉浸在原諒與理解之中，儘管兩者都不是他有資格享受的特權，但他還是抱持著期望。

不久的將來。

「那是我最大的榮幸。」

英古蘭爵爺勾起嘴角。「有福爾摩斯在，我們沒什麼好怕的。」

□

英古蘭爵爺在牢裡待了超過三十六個小時，夏洛特才等到她引頸企盼的短信，打在一般紙張上，從倫敦最繁忙的角落寄出，信封上的收件人是夏洛克．福爾摩斯。

交出芬奇先生，我將提供讓英古蘭爵爺脫罪的證據。請在報紙上以加十凱薩密碼刊登回覆。

她立刻送出回覆。先交出證據。

早報發行後過了兩個小時，對方的回信來了，這回是直接丟進上貝克街十八號門上的收信口。你們沒有談判的籌碼。用維吉尼爾密碼回覆。關鍵字是STERN。

她深深吸氣，依對方指示，在晚報刊出她的下一則加密訊息：漢普斯德區坎普頓巷二十二號。

□

坎普頓巷二十二號客廳裡的男子已習慣走到哪都能當作自己家一樣自在。他總是帶著同一款大吉嶺茶葉，以及同一雙室內便鞋，無論新的落腳處有多陌生、多麼不友善，他都能有熟悉和舒適感。

這屋子不差。離倫敦市區夠近，能享受都市的便利，但空氣稍微清新了些，街道也沒那麼擠。附近有一間他常去的書店——老實說他在店裡花了太多錢了——隔壁街的茶館食物美味極了。

他身旁放著一杯亞瑪邑白蘭地，手捧布雷登太太的暢銷小說，才剛坐下來就聽到門口傳來可疑聲響。他起身熄掉客廳裡所有燈光。壁爐的火光只能放著了。他握起撥火棒，悄悄躲到大座鐘後頭。

有人進屋，是兩名男子。一人往內走，爬上樓梯。另一人則是朝客廳走來。

他認得這個腳步聲。

不速之客走進客廳，瞥見那杯白蘭地和倉促放下的書本——將左輪手槍上膛。

這棟屋子的住戶從大座鐘後走出來。

不速之客舉槍，下一秒神情驟變。

火光不亮，不過在這麼近的距離之下，兩人都能看清楚對方面容。

「雷明頓。」入侵者冷冷說道。「你在這裡做什麼？」

雷明頓爵爺搖搖頭。他以爲早已做足心理準備，但他依舊差點落淚。「我一直希望不是你。即使知道了一切，我還是希望我們搞錯了，不是你在背後搞鬼，班克羅夫特。」

第二十二章

堅決谷莊園

先前

「你對我的要求有什麼想法？」夏洛特低喃。

「喔，我願意放棄守貞的誓約，然後去坐牢，別擔心。」

她忍不住勾起嘴角。一切事物逐漸失控的當頭，他對守貞的顧慮是難得的熟悉要素，即使這回他的語氣帶了一抹嘲諷，而不是徹底的拒絕。

他放下茶杯。「說到這，我還是不覺得妳什麼都說出來了。還差得遠呢。」

他癱坐在椅子上，一邊肩膀比另一邊低——她極少看到他這麼不夠完美的儀態。疲憊深深陷入他的五官，還有恐懼，不想知道眞相的渴望從他身上往外散發。他肯定是恨透了這般嚴肅的對話——兩人只要開口，友誼就會遭受考驗，或者是顚覆他的人生。

「你說得對。」她有些不情願。「我確實沒說出一切，我還沒告訴你我懷疑的目標。」

他挺直背脊，露出難以置信的表情。「不是莫里亞提？」

「安排雙親把貝娜蒂送走時，我心裡想的不是莫里亞提。」

「是誰？」

「芬奇先生離開莫里亞提的組織後，你想他爲何沒有找上女王的密探？」

「他肯定知道我們之間有叛徒。」

「他可以跳過所有探員，直接與上級接洽。」

現在他一臉困惑。「妳的意思是班克羅夫特在替莫里亞提辦事？」

「不是那樣，班克羅夫特絕對不會讓莫里亞提那種人掌控自己。我敢說他完全瞧不起莫里亞提的組織：它沒有加入或是依靠任何一個國家，僅是如同牆頭草的傭兵團體。在權力與忠誠互相角力的混沌情勢中，它是只會添加混亂的因子。」

英古蘭爵爺呼出一口氣，安心溢於言表。

但是這個不需要與莫里亞提合作的男人，還是會做出該遭受譴責的惡事。她咬住臉頰內側。「然而，芬奇先生從莫里亞提身邊偷走的東西有可能——非常有可能——與班克羅夫特爵爺有關，而班克羅夫特爵爺也知道此事。」

他雙手按住桌緣。「我不會排除這個可能性。班克羅夫特不在乎弄髒自己的手，若是眞有必要，我相信他會與不合適的對象上床，比如說外國政府的探員——或是莫里亞提組織裡的人。」

「可是班克羅夫特不會把祕密透露給逢場作戲的對象。任何帝國都不是靠著乾淨手段建立起來的。我不懂芬奇先生持有的情報怎麼會對班克羅夫特帶來如此殺傷力，導致他們害怕彼此的存在。」

她想了想接下來的說詞。「你收到艾佛利夫人的信件，看到她提起我們在豪斯洛茶館會面的細節時，有什麼想法？」

「我覺得我們的運氣眞是太糟了，在某間茶館爲我們服務的女侍，竟然碰巧在幾個郡外的某間旅館，幫某個熱愛收集與散播流言蜚語的女性打掃房間……」

他的聲音越來越小——他漸漸看出端倪了。

「沒錯，巧到不能再巧了。問題來了：如果這並不是巧合的話呢？如果某人精心設計，希望艾佛利夫人知道我們的會面呢？除了我們兩個，還有誰知道那一天我們進了那間茶館？」

「我知道妳要我說出是班克羅夫特，畢竟是他派手下昂德伍來找我們。不過莫里亞提也可能知道吧？」

話才說出口，他的臉部便扭曲。

她知道他想到什麼。「莫里亞提不可能知道我們的行蹤，因爲那天出發時我們已經甩掉了他的爪牙。相信在那之後你更加留神，確定沒有人跟蹤我們——至少我是如此。更別說在芬奇先生差點被人抓走那一夜，擋住我的馬車的，不是莫里亞提的手下。而是昂德伍先生，班克羅夫特爵爺的人馬。」

之後，她碰上莫里亞提的兄弟，克里斯平·馬伯頓先生。但那次會面氣氛融洽，馬伯頓先生來訪的目的基本上是他的兒子史蒂芬——正如夏洛特爲了莉薇亞而來。尚未準備好結親的雙方擔心同一件事——生怕他們深愛的親人之間出乎意料的情愫會引發複雜的危機。

她沒有讓英古蘭爵爺知道這件事——他們面臨的問題更加迫切。

他皺眉。「妳早就知道班克羅夫特也在找芬奇先生，就算昂德伍先生來抓他也不能證明什麼。」

「既然那一夜的追捕與莫里亞提無關，那麼他不可能知道我掌握了芬奇先生的動向。他更沒有理由對我身旁的人施壓，讓我乖乖就範。」

他握住茶杯，似乎是想從帶著餘溫的茶水汲取暖意。「班克羅夫特到底幹了什麼好事，才會不惜設下如此邪惡的圈套，奪回芬奇先生手上的證據？」

她終於咬了一口夏洛特蛋糕，舌頭上泛起清爽絲滑的美妙味覺——但她的胃袋卻扭攪抗議。她等到這陣抽搐平息。「這是誰做的？」

「班克羅夫特從我這裡挖走的甜點師傅以前的學徒。」

「聊到雷明頓爵爺時，華生太太說班克羅夫特爵爺其實才是家族中的異類。」

「我也聽過這種說法——因為他太過揮霍浪費，家父不信任他。不過那也是很久以前的事了。」

她終於推開遭到解體的夏洛特蛋糕。「是什麼樣的人會在家裡養一個甜點師傅？」

他盯著她，瞪大雙眼，腦中漸漸成型的思緒令他恐懼。「這是什麼意思？」

她深深吸氣。「我是說，你估測他的收入有多少？班克羅夫特爵爺是家中次子，替王室效命，這部分的酬勞想必差強人意。而且就我所知，他並沒有家財萬貫的教父，能給他花用不盡的財產。」

他沒有回應。

「在今年秋天以前，我對男性的服飾認識不深。不過等到我稍有涉獵，我看得出他的穿著明顯比你還要高出幾個檔次。並不是說你的衣服哪裡不好，但他身上的行頭全都是最頂級貨色。」

「別忘了他在波特曼廣場附近的房子，那時他懷抱著我會嫁給他的夢想，買下那棟屋子，裝潢得美輪美奐。我們還開玩笑說他拋棄一切的高雅品味，就爲了迎合我的喜好，不過你是否想過這樣的住所——在絕佳地段的大房子，裡頭塞滿異國風情的浮誇傢飾——要耗費多少資金？」

他按住太陽穴。

「華生太太提到他放蕩揮霍的過往時，也好意提醒我不該以年少輕狂的惡習來評判對方成長後的人格。但我們不是拿過往的習氣來評斷班克羅夫特爵爺，我們看的是他現在的生活習慣。你認爲他從哪裡取得如此可觀的收入？」

他把整張臉都蓋住了。

「或許你知道他每天是如何指揮手下探員辦事。你覺得他們工資或其他必要資金有所短缺嗎？」

他的腦袋在手掌後猛搖。

她呼吸加速，雙手緊握。她伸展僵硬的手指，逼自己輕輕地、慢慢地吐氣。「無論有多麼匪夷所思，最後剩下的可能性必定是眞相。」

□

英古蘭爵爺從椅子上彈起。

假如有人爬到班克羅夫特現在的地位，又有大量無法解釋的收入——假如他沒有私呑公款，那就只剩下一個可能性了。

出賣國家機密。

英古蘭爵爺很想否定這個可能性，他好想大吼抗議她怎麼能對他的兄長提出如此荒謬的指控。可是無論表面上看起來有多麼荒謬，眞相總是擁有無法否認的實質重量。是的，班克羅夫特是王室的珍貴資產。他能力極高，任何變故都能從容面對。但他也是個缺乏忠誠的男人，他只效忠於自己。到了這個地步，英古蘭爵爺無法肯定班克羅夫特是否値得尊敬。

老天爺啊，班克羅夫特每一次命令他的部屬爲了女王和國家賣命……

他不知道自己究竟是想哭還是想砸毀身旁物品。他只知道自己緊緊抓住爐架，感覺內心再也無法恢復溫暖。

「我很遺憾。」她在他身旁低語。

「不是妳的錯。」他反射性地回答。「我到底該怎麼做？」

「你要保護好自己，然後要保護我。你能想像他猜出我們懷疑他的眞面目時，會有什麼後果嗎？」

他打了個哆嗦，從頭頂一路涼到腳尖。

「當然了，我還是有可能過度解讀，說不定他只是局外人。假如他眞的是無辜的，他會照著以往的作風，待在暗處，讓其他人動手。」

「但我認爲他與冰窖裡的屍體有關。他在五個禮拜前造訪堅決谷莊園，那時他用了什麼理由？他想確認你府上沒有其他叛徒？」

他沉著臉輕輕點頭。

「在他來訪期間，把莊園裡的配置摸得一清二楚——因此他派來的綁架犯才知道要直接前往育幼室。若是他這招得逞，若是你的兒女落入他手中，他就掌握了更多籌碼，能逼迫我拿芬奇先生來交換。可是計畫失敗了，他知道你提高了警覺，因此他啓用備案，讓外人以爲你謀殺了英古蘭夫人。」

「假如他或是他的手下找到她，我一定會知道吧。」

「我不認爲他找到她本人。我懷疑向艾佛利夫人提起我們在茶館會面的『女僕』牽涉得更深。要我猜的話，我會說她的身高與身材都與英古蘭夫人相似，一頭黑髮，臉上差不多的位置有顆美人痣。把她打到毀容，搬進你的冰窖，看到那顆美人痣，大家會認爲她是誰？」

「可是令姊——還有我——在冰窖裡看到的不是那樣的屍體。」

「我就是卡在這裡——只能猜測有什麼環節亂了套。不過重點是，如果我沒猜錯，班克羅夫特爵爺籌畫了整樁冰窖事件——或是其中一部分——那他不會離開太遠。他會派昂德伍先生——甚至是親自前來調查。他想搞清楚的事情太多了。最後留在冰窖裡的，怎麼會是眞正的英古蘭夫人？替身跑哪去了？還有誰在動手腳？是誰知道夠多內情，模仿他的手法？」

爐火劈啪作響。她輕輕嘆息。「如果他本人或是昂德伍先生來此，就等於是他認罪了，你得格外小心謹愼。最重要的是別讓他猜到你知道此事。」

他終於完全了解她爲何食不下嚥，現在他和她一樣害怕。莫里亞提是遠處的幽魂，可是他的兄長，這個擁有莫大權力與惡意的男人，近在眼前，就在他們之間。

她陷入沉默。他疲憊又憔悴——他幾乎無法站直，但他知道自己該做什麼。

他要保護好自己。

然後要保護她。

□

隔天

警官撤離書齋。現在房裡只剩他與福爾摩斯，還有從二樓走道盯著他們的班克羅夫特。

班克羅夫特的氣色比上回來訪時還要差，但現在英古蘭爵爺知道兄長的憔悴模樣並不是因為向福爾摩斯求婚被拒，而是因為掌握了他祕密的芬奇先生依然下落不明——同時，他想從福爾摩斯口中逼出情報的計畫也出現漏洞。

英古蘭爵爺與福爾摩斯視線相交。她抓抓貼滿鬍鬚的下巴。「說到這，艾許，你竟然更動我的全字母短句。太令我震驚了。」

「我不知道妳為何會認定那些文字是出自我筆下。」

他幾乎感覺不到身上肌肉的存在，恐懼的震顫不斷滋長，他好怕班克羅夫特一眼就看穿一切。

他深深吸了一口氣。「班克羅夫特，你要下來嗎？還是我們上去找你？」

就這樣開始了。

第二十三章

「然後也就這樣結束了。」雷明頓爵爺低喃。社交界對他的印象還停留在那個野孩子，不過海外的多年歷練讓他在政府特務組織中地位節節高升。他和她說班克羅夫特爵爺目前監禁在隱密的地點，上級正在徹底調查他任內做過的每一件事。

現在雷明頓爵爺和他的手下——他們坐在隔壁車廂——陪著夏洛特進行這個案子的最後一段旅程，至少她希望是如此。她已經筋疲力盡，除了累積多日的疲憊，搭上火車前大口吞下的三明治——班克羅夫特爵爺落網的消息幫助她恢復了大半食慾——更是帶來助眠的效果。

鄉間風光在黑暗中飛掠，火車的輪子規律地轉動。等到雷明頓爵爺輕輕搖醒她時，她才知道自己睡著了。「福爾摩斯小姐，起床了。目的地到了。」

出了車站，一行人搭上備好的馬車。她差點又要打起瞌睡時，雷明頓爵開口道：「福爾摩斯小姐，不好意思，我突然想到那顆炸彈。那也是班克羅夫特的傑作嗎？」

夏洛特揉揉眼睛，稍微坐直一些。「他得知英古蘭爵爺的大宅裡冰塊的使用量不大，因此決定把咪咪．杜芬的屍體棄置在冰穴上。冰窖看起來是個很完美的地方——在他離開後，屍體不會太早被人發現。然而過了好幾天都毫無下文，我想他失去耐性了。」

「他曾與英古蘭爵爺一同造訪奈維爾太太家，知道奈維爾太太即將招待大批客人。要是在某個地方放了炸彈，她就得要找地方安頓那些客人。當然就是堅決谷了——莊園主人總是如此可靠又好心。一旦客人搬過去，廚房幫工就得要去冰穴取冰。」

「原來如此。」雷明頓爵爺應道。「但我還是搞不懂莫里亞提爲何要涉入此事？他到底是從何得知班克羅夫特的目的？」

「我也在思考這個問題。或許莫里亞提知道芬奇先生破解的密碼與班克羅夫特爵爺有關，只是不清楚詳細內容。或許他有其他情報來源，得知班克羅夫特爵爺仍然布下天羅地網尋找芬奇先生的下落，比他搜捕英古蘭夫人還要認眞。」

「要是莫里亞提派人監視昂德伍先生，他一定能看出班克羅夫特打算搞鬼。至於莫里亞提出手干涉的原因——大概是純粹的惡意吧。班克羅夫特爵爺是強大的對手，能給他的計畫添亂何樂而不爲？就乾脆把這件事當成他的致命弱點。」

「莫里亞提就爲了這個殺害一名女性？」

「他殺的是他認定毫無用處的對象，班克羅夫特爵爺也是。」

精神病院映入眼簾。在晚間，要是不管包圍四周的牆面，很可能會誤認此處是另一棟鄉間別墅。馬車穿過柵門，進入中庭。龐大的主屋被藤蔓攀附，幾扇裝上鐵柵的陰暗窗戶內，窗簾輕輕飄動。

年約五十五歲、神色緊張的男性——康涅利醫師——向他們自我介紹，領著眾人進屋。迅速喝完茶後，他們穿過一條條漫長走廊，來到大宅的一側廂房。

康涅利醫師打開門鎖，點亮蠟燭。「葛瑞維小姐，有訪客想見妳。」

房裡沒有多少雜物。一名女子坐在床緣，身穿睡袍，持刀似地握住削尖的鉛筆。她無比嫌惡地瞪了康涅利醫師一眼，但視線落到雷明頓爵爺臉上時，她整個人縮了起來。

「英古蘭夫人，介意和我們來一趟嗎？」她丈夫的三哥說道：「我們需要妳的協助。」

□

「你們怎麼找到我的？」一坐上馬車，英古蘭夫人立刻對同車的夏洛特和雷明頓爵爺提問：「你們到底是從哪查到這個地方？」

起初，夏洛特也和其他人一樣，相信冰窖裡的女屍是英古蘭夫人。但是得知死者懷有身孕後，情況就不同了。英古蘭夫人對男歡女愛毫無興致，在逃命途中又怎麼會找男人歡好呢？

夏洛特的思路一度轉向更黑暗的可能性——死者不一定是自願懷上這個孩子。但她又想到英古蘭爵爺看見妻子遺體時露出不可置信的表情，那時她曾經這麼說：

說不定冰窖裡的是她無人知曉的雙胞胎姊妹。眞正的英古蘭夫人躲在暗處，笑得合不攏嘴。

他回說就算她眞有這麼一個姊妹，也無人知曉她的存在。

但這樣的姊妹確實存在——夏洛特就有一個。她向他提過貝娜蒂，可是在她認識華生太太前，從她口中知道這件事的外人只有他。對於世界上其他人來說，福爾摩斯家只有三姊妹：漢莉葉塔、莉薇亞、夏洛特。

在夏洛特把貝娜蒂搶救出來前，這是不折不扣的事實。說不定英古蘭夫人的雙胞胎姊妹精神狀況更糟，從小就得要送進相關機構。雙親不會對外提到這個孩子，到最後，連手足都會遺忘他們。

華生太太在薩默賽特府的英國戶政總局查到一位康絲坦丁娜．葛瑞維的紀錄。有她的出生證明，日期和英古蘭夫人一樣，但是沒有死亡證明。英古蘭夫人或許是在她雙親過世後，回家翻閱文件時得知自己有個雙胞胎姊妹，又或者她從一開始就知道此事。今年夏天她離開後，需要一個安全的處所躲避班克羅夫特爵爺的怒火，相信她就是在那時想起這個無人知曉的姊妹。

「因爲原本住在此處的康絲坦丁娜．葛瑞維小姐過世了。」雷明頓爵爺說。

「騙人！」

雷明頓爵爺把報紙遞給她。「說來話長，總之莫里亞提殺了她，誣陷妳丈夫犯下謀殺罪。」

夏洛特發覺班克羅夫特爵爺的名字沒有登上報紙的任何一個版面。

「可是他承諾會好好照顧她！」英古蘭夫人大聲叫嚷，從雷明頓爵爺手中快速取走那份報紙。她就著雷明頓爵爺的攜帶式提燈閱讀報導，呼吸越來越快，最後她把報紙揉成一團，丟到旁邊。

沉默非常刺耳。

「莫里亞提親口答應會照顧葛瑞維小姐？」雷明頓爵爺問道。

「我從沒見過莫里亞提，都是與一位德雷西先生接洽。」

夏洛特記得今年夏天在調查期間聽過這個名字。

「我找上德雷西時，他根本不在乎這件事。」英古蘭夫人的聲音像是從緊咬的牙關中擠出。「他說我應該要照顧好自己，不用找地方躲起來。班克羅夫特爵爺會一輩子追捕我，我躲得了那麼久嗎？最後他要我自己撐六個月，我答應了。」

「我以爲和康絲坦丁娜交換身分，躲進精神病院就可以高枕無憂。沒有人找得到我。我向德雷西提了這個計畫，他同意以一條翡翠項鍊的代價，讓我進精神病院，把康絲坦丁娜帶出來，在這段期間照顧她。」

她苦笑幾聲。「賊窩裡面根本沒有情義可言，我知道得太晚了。」

□

他們在火車站旁的旅館過夜，英古蘭夫人受到雷明頓爵爺手下的嚴密看守。隔天早上，他們搭乘早班車回倫敦，來到英古蘭爵爺在市區的住處。英古蘭夫人逃走時留下的衣物還放在她的更衣室裡。

說來眞是諷刺，夏洛特在英古蘭夫人接受監管期間擔任她的監護人。兩人交流趨近於零，不過當夏洛特協助英古蘭夫人換上俐落的旅行用連身裙時，後者問道：「是妳提議把我當成代罪羔羊嗎？」

「不是的，這要歸功於雷明頓爵爺。」

她認爲班克羅夫特爵爺的罪行應當要公諸於世，但王室不希望他們的祕密組織曝光。

或許英古蘭夫人罪有應得，昂德伍先生也要付出代價。可是夏洛特無法篤定班克羅夫特爵爺會得到制裁。像他這樣成天經手各種機密的人，總能輕易設局，威脅要揭露其他位高權重者的可恥過往，讓自己安然脫身。

「您無法接觸德雷西或莫里亞提。」夏洛特繼續道：「但您能爲過世的姊妹做一件事。這件事太過敏感，沒讓報社知道，雷明頓爵爺也沒提起。康絲坦丁娜．葛瑞維小姐過世時懷有身孕，她絕對不可能是心甘情願參與此事，我想您很清楚是誰要負責。」

「那個畜生。」英古蘭夫人咆哮。「康涅利。」

「他也試圖對您動手嗎？」

「喔，有啊。但我不過是拿鉛筆戳他一下，他就慘叫著逃走了。」

這個男人只會挑最脆弱的對象下手。

「您可以這麼做。」夏洛特說。

聽完她概略介紹整個計畫，英古蘭夫人諷笑道：「妳要我和那兩個女巫說話？」

「我不會因爲從未合作過而拒絕潛在的盟友。不過要是您覺得這個任務太噁心——」

「不會。我要爲康絲坦丁娜討回公道，她不該平白讓人糟蹋。」

夏洛特點頭。「要我向雷明頓爵爺說您準備好了嗎？」

英古蘭夫人一邊嘴角往下撇，原本印在那一側的美人痣現在只剩淺淺凹洞。逃亡者可不能留下如此顯眼的特徵。康絲坦丁娜臉上的同一個位置也有同樣的凹洞，想必是用來掩飾她從未有過美人痣的事實。

「妳不打算謝我嗎？」英古蘭夫人的嗓音稍稍和緩了些。「妳比我配得上他。」

「您想要的話，我可以向您道謝。不過他真正需要的其實只是變得更成熟的時間。」英古蘭夫人戴上時髦的帽子。「妳對自己的評價挺高的嘛。」

她不屑地凝視自己的鏡影，這個女人從來沒給自己多好的評價。事實上，這個女人從沒在乎過鏡中的這個人。

夏洛特沒有回應，她又說：「他一定會和妳唱反調。妳知道的。」

這是當然——他總是明擺著和她作對。但是唱反調不等於扯後腿，他絕對不會阻擋夏洛特前進。

她微微一笑。「我去告訴雷明頓爵爺您準備好了。」

□

夏洛克・福爾摩斯的邀約令崔德斯心中湧現奇異的興奮感。我想富勒總督察將會受到社會大眾的抨擊，他在早餐時對愛麗絲說。只是不知道會到什麼程度。

那顆炸彈應當要讓富勒緩下腳步，但他一口咬定炸彈與本案無關，他們已經取得足夠的證據，能讓英古蘭爵爺認罪。他的藉口令崔德斯深深反感。他們努力的目標應該是查明眞相，而非收集到多少把人送上絞架的證據。

他的階級低，又是英古蘭爵爺的朋友，做起事來綁手綁腳的——無論他說什麼，都有可能被解讀成個人偏見。然而他實地搜查時還是格外小心謹慎，那是富勒完全沒放在眼裡的基本功。或許可以說崔德斯還挺想看他的上司遭受大眾抨擊，而讓夏洛克．福爾摩斯來刮他鬍子實在是意外合適。

他們抵達那位私家偵探指定的地點——聖詹姆斯區的某間茶館——卻發現艾佛利夫人和桑摩比夫人將與他們同桌。

「總督察、探長，真是天大的驚喜。」艾佛利夫人說道：「兩位也是應夏洛克．福爾摩斯的邀約而來嗎？」

富勒戒備地看著她。「是的，夫人。」

「太好了，我現在對即將得知的事情更加期待啦。」

崔德斯脈搏加速。無論夏洛克．福爾摩斯要分享什麼，他打算讓說出口的消息在一天之內傳遍全倫敦。

隔壁桌來了一名男客，他的面容不知怎地有些眼熟，像是更加高大粗獷的班克羅夫特爵爺。他會不會是英古蘭爵爺的另一名兄長呢？

崔德斯還來不及提問，桑摩比夫人已經發出像是噎到的叫聲：「喔，我的老天爺啊！卡洛琳，妳看。快看！」

她指著門口。艾佛利夫人抬起頭。兩名警官也一同轉身。

英古蘭夫人直直走向他們。英古蘭夫人，不是冰冷的遺體，而是活生生的人，只是臉色蒼白了些，神情緊繃，一臉厭惡的模樣。

她對外界的反感是不分對象的，並沒有針對任何一個人，夏洛特．福爾摩斯曾經如此說道。即便如此，崔德斯還是希望自己遠離她的厭惡範圍。

太遲了。她走上前，坐在他隔壁。想起她丈夫曾正式介紹兩人認識，他連忙起身致意。

「英古蘭夫人，您平安無恙我實在是——實在是太開心了。」

她高傲地點點頭。「探長。」

「容我向您介紹我的同僚，富勒總督察，他負責調查您的謀殺案。」

富勒瞠目結舌，一動也不動。崔德斯推了他肩膀一把，他才回過神，從椅子上跳起，胡亂鞠躬。

「是很開心。」英古蘭夫人冷冷道：「艾佛利夫人、桑摩比夫人，我們又見面了。」

桑摩比夫人比富勒還早恢復過來。「英古蘭夫人，我們以爲妳丈夫殺了妳。」

英古蘭夫人翻了個白眼。「那個人一副道貌岸然的模樣，這種事情他大概連想都不敢想。我是爲了別的男人而離開他，不過情況很……複雜，因此我決定和住進格羅斯特郡某間私人精神病院的雙胞胎姊妹互換身分。她四歲那年就離開我家，八年後住進精神病院。」

「莫里亞提，也就是我離開丈夫的理由，他接手照顧家姐康絲坦丁娜·葛瑞維，可是他選擇殺害她陷害英古蘭爵爺，我無法忍受這種事。」

艾佛利夫人眨眨眼。「妳爲了一個殺人犯離開英古蘭爵爺？」

「表面上看起來是如此。」英古蘭夫人看似無動於衷，崔德斯卻看到她的雙手握成拳頭。「總之，我想警方應該要知道此事。這次會面相當愉快，但很遺憾，我無法久留。既然我把莫里亞提供出來了，我自己的處境可說是岌岌可危。」

「等等，我們要——」富勒開口。

英古蘭夫人截斷他的話頭。「對了，兩位夫人，有件事或許沒有登上報紙，不過妳們可以向警方確認——我的姊妹懷有身孕。相信妳們樂於披露真相，伸張正義。請容我為兩位提示一下——去找她先前待過的精神病院醫師康涅利。祝各位有個美好的一天。」

她轉身，闊步離開茶館。

□

英古蘭爵爺一遍又一遍地擁抱他的兒女。

他帶他們到公園，買熟食甜點給他們吃，在育幼室裡吃午茶和晚餐。他們興奮地說起稍早見到他們的母親，可惜她馬上又要離開了。

雷明頓向她保證王室不會追究她與莫里亞提勾結、害死三名探員一事；也只要她擔下雙胞胎姊妹之死的責任，便保證送她安全離開英國。她加碼要求讓她再見孩子一面，於是她在啟程前往某處前，與孩子們匆忙團聚片刻。

但雷明頓沒想到她會選擇供出莫里亞提。他確實是幕後黑手之一，而他們也沒有禁止她提到他的名字。但光是說出真相，就等於是宣告與莫里亞提決裂，踏入刀光劍影之中。

她可能沒辦法活著回來。雷明頓警告道。

希望你猜錯了。他如此回應。

她依舊是他一雙兒女的母親，爲了他們，他期盼她一路平安。

「我一定會留在這裡。」他向他們保證。「媽媽會在有空的時候盡量回來，不過我永遠都在。」

送孩子們上床睡覺後，他很想去拜訪福爾摩斯，但她人不在倫敦。已經找到咪咪．杜芬的屍體了，福爾摩斯和費爾太太一同前往德比郡。

他只好退而求其次。

班克羅夫特的牢房比上回英古蘭爵爺待的那間還要高級許多，只是沒有人幫他送來哈洛德百貨的點心。根據吃了一半就放到一旁的食物，這裡的菜色不合他的胃口。

「換作是你，你一定會做出同樣的事情。」班克羅夫特沒頭沒腦地冒出一句。

才不會，他絕對不會出賣國家機密。

班克羅夫特這句話讓他知道這個兄弟已經與自己道不相同。因此他只問道：「今年夏天，你在夏洛特．福爾摩斯逃家後向她求婚時，我還以爲你比我想像的還要開竅。但那只是透過她接近芬奇先生的手段，對吧？」

班克羅夫特一言不發。

不否認就是承認了。後來他撤回求婚，也是因爲他發現要是娶了福爾摩斯，他的祕密只會更加危險。

英古蘭爵爺不再多說，起身離開。

□

英古蘭夫人的告白——她其實沒死——震撼了整個社交界，不過英古蘭爵爺緊接著提出的離婚請求也相當令人震驚。收到堅決谷莊園邀請函時，莉薇亞嚇了一跳；英古蘭爵爺要舉辦一場小型聚會，只邀請親人與好友，奈維爾夫人也會到場，擔任她的監護人，同時也會派遣合適的女性來陪她搭車。

那位同伴竟然是華生太太，她戴上眼鏡，打扮樸素，滿口約克腔，放下所有華麗高雅的作風——等到火車車廂裡只剩下她們兩人時，她又展現出和善討喜的本性。

莉薇亞問起英古蘭爵爺夫婦究竟是怎麼一回事，得到的答案又把她嚇了一大跳。英古蘭夫人成爲某個名叫莫里亞提的危險人士耳目。夏洛特發現她的勾當後，她不得不離開。班克羅夫特爵爺忌憚芬奇先生掌握的祕密，使盡全力對夏洛特施壓，包括英古蘭爵爺遭遇的一切——而莫里亞提從旁破壞他的計畫。

她的腦袋幾乎轉不過來。幾乎。

不過她勉強擠出一點思考空間，點出華生太太尚未提到的戲碼。「夫人，那位假扮成芬奇先生的年輕人，妳知道他是誰嗎？爲什麼他要冒用別人的身分呢？」

「關於他的事情，令妹打算親自向妳說明。但我個人認爲——」華生太太拋了個媚眼。「他還挺可愛的。」

莉薇亞祈禱自己沒有面紅耳赤。「夫人，妳也認識他嗎？」

「恐怕不算太熟。」

「他不是什麼藝術家之類的，對吧？」

「我想不是。」

「那麼……」眞相像閃電般打進莉薇亞腦中，她體驗到熟悉的失望。「他是莫里亞提的手下。」

華生太太湊上前，握住莉薇亞雙手。「不是妳想的那樣，親愛的。絕對和妳想像的不一樣。」

這又是什麼意思？

抵達蘭普林小屋後，莉薇亞見到貝娜蒂，她的氣色和心情都好多了，還幾乎認出莉薇亞。夏洛特也在房裡，和上回在小屋裡的模樣沒什麼差別。兩人默默並肩坐著，凝視沉浸在自己世界裡的貝娜蒂。過了一會，夏洛特打手勢要莉薇亞一起移到客廳喝茶。

夏洛特向莉薇亞問起她知道了多少，等莉薇亞迅速說完要點，夏洛特補充道：「莫特就是芬奇先生。」

莉薇亞跳起來。「什麼？」

雖然這個消息震得她一愣一愣地，但她心下有些寬慰：同父異母的哥哥其實是她喜愛也在乎的人。她不時會想到他，希望他平安順利。

「天啊！上回見到他的時候，他正要逃命呢。」

「他是要逃離班克羅夫特爵爺的手下。就我所知，他目前沒事。」

「太好了。」

「然後妳的心上人是莫里亞提的兒子，他們關係不好。」

莉薇亞重重跌回椅子上。

「他母親爲了莫里亞提的兄弟而拋棄他，莫里亞提不斷追捕他們一家人。他至少小妳五歲，不知道妳會不會在意。順道一提，華生太太過世的丈夫比她小了十一歲。」

莉薇亞眨眨眼。「他的年紀對妳來說究竟是好，還是不好？」

「我沒有資格給予他評價，只是要告訴妳我所知的一切，不讓妳什麼都不知道就要下定決心。」

「下定決心？我要下定什麼決心？他隨手送了個紀念品，只有這樣。」

「我只能告訴妳他的父親——不是莫里亞提，我指的是養育他的那個人——極度關切此事，在幾個月前特地安排與我當面洽談。」

「談我的事情？」

「還有他。」

莉薇亞不知道是要開心得臉紅，還是要怕得發抖。「這個——實在是——」

「我知道。」夏洛特遞了一盤三明治給她。「人生總是沒那麼好過，路上充滿起伏。」

莉薇亞吃了兩個三明治，根本不知道內餡是什麼。「我該做什麼才好？」

「做妳想做的事情，我希望。」

莉薇亞放下盤子，雙手一攤。「可是我沒有管道聯絡他啊，就算想叫他別再送信或是禮物給我也做不到。」

夏洛特往嘴裡塞了個造型花俏的甜餡餅。「妳可以和我說，我把訊息傳給他。」

莉薇亞正要滔滔不絕地訴說那個年輕人從沒問過是否可以寫信給她，說他還沒爲了自己的騙術道歉，說他就算從地球表面消失，她也不會在乎。

夏洛特的答案戳破了所有的虛張聲勢。

「喔。」莉薇亞再也想不出半個字。

夏洛特幫莉薇亞倒了第二杯茶。「在妳準備好之前，不需要做出任何決定。如果妳不願意，也不需要徵求我的意見。如果妳還有問題，我很樂意回答，只是我認爲妳寧願找華生太太說這些事。」

莉薇亞喝了一小口茶，搖搖頭，讓腦袋清楚一點。「我什麼時候——呃——幾點要到堅決谷？奈維爾太太一定在等我了。」

「只要在半小時內出發，就可以在恰好的時刻抵達。」夏洛特又拿起一個餡餅。「對了，我都叫他馬伯頓先生。史蒂芬·馬伯頓先生。」

她津津有味地咬開派皮。

□

英古蘭爵爺在隔天下午前來蘭普林小屋拜訪，華生太太剛好在午睡。

「喔，奢華的情人回來了。」夏洛特喃喃自語，示意他坐下。

他橫了她一眼。

「很好。」她嘆息道：「忠誠的朋友也回來了。」

她嚴重低估他守貞的決心，即便費盡唇舌，說明為了誤導班克羅夫特爵爺，他們必須成為貨眞價實的情人。他會檢查床單，你知道他會這麼做。

我可以自己替床單動手腳。他執拗得很。

你想他分不出來嗎？

老實說她根本不知道這個論點是否具有說服力，她在這個領域的經驗太過貧乏了。然而英古蘭爵爺臉一皺——終於讓步了，不過他提出了其他條件。

這只是為了保護我們不受班克羅夫特傷害，在我被逮捕的那一刻就結束。而且這不是眞的：我沒有答應成為妳的情人，無論是現在還是未來。

老天爺啊，你腦袋怎麼會硬成這樣。

而妳就是拿我這種人沒辦法，每次都讓我占了上風。

她嘆息。我已經退出婚姻市場，你不再是已婚人士。而且我還掌握了女性能使用的各種避孕方法，你為何就是不答應呢？

或許把我拐上床妳就滿意了，但我無法就此滿足。我已經忍受了多年痛苦，因為我想要的超出一個女人能給予的。我不會再次踏入那灘泥淖——特別不能和妳。

她還能說什麼呢？

今天，英古蘭爵爺接過夏洛特泡的茶。他們聊起他的客人、貝娜蒂的進展，還有他要在聖誕節舉辦家宴的計畫，這回也要邀請考古學領域的同伴，包括崔德斯探長夫婦。

半個小時後，他起身準備告辭。「如果妳聖誕節還在這一帶，誠摯歡迎雪林福．福爾摩斯和華生太太來堅決谷參加考古學家的宴會。」

她搖搖頭。「感謝你盛情邀請，可惜我們大概不會繼續租借這間小屋。」

「當然了，夏洛克．福爾摩斯要回倫敦賺錢呢。」他說。

沉默包圍客廳。

一股重量壓住她的肺。她很……不想告別。如同那天下午，他出門準備讓警方逮捕的那一刻。妳覺得這個不會帶來影響？他曾在兩人第一次作愛前問了這句話。

當時，她隨口應了幾句輕浮話。但他或許不是隨口問問。或許對她來說，那份後座力使得兩人既後悔又失落。

「我有東西要給妳。」他掏出一個信封，雙眼凝視著她。

她挑眉。「是給雪林福．福爾摩斯的酬勞嗎？那要麻煩你和我的會計華生太太接洽了。」

「那件事之後再談，這個裝的不是錢。」

「喔？」

她接過信封，展開裡頭的紙張，愣了一會，笑聲從她口中逸出。

他在那張紙上以自己的筆跡，把她幾年前替他編的、不雅的全字母短句反覆寫了二十四次，內容牽涉到天火與硫磺降臨之前，索多瑪和蛾摩拉最知名的某種行爲。

「你眞的對著紙張做了這種好事——而且還重複那麼多遍。」她的嘴角依舊上揚。

「好幾支筆化成火焰，書齋裡充滿硫磺味，我都快嚇死了。」他也笑了。

她仔細摺起那張紙。「我會珍惜這個代表你心意的禮物。」她每一個字都毫無虛假。

他點頭致意。「福爾摩斯，祝妳有個美好的一天。」

他走到門口時，她聽見自己大喊：「等等！」

他轉過身。

她的腦袋空白一秒——接著她想起了自己想說的話：「我要惦記兩個姊姊，你有孩子要顧。可是——如果有一天，狀況許可的話，要不要大家一起出去玩？西班牙、馬約卡島、埃及、黎凡特。我們抵達印度時，平地大概已經熱到難以忍受，不過山區應該還算怡人。」

他盯著她看了好半晌，彷彿是在懷疑自己的耳朵。接著，笑意擴散到他整張臉。

「好啊，我喜歡這個計畫。」

尾聲

唉，英古蘭爵爺的聚會只持續了三天。莉薇亞回到家時還意猶未盡，在這裡，每個人都只看到她數不盡的缺點。

根據她母親的說法，她最大的缺失就是連個丈夫都找不到。

不過「機會」近在眼前。亨利爵士要招待新認識的生意夥伴來家裡用餐，福爾摩斯夫人嚴正告誡莉薇亞給對方好印象的重要性。

「他和家人在海外待了好幾年，所以他們不知道……我們家的醜聞。莉薇亞，假如妳還有點腦袋，就好好吸引這位男士的注意。天啊，每年帶妳去倫敦參加社交季，都要累死我了。」

無論她父親投資什麼，家裡就會變得更窮。亨利爵士沒有半點判斷力——要是這個新夥伴不是騙子，那才叫作奇蹟。去他的海外，他不知道夏洛特的醜聞也代表他們對這個人一無所知。

她還要對他笑、奉承他？

福爾摩斯夫人要莉薇亞穿上她最時髦的用餐禮服，花了一個小時梳弄她的頭髮，對每種髮型都擺出臭臉。等到莉薇亞坐進客廳，等待那位男士的到來，她堅信這會是人生中最惡劣的夜晚。

這時，客廳的門開了，史蒂芬·馬伯頓走了進來。

《福爾摩斯小姐3　堅決谷謀殺案》完

致謝

Kerry Donovan、Roxanne Jones、Jessica Mangicaro，你們是最棒的工作夥伴。Berkley出版社的美術部門每次都能爲福爾摩斯小姐系列創造出更優秀的封面。

Kristin Nelson，我已經找不到更合適的言詞可以感謝她。

Janine Ballard，驅策我把事情做到最好。

我的丈夫，他總是孜孜不倦，擔任我作品的推銷員。

還有你，如果你正在讀這段文字，謝謝。感謝你付出的一切。

福爾摩斯小姐

本書提及之美食中英文對照表

依照出現順序排列

（放了葡萄乾的）水果蛋糕　plum cakes
馬德拉蛋糕　Madeira cake
維多利亞海綿蛋糕　Victoria sponge
杏仁餅乾　almond biscuit
奶油蛋糕　butter cake
牛角麵包　croissant
迷你三明治　finger sandwiches
酥皮鹹派　raised pie
夏洛特蛋糕　charlotte russe
巴伐利亞奶油　Bavarian cream
鵪鶉蛋　quail egg
水果餡缾　tartlet
蘋果蛋糕　apple cake
法式蘋果塔　French apple tart
杏桃果醬　apricot jam
牛排　steak
腰子派　kidney pie
牛里肌烤肉　roast sirloin
龍蝦雜燴　lobster ragout
蠔肉餡餅　oyster patties
無骨烤兔肉　filet of leveret
飄浮之島　oeufs à la neige
蛋白霜　crème anglaise
柑橘塔　citron tart
可可亞　cocoa
葡萄乾　raisin
餡餅　pastry

福爾摩斯小姐3 / 雪麗・湯瑪斯(Sherry Thomas)著；
楊佳蓉 譯. -- 初版. -- 臺北市：蓋亞文化, 2020.11-
冊；　公分（Light；15）
譯自：*The Hollow of Fear*
ISBN 978-986-319-507-8（第3冊：平裝）

874.57　　109014812

Light 015

福爾摩斯小姐3　堅決谷謀殺案

作　　者　雪麗・湯瑪斯（Sherry Thomas）
譯　　者　楊佳蓉
裝幀設計　莊謹銘
編　　輯　章芳群
總 編 輯　沈育如
發 行 人　陳常智
出 版 社　蓋亞文化有限公司
地址：台北市 103 承德路二段 75 巷 35 號 1 樓
電話：02-2558-5438　傳眞：02-2558-5439
電子信箱：gaea@gaeabooks.com.tw
投稿信箱：editor@gaeabooks.com.tw
郵撥帳號 19769541　戶名：蓋亞文化有限公司
法律顧問　宇達經貿法律事務所
總 經 銷　聯合發行股份有限公司
地址：新北市新店區寶橋路二三五巷六弄六號二樓
電話：02-2917-8022　傳眞：02-2915-6275
港澳地區　一代匯集
地址：九龍旺角塘尾道 64 號龍駒企業大廈 10 樓 B&D 室
電話：+852-2783-8102　傳眞：+852-2396-0050
初版二刷　2023年6月
定　　價　新台幣 340 元
Published and Printed in Taiwan

ISBN／978-986-319-507-8

The Hollow of Fear

Complex Chinese language edition by Gaea Books Co. Ltd.
is published by arrangement with Nelson Literary Agency, LLC
through The Grayhawk Agency.